Ullstein Kriminalroman

ÜBER DAS BUCH:

Er ist einäugig, übergewichtig, säuft wie ein Loch und haßt nichts mehr als Telefonanrufe vor zwölf Uhr mittags. Doch als Ralph Poteet, Detroits schrägster Schnüffler, früh um vier von seiner Nachbarin aus dem wohlverdienten Rausch geklingelt wird, reagiert er prompt. Denn auf dem unheiligen Lager der käuflichen Dame hat eben ein römischer Gottesmann das Zeitliche gesegnet. Poteet schafft der unkeuschen Lady indes nicht nur die geistliche Leiche vom Hals, sondern fotografiert sie vorher noch in unheiliger Pose, um dem Bischof eine fromme Spende abzupressen. Und plötzlich wird der Detektiv von der halben Welt gehetzt, allen voran ein kirchlicher Killer, eine entfesselte Nymphomanin sowie die ruhmreiche Polizei von Detroit.

DER AUTOR:

Loren D. Estleman, Jahrgang 1952, wurde vor allem durch seine Romane über den Detroiter Privatdetektiv Amos Walker berühmt, die dem mehrfach preisgekrönten Autor – er erhielt unter anderem den *Shamus Award* der Private Eye Writers of America und den *Golden Spur Award* von Amerikas Western-Schriftstellern – den Ruf eintrugen, der traditions- wie stilbewußteste Autor moderner Detektivgeschichten zu sein. Mit EIN HARTER SCHNÜFFLER präsentiert sich Estleman in Bestform – frech, schlagfertig und zum Schießen komisch.

Loren D. Estleman

Ein harter Schnüffler

Aus dem Amerikanischen
von Sigrid Gent

Ullstein Kriminalroman

Ullstein Kriminalroman
Ullstein Buch Nr. 10597
im Verlag Ullstein GmbH,
Frankfurt/M – Berlin
Titel der amerikanischen
Originalausgabe:
Peeper

Ungekürzte Ausgabe

Umschlaggestaltung:
Theodor Bayer-Eynck
Umschlagbild:
Stefan Wolf

Printed in Germany 1992
Gesamtherstellung:
Ebner Ulm
ISBN 3 548 10597 1

Juni 1992

Vom selben Autor
in der Reihe
der Ullstein Bücher:

Detroit Blues (10256)
Der Tod in Detroit (10283)
Mitternacht in Detroit (10308)
Die Straßen von Detroit (10338)
Frühling in Detroit (10354)
Der Oklahoma-Punk (10369)
Kill-Zone (10377)
Rosen für den Killer (10450)
Killers Sohn (10497)
Lady Detroit (10553)
Detroit River (10602)
Zehn für Detroit (10659)
Donner über Detroit (10681)
Killer in Detroit (10594)

Die Deutsche Bibliothek –
CIP-Einheitsaufnahme

Estleman, Loren D.:
Ein harter Schnüffler / Loren D. Estleman.
Aus dem Amerikan. von Sigrid Gent. –
Ungekürzte Ausg. – Frankfurt/M; Berlin:
Ullstein, 1992
(Ullstein-Buch; Nr. 10597:
Ullstein-Kriminalroman)
ISBN 3-548-10597-1
NE: GT

Für Rob Kantner
in Erinnerung an *Stones in the Sky, Mad Dog*
und andere Hirngespinste in der Zeit des Erwachens

1. KAPITEL

Sagen Sie Ralph zu ihm, wenn Sie ihn anrufen.

Noch besser, Sie rufen ihn überhaupt nicht an. Zumindest nicht vor zwölf Uhr mittags, denn wenn Sie's doch tun, kann es passieren, daß er ungefähr beim achten Läuten den Hörer abnimmt und etwas in der Art sagt:

»Ganz egal, wer Sie sind, legen Sie lieber sofort wieder auf, sonst stell' ich nämlich fest, wo Sie Ihren Wagen geparkt haben, und tu' was in den Tank, was Ihnen gar nicht gefällt.«

Der Anrufer bei dieser Gelegenheit zögerte. »Ich habe gar keinen Wagen.«

»Dann knöpf' ich mir eben Sie vor.«

»Ist da Ralph?«

Es war eine Frauenstimme. Das konnte er mit Bestimmtheit sagen, denn an einem Morgen wie diesem brachte alles, was höher war als ein Männertenor, seinen Kater auf die Palme. »Wer zum Teufel ist da?«

»Hier ist Lyla.«

»Wer zum Teufel ist Lyla?«

»Lyla Dane. Ich wohne in der Wohnung über Ihnen, Himmel noch mal. Wir laufen uns jeden Tag über den Weg.«

»Die Nutte.«

»Sie wohnen über einem Pornobuchladen. Was erwarten Sie denn als Nachbarn, einen spießigen Raketenforscher?«

Ralph Poteet setzte sich im Bett auf und zerwühlte sein mausfarbenes Haar. Sein Kopf fühlte sich wie Schrotmehl an. Er fischte nach dem Wecker auf dem Nachttisch und hielt ihn ganz dicht an sein intaktes Auge. Dann legte er ihn mit dem Zifferblatt nach unten hin und jaulte in den Hörer: »Es ist halb drei!«

»He, danke. Meine Uhr ist nämlich stehengeblieben, und ich wußte, wenn ich Sie anrufe, würden Sie mir die Uhrzeit sagen. Hören Sie, Sie sind doch so was wie 'n Bulle, richtig?«

»Nicht um halb drei morgens.«

»Ich geb' Ihnen hundert Piepen, wenn Sie gleich raufkommen.«

Er rotzte ins Laken. »Sollte das nicht andersrum laufen?«

»Himmel noch mal. Kommen Sie rauf oder nicht? Sie sind nicht der einzige Schnüffler in der Stadt. Ich hab' Sie bloß angerufen, weil Sie in der Nähe sind.«

»Wo brennt's denn?«

»In meinem Bett liegt ein toter Priester.«

Als sie die Aussage wiederholt hatte, sagte er, er sei schon unterwegs, und legte auf. Eine Minute lang saß er da und ließ die Zunge im Mund kreisen. Er erinnerte ihn an eine Achselhöhle. Als er sich bewegte, rutschte eine eckige Ginflasche von der Decke herunter. Er fing sie auf, bevor sie auf den Boden plumpste, sah, daß sie leer war, und ließ sie fallen. Er torkelte ins Bad, das einst als Abstellkammer angefangen hatte und nicht die Absicht zu haben schien, etwas anderes zu werden, und entleerte, die Stirn an die Deckenschräge gelehnt, seine volle Blase ins Klo. Während dieser Vorrichtung ging er seinen Morgenkatechismus durch, fragte sich, wie er hieß, wo er wohnte und wo er den Abend verbracht hatte. Bei der ersten Frage traf er ins Schwarze, bei der zweiten war er nicht ganz sicher, und bei der dritten zog er eine Niete. Ein besseres Ergebnis als gewöhnlich.

Zurück im Schlafzimmer, setzte er seinen Tirolerhut mit einer orangen Feder am Band auf, fand nach kurzer Suche seine Anzughose halb unter dem Bett auf dem Fußboden und streifte sie über den Pyjama. Er schlüpfte barfuß in seine Slipper, und da es Oktober war, quälte er sich ächzend in die Anzugjacke. Er war dreiundvierzig Jahre alt und hatte vierzig Pfund Übergewicht. Er suchte seine Waffe, immerhin war es 2 Uhr 40 morgens in Detroit, aber er tat es nur halbherzig, denn er hatte sie schon seit Wochen nicht mehr gesehen. Er gab auf und ging hinaus. Der Korridor roch nach Kondomen und gekochtem Kohl.

Lyla Danes Türsummer war der einzige im Haus, der funktionierte, jenen im Parterre nicht mitgerechnet, den der Hauswirt bei Polizeirazzien in Wahljahren benutzte. Die Tür flog auf. Lyla war ganze ein Meter fünfzig und neunzig Pfund in einem roten Kimono und rosa Satinpantoffeln mit weißen Schmetterlingen auf den Zehen. Ihr schwarzes Haar trug sie ganz kurz.

»Sie sehen beschissen aus«, sagte sie.

»So würden Sie nach zwei Stunden Schlaf auch aussehen. Wo ist der Hunderter?«

»Wollen Sie nicht zuerst die Leiche sehen?«

»Seh' ich vielleicht wie 'n Perverser aus?«

»Yeah.« Sie trat von der Tür weg, zog einen Schlüssel aus der Kimonotasche und schloß eine Schublade in einem Lampentisch auf, in der sich eine Metallkassette befand. Aus der nahm sie ein Bündel Papiergeld und zählte Ralph hundert Dollar in Zwanzigern und Zehnern in die Hand. Den Rest legte sie in die Kassette zurück.

»Ich dachte, Nutten bewahren ihre Wertsachen immer im Schlafzimmer auf.« Er zählte das Geld nach und steckte es ein.

»Deswegen bewahre ich meine ja hier auf.«

Sie verschloß die Schublade und führte ihn durch ein kleines, von K-Mart eingerichtetes Wohnzimmer in ein noch kleineres Schlafzimmer mit einem Queen-Anne-Bett, das zweimal soviel gekostet hatte wie das übrige Mobiliar zusammen und fast den ganzen Raum beanspruchte. Der restliche Platz wurde von Monsignore John Breame beansprucht, Pfarrer von St. Balthazar, einer Kathedrale in der City, die Ralph gelegentlich dazu benutzte, in seiner Lieblingskirchenbank Fotos gegen Geld einzutauschen, in letzter Zeit allerdings nicht mehr so häufig, weil das Scheidungsgeschäft immer schlechter lief; das nicht mehr gültige Schuldprinzip brachte ihn um seinen Lebensunterhalt. Er erkannte den pontifikalen Wanst des Monsignore wieder, der das fleischfarbene Satinlaken wölbte. Das Gesicht des Monsignore war puterrot.

Ralph fand ein Blue-Diamond-Streichholz in seiner Anzugjacke und steckte sich das Ende zwischen die Zähne. Er begann sich schon besser zu fühlen. »Ein Stammkunde?«

»Das ist eine der Fragen, die ich nicht beantworte. Erst dachte ich, daß er heute nacht ein bißchen arg danach schnaufte. Dann schaufte er gar nicht mehr.«

»Nun, er ist toter als Papst Johannes.«

»Nochmals danke. Ich dachte schon, er macht 'nen dämlichen Buick nach.«

»Wenigstens war er nicht schwul.« Er rieb sich das kaputte Auge. »Sie wissen wohl nicht zufällig, wo ich letzte Nacht war.«

Sie zögerte. »Hier bestimmt nicht.«

»Wird mir schon wieder einfallen. Also, was wollen Sie von mir?«

»Daß Sie ihn wegschaffen, was denn sonst? Wenn die Bullen ihn hier finden, nageln mich die Betbrüder ans Kreuz und jagen mich zum Teufel. Ich habe mich grade so hübsch eingerichtet.«

»Kostet Sie noch 'nen Hunderter.«

»Ich hab' Ihnen doch grade erst hundert gegeben.«

»Das war fürs Raufkommen. Sie können von Glück sagen, daß ich nicht nach Gewicht berechne. Schaun Sie sich doch bloß mal diesen Schmerbauch an.«

»*Sie* schaun ihn sich an. Er mochte die Missionarsstellung.«

»Sehr passend. Was sind schon hundert? Dafür lassen Sie die da ja nicht mal voll abfahren.«

»Dreckskerl.«

»Schon gut, schon gut.«

Sie verließ das Zimmer und kam mit den zweiten Hundert zurück. Diesmal machte er sich nicht die Mühe nachzuzählen. »Machen Sie 'nen Spaziergang«, sagte er. »Kommen Sie wieder, wenn's hell wird.«

»Wo soll ich denn hin?«

»Betten gibt's überall in der Stadt. In der Hälfte davon werden Sie wahrscheinlich schon gewesen sein. Oder suchen Sie sich ein Kino, das die ganze Nacht aufhat, wenn Sie keine Lust zum Arbeiten haben. Bin ich vielleicht fürs Vergnügungsprogramm zuständig? Strengen Sie mal Ihr Hirn statt Ihrem Hintern an.«

»Sehr witzig. Ist mal was ganz Neues.« Sie fing an, den Kimono aufzubinden, hielt inne. »Haben Sie vor zuzuschauen?«

»Was ist, arbeiten Sie etwa im Dunkeln?«

»Um das rauszufinden, haben Sie nicht bezahlt. Löhnen oder Leine ziehen.«

Er zog Leine. Sie knallte die Schlafzimmertür zu. Immer noch auf dem Streichholz kauend, schlenderte er zu dem Lampentischchen im Wohnzimmer und probierte die Schublade aus. Sie war verschlossen. Er stocherte mit dem Streichholz im Mechanismus herum. Lyla, in weißem Slip und pfirsichfarbenem BH, kam mit dem Schlüssel in der Hand aus dem Schlafzimmer, öffnete die Schublade und nahm die Kassette mit ins Schlafzimmer. Er bewunderte die gewisse britische Haltung an ihrem strammen Hinterteil.

Fünf Minuten später erschien sie in einem kanariengelben Overall, einer gelbbraunen Jacke und einer roten Perücke, die eine Positionslampe gebraucht hätte. Sie hatte Arbeits-Make-up aufgelegt: Ihre Wimpern waren länger und doppelt so dicht, ihr Gesicht war weniger rund und unter den Augen nicht so aufgedunsen. Etwas an der Art, wie sie mit ihrer braunen Schultertasche umging, verriet Ralph, daß er die Kassette leer vorfinden würde.

»Also geht's auf die Pirsch.«

»Bis Sonnenaufgang muß ich wieder zweihundert reinholen.« An der Tür zum Flur hielt sie inne. »Was wollen Sie mit ihm machen?«

»Wollen Sie das wirklich wissen?«

»Vermutlich nicht. Verdammt, nein.«

»Weidmannsheil.«

»Leck mich am Arsch.«

Als sie gegangen war, holte er sich eine Dose Budweiser aus dem Kühlschrank in der Kochnische. Er holte sich noch eine, ging dann ins Schlafzimmer zurück und schlug eine Nummer im örtlichen Telefonbuch nach. Er ließ sich auf der Bettkante nieder und benutzte das rosa Telefon auf dem Nachttisch. Es ging ihm von Minute zu Minute besser.

Während er darauf wartete, daß sich jemand meldete, tätschelte er den lakenbedeckten Fuß des Monsignore. »Was meinen Sie, Pater? Ist sie's wert?«

»Ja.«

Er schluckte sein Streichholz. Als er es zu Ende gekaut hatte, merkte er, daß jemand am Apparat war. Er räusperte sich. »Ist dort Bischof Steelcase?«

»Es ist drei Uhr morgens«, sagte Bischof Steelcase.

»Danke. Mein Name ist Ralph Poteet. Ich bin Privatdetektiv. Ich bedauere, Ihnen mitteilen zu müssen, daß Monsignore Breame das Zeitliche gesegnet hat.«

»Heilige Mutter Gottes!« Der gereizte Ton in der Stimme des Bischofs war wie weggeblasen. »Was ist passiert?«

»Ich bin kein Experte. Sieht nach 'nem Herzinfarkt aus.«

»Heilige Mutter Gottes. Im Bett?«

»Yeah.«

»Befand er sich – wissen Sie, ob er sich im Stand der Gnade befand?«

Ralph zog ein weiteres Streichholz hervor. »Sehen Sie, deswegen wollte ich ja mit Ihnen drüber reden«, sagte er.

2. KAPITEL

Er mußte Zeit totschlagen. Als er sein Gespräch mit dem Bischof beendet hatte, drückte er auf die Gabel und wählte die Nummer des Pornobuchladens im Parterre. Es klingelte lange, ehe sich eine Stimme wie Glaspapier meldete.

»Herrgott noch mal. Hallo.«

»Vinnie, hier ist Ralph.«

»Es ist halb vier morgens!«

»Danke. Hör zu, ich bin hier oben bei Lyla.«

»Ach nee?« Seine Stimme klang anzüglich; aber das war eigentlich nichts Besonderes.

»Ich brauch' meine Kamera.«

Pause. »Wer soll dir denn die Fotos machen?«

»Laß den Scheiß. Kannst du sie raufbringen?«

»Willst du deine Mietschulden bezahlen?«

»Ich wollte sie mir nur mal ausleihen.«

»Als du das letzte Mal was von mir geliehen hast, mußt' ich's mir von 'nem Hehler zurückkaufen.«

»Ist mir aus dem Wagen geklaut worden. Das haben wir doch längst durchgekaut.«

»Was hast du mit fünf Jahrgängen vom *Screw*-Magazin in deinem Wagen gemacht?«

»Gibste mir jetzt die Kamera oder nicht?«

»Haste sechshundert Piepen?«

»Verdammt noch mal, Vinnie, die ist keine fünfzig wert. Der Verschluß klemmt, und der Blitz funktioniert nicht.«

»Als du sie hiergelassen hast, hast du gesagt, daß du zweihundert dafür geblecht hast.«

»Hör zu, wenn ich dir fünfzig gebe, kann ich sie dann für 'ne Stunde haben?«

»Bar auf die Hand?«

»Nein, ich wollte eigentlich mit Kreditkarte zahlen.«

»Der letzte Scheck, den du ausgeschrieben hast, ist nämlich wie 'n Luftballon geplatzt.«

»Vinnie.«

»Ich bring' sie rauf. Sieh zu, daß du die Fünfzig zur Hand hast.«

Ralph unterbrach die Verbindung. Mit Vinnie zu reden war, wie Handball in einem Fischbassin zu spielen. Geistesabwesend steckte er einen Aschenbecher aus Sterlingsilber ein, den er auf dem Nachttisch entdeckte.

Vinnie hörte sich wie ein Profiringer an und sah aus wie der Familieneunuch. Er hatte einen runden, vollständig kahlen Schädel, runde Augen, eine runde Nase, einen runden Mund und runden Körper, und wenn er ging, setzte er die Fußsohlen schräg nach außen wie eine Figur in einem Comic-strip. Durch eine Kinderkrankheit hatte er sein gesamtes Haar eingebüßt; Ralph hatte mit dem Buchmacher auf seinem Stockwerk gewettet, daß Vinnie im Schritt genauso haarlos war, aber bis jetzt hatte keiner von ihnen weder die Gelegenheit noch den Wunsch gehabt, die Wette einzulösen. Er stand im Gang, bekleidet mit einem zerfledderten gelben Morgenrock, und an seiner Seite schlenkerte die Kamera, eine alte schwarze Canon, an ihrem Riemen. »Wo sind die Fünzig?«

Ralph trennte zwei Zwanziger und einen Zehner von seiner Rolle und legte sie dem Hauswirt in die feiste Hand.

»Das ist 'n glatter Würgegriff«, sagte Vinnie. »Wenn du in der Lotterie gewonnen haben solltest, denk dran, daß du bei mir mit sechs Hunnis in der Kreide stehst.«

»Gib mir einfach die Kamera.«

Er gab sie ihm. »Wo ist Lyla?«

»Spätschicht.«

»Dachte, sie arbeitet daheim.«

»Nicht heute morgen.« Ralph probierte die Scharfeinstellung aus. »Du hast mich nicht zufällig gestern abend weggehen sehen, oder?«

»Hab' dich weggehen sehen, hab' dich heimkommen hören. So um eins rum war das. Dieser Hut paßt nicht zu deinem Pyjama.«

»Irgendwer mit mir heimgekommen?«

»Klar, Cybill Shepard und diese Winger-Tante. Die in *Ein Offizier und Gentleman.* Haste wohl vergessen.«

»Geh ins Bett, Vinnie. Ich bring' sie dir später zurück.«

»Vielleicht sollte ich besser reinkommen und mich mal umgukken. Sieht Lyla gar nicht ähnlich, so früh draußen zu sein. Sie könnte ja vergewaltigt werden.«

Ralph blockierte die Tür. »Das würde unter Diebstahl von Dienstleistungen fallen.« Er hielt einen weiteren Zehner hoch. »Guts Nächtchen, Vinnie.«

»Fröhliches Fotografieren.« Vinnie nahm den Schein und trollte sich.

»Vergiß das Dankeschön nicht«, rief Ralph ihm nach.

Er öffnete die Rückseite der Kamera. Die Hälfte der Filmspule lag offen. Nach kurzem Überlegen erinnerte er sich, daß Fotos von Mrs. Wayne County Supervisor Horace Powell und einem Supermarktlagerverwalter namens Hashmi drauf waren. Er hatte mit den Fotos etwas geplant, aber dann hatte Powell wegen einer Bestechungsaffäre, bei der es um Verträge für Abwässerbeseitigung ging, zurücktreten müssen, und Ralph hatte sich nicht die Mühe gemacht, den Film zu entwickeln. Die zunehmende Korruption in der Kommunalverwaltung hing ihm zum Hals raus.

Im Schlafzimmer schaltete er beide Lampen ein und rückte die Schirme so zurecht, daß das Licht voll auf Monsignore Breames blutgestautes Antlitz fiel. Der fette Priester sah aus, als grolle er im Beichtstuhl. Ralph öffnete den Wandschrank und sah rasch die Negligés durch, die dort hingen, bis er zu einem kam, das ihm besonders gut gefiel, ein durchsichtiges, mandarinenfarbenes Etwas mit Spitze am Mieder. Er drapierte es am Fußende des Bettes zusammen mit einem passenden Slip, den er in Lylas Frisierkommode fand und auf dem über dem Zwickel in Rot eingestickt war: WELCOME ABOARD U.S.S. JOYTRAIL. Dann trat er zurück, um das Stilleben zu begutachten. Es sah zu gestellt aus. Er nahm den Slip und hängte ihn an den Bettpfosten. »Perfekt.«

Er schoß etliche Fotos aus verschiedenen Blickwinkeln, beendete den Film mit einer künstlerisch ambitionierten Aufnahme vom Fußende des Bettes aus, die den Monsignore wie einen gefräßigen Frankenstein aussehen ließ, steckte dann die Filmrolle in die Tasche und ging wieder nach unten, um die Kamera in seinem Apartment zu verstecken. Sollte ihn Vinnie dafür ruhig verklagen. Ralph drückte sich schon seit seinem zwanzigsten Lebensjahr vor Gerichtsvollziehern.

Wieder bei Lyla, entfernte er Negligé und Slip und rückte die Lampenschirme gerade. Genau in diesem Moment ertönte der Türsummer.

»Poteet?«

Der Mann war groß und hager, mit einem Teint wie feuchter Zellstoff und fast auf Stoppellänge geschnittenen Haaren von undefinierbarer Farbe. Seine Riesenfüße steckten in schwarzen Oxfords, und er hatte Riesenhände mit geschrubbten Nägeln wie ein Leichenbestatter. Er trug einen bis zum Hals zugeknöpften schwarzen Mantel. In seinen Augen war kein Weiß zu sehen, und Ralph dachte, daß er wie ein Märtyrer aussah.

»Yeah. Kommen Sie von Steelcase?«

»Ich bin Carpenter.«

Das war der Name, den ihm der Bischof genannt hatte. Er trat beiseite, und der Mann ging schnurstracks und ohne sich umzusehen ins Schlafzimmer. Dort angekommen, ließ er die Szene auf sich wirken.

»'ne Menge Licht.«

»Sind Sie schon mal mit 'ner Leiche in 'nem dunklen Raum gewesen?« fragte Ralph.

»Ein- oder zweimal. Gibt's eine Hintertreppe?«

»Nur eine Feuerleiter. Die ist seit dreißig Jahren nicht mehr benutzt worden. Freiwillig würd' ich da nicht mal 'nen Gallenstein runtertragen wollen.«

Carpenter musterte den Leichnam. »Er ist fetter, als ich dachte.«

»Haben Sie eine Schubkarre mitgebracht?«

»Nein.« Er hob den nackten Arm des Monsignore von der Bettdecke hoch und ließ ihn herunterplumpsen. »Helfen Sie mir, ihn anzuziehen, solange er sich noch biegen läßt.«

»Wer hat denn gesagt, daß wir ihn anziehen müssen?«

»Verlassen Sie sich auf mich. Sie wollen doch nicht eine nackte Leiche zwei Treppen runtertragen.«

»Sie reden, als hätten Sie das schon mal gemacht. Was, sagten sie doch gleich, tun Sie für den Bischof?«

»Ich habe nichts gesagt. Der Preis betrug hundert Dollar.« Carpenter zog zwei Fünfziger aus einer flachen Brieftasche. Kalte Finger berührten Ralphs, als die Scheine den Besitzer wechselten.

»Na schön, wenn's sein muß.«

Die über einem Stuhl drapierten Kleider des Monsignore bestanden aus einem gewöhnlichen, für eine außergewöhnliche Figur angefertigten grauen Anzug, einem weißen Oberhemd und gestreiften Boxershorts. Er trug nur einen Rosenkranz um den mächtigen Hals. Carpenter bekam den rechten Arm des Leichnams in einen Hemdsärmel und richtete ächzend den Oberkörper an den Schultern auf, damit Ralph das gleiche mit dem anderen tun konnte. Der Monsignore stöhnte.

Ralph machte einen Satz rückwärts und prallte gegen die Wand. »Er ist ja gar nicht tot!«

»In der Lunge eingeschlossene Luft. Das machen sie immer. Ziehen Sie ihm das Hemd an.«

»Das machen Sie. Wir teilen uns die Hundert.«

»Wollen Sie ihn hochhalten?«

Ralph schob sich widerstrebend vorwärts und ergriff den anderen Ärmel.

Die Prozedur dauerte eine halbe Stunde, für Ralph lange genug, damit seine Abscheu von Erschöpfung abgelöst wurde. Die Hosen waren das Schwerste: Ralph, der einzige von beiden mit dem notwendigen Gewicht, mußte den massigen Leichnam auf die Seite wälzen und seine Schulter dagegenstemmen, bis Carpenter dem Monsignore die Hose übergezogen hatte. Sie banden ihm die Schnürsenkel zu und halfen ihm in die Anzugjacke.

Ralph plumpste in den Sessel und holte sein Taschentuch heraus. »Ich wollte, Ma wär' hier. Sie hat sich immer gewünscht, daß ich der Kirche näherkomme.«

»Kopf oder Füße?«

Er betrachtete Carpenter, der immer noch seinen bis obenhin zugeknöpften Mantel anhatte. »Wollen Sie keine Verschnaufpause einlegen?«

»Dafür werde ich nicht bezahlt. In einer Stunde wird's hell.«

»Schon gut, schon gut.«

Ralph nahm die Füße. Sie warfen eine Lampe und einen billigen tragbaren Farbfernseher um, beförderten die Leiche in den Flur und schleiften ihre Absätze über den Läufer bis zum Treppenabsatz, wo sie sie an die Wand lehnten. Genau in diesem Moment kam eine alte Frau mit weißem Kopftuch und schwarzer Lederjacke, die eine Handtasche von der Größe einer Reisetasche schleppte, die Treppe herauf.

Ralph, der den Monsignore mit einer Hand unterm Arm stützte, lächelte. »Guten Morgen, Mrs. Gelatto. Wie war die Arbeit?«

Sie blieb zwei Stufen unterhalb des Treppenabsatzes stehen, langte in ihre Handtasche und setzte eine getönte Brille mit Straßfassung auf. Sie blinzelte durch die dicken Gläser.

»Oh, Sie sind's. Wen haben Sie denn da bei sich?«

»Nur zwei Freunde. Sie sind auf dem Heimweg.«

»Den Dicken sollten Sie aber nicht fahren lassen. Der kann sich ja kaum auf den Beinen halten.«

»Machen wir schon nicht, Mrs. Gelatto.«

»Der sieht ja total hinüber aus. Ihr Jungs solltet was essen, wenn ihr trinkt. Ist nicht gesund auf leeren Magen.«

Ralph brachte ein mattes Lächeln zustande. »Also dann, gute Nacht, Mrs. Gelatto.«

»Mr. Gelatto hat saure Gurken gegessen. Er hat gesagt, der Dill saugt die ganzen Rauschmittel auf. Der Leichenbestatter mußte ihn nicht mal einbalsamieren.«

»Wir werden dran denken. Gute Nacht, Mrs. Gelatto.«

»Er war zwar 'n Säufer, aber er war treu.«

»Ganz sicher. Gute Nacht.«

»Blieb ihm ja auch gar nichts anderes übrig. Wer will denn schon mit 'nem Mann schlafen, der wie 'n Essigfaß riecht?«

»Haha. Also dann, gute Nacht.«

»Sorgen Sie bloß dafür, daß er nicht fährt.«

»Wir werden eine Taxe rufen.«

»Rufen Sie besser einen Laster. Hihi.« Sie nahm ihre Brille ab, erklomm den Treppenabsatz und verschwand weiter unten im Gang durch eine Tür.

»Mrs. Gelatto«, klärte Ralph Carpenter auf. »Sie macht nachts zwei Etagen im Penobscot Building sauber.«

»Meinen Sie, daß Sie einen Verdacht hat?«

»Sie kann nicht mal das Ende ihres Schrubbers erkennen.«

»Okay, geben Sie mir eine Hand. Wir müssen ihn umdrehen, um ihn die Treppe hinunterzubefördern.«

»Können wir ihn nicht einfach runterrollen? Ich hab' ein medizinisches Problem.«

»Lieber eine Hernie als postmortale Blutergüsse.«

Erneut fragte sich Ralph, was Carpenter wohl für den Bischof tat. Er fühlte sich in seiner Gesellschaft immer unbehaglicher.

Der Monsignore wurde allmählich steif. Ralph nahm – mit den Worten: »Entschuldigung, Pater« – von hinten seinen Kopf in die Zange und ging, wobei er das meiste Gewicht trug, rückwärts eine Stufe hinunter und dann noch eine, während Carpenter die Füße hochhielt, um zu verhindern, daß sich die Absätze an den Überbleibseln des Treppenläufers verhakten. Alle paar Stufen legten sie eine Verschnaufpause ein. Ralphs Nase steckte die meiste Zeit im Kragen des Monsignore, für ihn lange genug, um eine dauerhafte Abneigung gegen Old Spice zu entwickeln.

Als er vom Treppenabsatz des ersten Stocks heruntertrat, rutschte sein Fuß ab. Er fühlte, wie er stürzte, versuchte den Sturz abzubremsen, indem er die Wand rammte, schaffte es, sich zwischen die Wand und seine Last zu quetschen, sagte »Wuff!« und ließ los.

»Fangen Sie ihn auf!« schnauzte Carpenter. Ralph fing ihn auf.

Eine anmutige Pirouette vollführend, kippte der Monsignore mit Ralph, der ihn von hinten umarmte, vornüber den Treppenschacht hinunter. Ralph landete obenauf und rodelte die Stufen hinunter und durch die schmale Linoleumdiele, bis er mit einem lauten Rums an der schweren Stahlfeuertür, die zur Straße führte, zum Stillstand kam.

Unten gesellte sich Carpenter zu ihnen. »Gut gefangen.«

Ralph, der ausgestreckt auf dem Leichnam lag, sagte: »Ich glaub', ich hab' einen postmortalen Bluterguß.«

3. KAPITEL

Der in der Ladezone vor dem Pornobuchladen geparkte Wagen war ein mitternachtsblauer Buick-Kombi, das größte Modell. Unter der Straßenlampe wirkte er schwarz, und Ralph dachte im ersten Moment, es wäre ein Leichenwagen. Er stand in der offenen Haustür, während Carpenter die Straße überprüfte. Monsignore Breame lag auf dem Gesicht zu Ralphs Füßen, die Anzugjacke bis zu den Achseln hochgeschoben. Ralph erinnerte sich an eine Sondersendung von *National Geographic*, die er mal, als *Gilligan's Island* verschoben worden war, gesehen hatte und in der es um Wale ging, die von allein strandeten. Er fragte sich stöhnend, wo er sein Bruchband hingelegt hatte.

»In Ordnung.« Unter der Vierzig-Watt-Birne in der Diele sah Carpenter ausgemergelter denn je aus und kaum lebendiger als der Monsignore. »Wir werden ihn auf den Beifahrersitz setzen.«

»Warum nicht nach hinten?«

»Das sähe aus, als transportiere ich eine Leiche. Außerdem muß ich aus dem Heckfenster sehen können.«

Ralph dachte, daß es noch lustiger wäre, ihn ans Lenkrad zu setzen, sagte jedoch nichts. Die Tür auf der Beifahrerseite war offen. Sie schleppten den Monsignore im Schaukelgriff über den Bürgersteig – Ralph schwankte mittlerweile und holte bei jedem Schritt tief Luft –, setzten ihn auf den Sitz, bugsierten seine Füße hinein und stießen, schoben und zogen ihn an den Rockaufschlägen in eine aufrechte Position mit dem Gesicht zur Windschutzscheibe. Carpenter ordnete die Kleidung des Toten, schnallte den Sicherheitsgurt an und zurrte ihn fest, soweit es ging.

»Friedliches Kerlchen, was?« Ralphs Stimme klang etwas schrill in seinen Ohren.

»Geben Sie auf ihn acht, während ich nach oben gehe und mich vergewissere, daß wir nichts vergessen haben.«

»Wo zum Teufel soll er denn schon hin? 'tschuldigung, Pater.«

»Geben Sie nur auf ihn acht.« Carpenter ging hinein.

Auf der Straße war es eiskalt. Ralph schloß die Tür des Monsignore, ging um den Wagen herum, hockte sich auf den Fahrersitz und zog auch diese Tür zu. Nach einer Minute kurbelte er das Fenster herunter, um das Old Spice hinauszulassen. Genau in diesem Moment bog ein Polizist um die Ecke, der an den Autotüren rüttelte.

Ralph sagte »Scheiße« und rutschte tiefer in den Sitz. Der Officer kam heran und leuchtete ihm mit einer Taschenlampe ins Gesicht.

»Kann ich Ihnen irgendwie behilflich sein, Sir?«

Ralph setzte sich auf. »Nein, Sir, Officer, Sir. Ich warte bloß auf meinen Freund. Er hat seinen Mantel vergessen. Sir.«

Der Officer lenkte die Taschenlampe an Ralph vorbei, der seine Haltung veränderte, damit der Lichtstrahl nicht auf Monsignores Gesicht fiel. »Sir, schläft Ihr anderer Freund, oder ist er weggetreten?«

»Er ist hypoglykämisch. Ich hab' ihn davor gewarnt, dieses zweite Stück Zitronenbaiser zu essen.«

»Sieht aus, als wär's ein ganzer Kuchen gewesen.«

Der Winkel der Taschenlampe veränderte sich. Ralph beugte sich erst vor und lehnte sich dann zurück, als der Officer die Lampe in diese Richtung schwenkte. Der Strahl glitt erneut nach vorn, dann zuckte er zurück. Ralph erwischte es, als er sich in die falsche Richtung beugte und der Lichtstrahl auf das malvenfarbige Profil des Monsignore fiel. Er verharrte dort lange Zeit.

»Braucht Ihr Freund ärztliche Hilfe, Sir? Er sieht nicht sonderlich wohl aus.«

»Nein, Sir, Officer, Sir. Ein paar Stunden Schlaf, und es geht ihm wieder gut. Deswegen bringen wir ihn ja nach Hause, mein anderer Freund und ich. Sir.«

»Sir, machen Sie sich etwa darüber lustig, wie ich spreche?«

»Nein, Sir. Ich meine, nein.«

Der Officer nuckelte an einer Wange. Er war in den Zwanzigern, mit glatten Wangenknochen, rotblondem Schnurrbart und stumpfen, blassen Augen unter dem viereckigen Schirm seiner Mütze.

»Wecken Sie ihn auf«, sagte er.

»Oh, das können Sie doch nicht ernsthaft von mir wollen.« Er verkniff sich ein weiteres *Sir.*

»Ich sagte, wecken Sie ihn auf. Wenn Sie können. Ihr Freund sieht mir tot aus.«

»Tot?« Ralph arrangierte sein Gesicht zu einem – wie ihm wohl bewußt war – gequälten Grinsen. »Tot, das ist ja ein tolles Ding. Haha, tot.«

»Dann wollen wir ihn mal lachen hören.«

»Er hat nicht viel Sinn für Humor.«

»Oder irgendwas anderes.« Der Officer trat einen Schritt zurück und legte eine Hand auf seinen Revolver. »Steigen Sie aus dem Wagen.«

Ralph hatte ein ungutes Gefühl. *Wenn's denn sein muß,* dachte er.

Er ließ einen Arm hinter den Rücken des Monsignore gleiten und sagte: »Schau lebendig drein, Johnny! Wie geht's dir jetzt?« Er schob das Oberteil der Leiche halb aufs Armaturenbrett zu. Sie stöhnte.

Der Officer entspannte sich. Er nahm die Hand von der Waffe.

»Tut mir leid, Sir. In dieser Gegend können wir nicht vorsichtig genug sein. Hier wimmelt's nur so von Spinnern. Nichts für ungut.«

»Ja, Sir. Ich meine, nein, Sir. Ich meine, nein.« Ralph mußte den Monsignore am Mantel packen, damit sein Kopf nicht aufs Armaturenbrett knallte. »Kann mir schon denken, daß Sie nicht vorsichtig genug sein können bei all den Spinnern in dieser Gegend.«

»Das ist genau unsere Meinung. Hören Sie, schaffen Sie Ihren

Freund lieber nach Hause, sobald Ihr anderer Freund auftaucht. Er hört sich nicht viel besser an, als er aussieht.«

»Ja, Sir.«

»Es ist halb fünf morgens, wissen Sie.«

»Danke, Officer.«

Der Officer setzte seinen Weg den Block entlang fort und rüttelte weiter an Türknaufen. Ralph ließ den Monsignore los und kaute auf einem frischen Streichholz herum. Carpenter kam aus dem Haus, als er die Stückchen ausspuckte.

»Himmel noch mal, was haben Sie solange gemacht? Ein Bulle war hier.« Ralph stieg aus dem Wagen.

»Hab's gesehen. Hat er Lunte gerochen?«

»Nee, bin mit ihm fertig geworden. Also, das muß ich Ihnen ja sagen, seit Schwester Maria Immaculata hab' ich nicht mehr so viel Zeit mit dem Klerus verbracht.«

»Sie sind katholisch aufgewachsen?«

»Mein alter Herr war Baptistenpfarrer, wolln Sie mich verscheißern? Meine Frau hat versucht, mich zu bekehren. Hat nicht gezogen.«

»Wo ist sie?«

»Iowa oder Idaho, vielleicht war's auch Illinois. Einer von den *I*-Staaten.«

»Geschieden?«

»Sollte eigentlich der Fall sein, in der Zwischenzeit.«

Carpenter setzte sich ans Steuer. »Ich schaff' ihn hier weg.«

»Was haben Sie mit ihm vor?«

»Was geht Sie das an?«

»Mister, ich kenne Leute schon seit zwanzig Jahren, mit denen ich noch nie so lange an einem Stück zusammen war.«

»Nun, das ist jetzt vorbei.« Er knallte die Tür zu.

»Hören Sie, ich werd' meinen Mund halten.«

Carpenter hatte den Motor angelassen. »Was?«

»Ich sagte, ich werd' nichts sagen.«

»Oh. Gut.« Er drehte die Scheibe hoch.

Ralph stand auf dem Gehsteig, bis der Kombi um die Ecke verschwand. Er überlegte, ob er hätte winken sollen; Monsignore Breame, nicht Carpenter.

Ihm blieben noch zwei Stunden, bevor es Zeit war, sich für die Arbeit fertigzumachen, aber er war nicht schläfrig genug, um wieder ins Bett zu gehen. Er schloß sich mit der Kamera in sein winziges Badezimmer ein, nahm aus dem Medizinschränkchen etwas Entwicklerlösung, drehte die elektrische Birne aus und öffnete die Kamera nach Gefühl. Nach zwanzig Minuten hängte er den Film zum Trocknen auf und verließ das Bad. Zwei Biere später ging er wieder hinein, dreht die Birne an und betrachtete die Negative gegen das Licht. Der Monsignore wäre erfreut gewesen zu erfahren, wie fotogen er in totem Zustand war, dachte Ralph. Selbst die Stickerei auf dem Slip war zu erkennen. Er nahm sich eine Minute Zeit, die Aufnahmen von Mrs. Supervisor Powell und ihrem pakistanisch-amerikanischen Freund am Anfang des Films zu bewundern, vertraute ihn dann einem Aluminiumbehälter an und versteckte den fingerhutgroßen Behälter hinter einem zerbrochenen Teil des Medizinschranks, der aus der Rückseite ragte. Das war besser als jeder Safe, da es nicht auffiel. In der Vergangenheit hatte Ralph alles dort versteckt, von einer kompletten Serie falscher Rolex-Uhren bis zu einem Beutel Marihuana, das sich als Müsli-Riegel entpuppt hatte.

Da er mittlerweile gähnte, ging er wieder ins Bett. Für sechs Uhr morgens ging es ihm ungewöhnlich gut. Sein Kater hatte sich verflüchtigt – auch wenn er sich immer noch nicht erinnern konnte, wo er die Nacht zuvor gewesen war –, er hatte zweihundertvierzig Dollar in der Tasche und Fotos von einem toten katholischen Priester im Bett einer Prostituierten. Es ging auf der ganzen Linie bergauf.

Er erwachte, als ein großer schwarzer Feuerwehrmann seine Schlafzimmertür mit der Axt zerkleinerte.

»Wo brennt's?« wollte der Schwarze wissen.

Ralph setzte sich auf und zerraufte sein Haar. »Ist das nicht mein Text?«

»Falscher Stock, Tyrell«, rief jemand vom Flur her. »Wohnung von irgendso 'ner Tante eine Treppe höher.«

»Tut mir leid wegen der Tür.« Tyrell zog sich zurück.

Ralph sagte »Scheiße« und suchte seinen Hut.

4. KAPITEL

Der Brandstiftungsexperte hieß O'Leary.

Sein Anzug war rauchgeschwärzt, und er hatte tränende Augen, die er sich ständig mit einem rußigen Taschentuch wischte, das Schmierspuren hinterließ. Er war fast genauso groß wie der Feuerwehrmann, der Ralph geweckt hatte, und ein paar Jahre jünger als Ralph. In seinem gelben Haar waren noch mehr Schmierspuren, und in dem breiten, versengt aussehenden Gesicht saß eine kleine Stupsnase, die irgendwer mit einer Zange zu verändern versucht hatte, wodurch die Spitze zusammengekniffen und leicht verbogen worden war. Er wickelte zur Begrüßung eine rauchgeschwärzte Pfote um Ralphs Hand und führte ihn aus dem verkohlten Gang in eine leere Wohnung zwei Türen von Lyla Danes entfernt. Dort zündete er sich eine Zigarette an und ließ das Streichholz zu seinen Füßen fallen. Der Teppich begann zu schwelen.

»Zuviel Rauch da draußen.« Er stieß eine große Wolke aus.

Ralph sagte: »Riecht wie 'ne Bratwurst.«

»Das dürfte die Mieterin sein. Kennen sie gut, ja?«

»Zum Hallosagen auf der Treppe langt's. Wird sie durchkommen?«

»Mittlerweile ist sie wohl auf dem Weg in die Verbrennungsstation der University of Michigan in Ann Arbor, falls sie die Fahrt zum Detroit General überlebt hat. Die machen da ein paar raffinierte Sachen. Womit hat sie ihr Geld verdient?«

»Gunstgewerbe. Was ist passiert, Gas?«

»Wahrscheinlich. Hat sie vor kurzem irgendwelche Besucher empfangen?«

»Auf diese Weise hat sie das Gas bezahlt.«

»Irgendeinen von denen mal näher zu Gesicht bekommen?«

»Man schaut sich keine Freier an, wenn sich's vermeiden läßt. Könnt' ja der Bürgermeister drunter sein.«

»Jemals irgendwelche lauten Streitereien aus ihrer Wohnung gehört?«

»Gibt's noch andere?« Ralph stöberte in seinen Taschen nach

einem Streichholz, entschied sich jedoch in Anbetracht der Gesellschaft dagegen. »Soll das heißen, daß das Feuer kein Unfall war?«

O'Leary wischte sich die Augen. »Reine Routine. Sie sind keine große Hilfe, Mr. Poteet.«

»Sie sollten Vinnie diesen Kram fragen. Er ist der Hauswirt.«

»Hab's versucht. Er war auch keine größere Hilfe als Sie. Was machen Sie?«

»Privatschnüffler.«

»Tatsächlich? Bei einer Agentur, oder sind Sie so 'n Einzelgänger wie Sam Spade?« Er schickte glühende Asche auf den Teppich. Dort glimmte jetzt eine Flamme.

»Scheiß auf Sam Spade. Ich arbeite für Lovechild Confidential Inquiries in der Michigan. Ich muß in einer halben Stunde da sein.« Er hatte die vergangenen neunzig Minuten mit den anderen Bewohnern im Gang verbracht und zugesehen, wie die Feuerwehrleute das Feuer löschten und die Ambulanzmannschaft eine in Decken gehüllte Lyla Dane die Treppen hinuntertrug. Vinnie hatte sie zusammengekrümmt am Sockel der Wand gegenüber ihrer Wohnungstür gefunden, wo die Druckwelle sie hingeschleudert hatte, als sie nach Hause gekommen war. Ralph hatte weder die Explosion noch die anschließenden Sirenen gehört. »Hören Sie, wenn irgend so 'n Spinner hier rumläuft und Leute in diesem Haus in die Luft jagt, hab' ich ein Recht, davon zu erfahren.«

»Wir haben keinen Grund, etwas Derartiges anzunehmen. Durch Unfall entstehendes Feuer schlägt in unser Fach, das ist alles. Hat die Dane geraucht?«

»Jetzt tut sie's.«

O'Leary wischte sich die Augen, ließ seine Zigarettenkippe auf die Asche fallen und steckte sein Notizbuch weg. »Okay. Das war's wohl. Haben Sie eine Nummer, wo Sie tagsüber zu erreichen sind?«

Ralph sah die Karten in seiner schmuddeligen Brieftasche durch und reichte ihm eine aus rosarotem Papier mit einer in der Ecke eingravierten Blume. Der Brandstiftungsexperte hob die Augenbrauen. »Eine Dame schmeißt den Laden«, sagte Ralph.

»Danke, daß Sie meine Fragen beantwortet haben, Mr. Poteet.« O'Leary öffnete ihm die Tür.

Ralph ging, nachdem er das Feuer auf dem Teppich ausgetreten hatte.

Vinnie stand am Ende des Gangs neben der Treppe. Mit den Händen in den Taschen seines zerschlissenen Morgenmantels und dem auf seiner Glatze schimmernden Licht sah er wie Henry in den Comic-strips aus, nur daß er einen Mund hatte.

Mann, und was für einen.

»Was hast du heute morgen die Treppe runtertransportiert, eine Ladung Bowlingkugeln?« fragte er.

Ralph hatte die Frage erwartet. »Ich bin gestolpert. Du solltest mal diesen Läufer erneuern. Der ist schon seit Roosevelts Zeiten da.«

»Du hast keine blauen Flecken. Irgendwas muß deinen Sturz abgefangen haben.«

»Mein Hut. Ich muß zur Arbeit, Vinnie.«

»Ich hab' dem Bullen nichts davon gesagt, daß du heute morgen in Lylas Wohnung warst.«

»Warum nicht. Ich hab' vor Bullen keine Geheimnisse.« Ein Laster rumpelte auf der Straße draußen vorbei. Ralph machte einen Satz. Er hatte es für Donner gehalten.

»Wo ist die Kamera?«

Er machte ein verlegenes Gesicht. »So 'n Mist. Sie war in meinem Wagen–«

»Verdammte Schweinerei.« Vinnie betrachtete den beschädigten Gang. »Meine Versicherung wird das nicht decken. Ich wollte sie ja erhöhn, aber mittlerweile bringen mich die Prämien um. Das Pornogeschäft ist im Arsch. Haste mal das Zeug gesehen, was diese Videoläden führn? Kann ich nicht mithalten. Es müßte ein Gesetz geben. Jedes Kind kann da mir nix, dir nix reinspaziern und sich 'nen Film ausleihen, den ich meiner Frau nicht zeigen könnte.«

»Du hast 'ne Sexkönigin geheiratet, Vinnie. Als du sie das erste Mal gesehen hast, lag sie unter drei Kerlen und 'nem Husky.«

»Es war ein Wolfshund. Neben diesen neuen Videos ist das

Zeug da absolut jugendfrei. Das Geschäft ist im Arsch, na schön. Nehm an, daß jetzt Schlüssellochgucken der neueste Schrei ist.«

Jetzt kommt's, dachte Ralph.

»Junge, das war vielleicht 'n Krach, den du da heute morgen veranstaltet hast, du und dein dürrer Freund«, fuhr der Hauswirt fort. Seine Stimme war gedämpft. »Erst hab' ich gedacht, es wärn diese Bürgerwehrtypen, die mit 'nem Panzer zurückkommen. Durch mein Oberfenster kann ich die Diele nämlich prima übersehen. Na ja, es war so groß wie 'n Panzer, und du hast obendrauf gehockt. Hoffentlich werd' ich nie so fett.«

»Spuck's aus, Vinnie.«

»Ich bin ja nicht blöd. Ich werd' ja wohl noch 'nen Schnüffler und 'ne Kamera und 'ne Hure und 'nen toten Knaben auf der Treppe zusammenzählen können. Die Bullen könnten das auch, nehm' ich an. Wenn die das mit dem großen Knall im Gang in Verbindung bringen, ist die Kacke am Dampfen.«

»Der Typ sagt, es wär' ein Gasleck.«

»Dabei könnt's bleiben. Wenn du mir folgen kannst.«

»Vinnie, ich hab' mich schon verirrt, als du losgelegt hast.«

»Du hast bis heut abend Zeit, den Rückweg zu finden. Das ist in etwa so lang, wie ich hoffentlich den Bullen verkaufen kann, daß ich alles über heute morgen vergessen hab'. Die Hälfte von deinem Reibach, mehr will ich nicht. Was ist schon die Hälfte? Du weißt, wo du mich findest, wenn du dich entschlossen hast. Verdammich, ich bin immer hier.«

»Ich komm' zu spät zur Arbeit, Vinnie.«

Er trat beiseite. »Ich glaub' kaum, daß das noch 'ne Rolle spielt, wenn sie dich in den Knast stecken.«

Auf dem Weg nach unten schaute Ralph kurz in seiner Wohnung vorbei, holte die Filmspule aus ihrem Versteck hinter dem Medizinschrank und steckte sie ein. Er traute Vinnie und seinem Generalschlüssel nicht.

Der Wagen, mit dem er zur Arbeit fuhr, war ein nagelneues rotes Riviera-Kabrio mit weißen Polstern und weißem Top. Es gehörte einem Anwaltsfreund, der Ralph gebeten hatte, es für ihn zu verkaufen, während er zwei Jahre in Jackson wegen Anstiftung zum

Meineid absaß, nur war Ralph noch nicht dazu gekommen. Der Morgenhimmel war bedeckt, und wie immer kurz vor einem Regen sahen die Straßen wie Granit aus. Während er um die verlassenen Autos und Bauzäune herumsteuerte, dachte er über die Explosion in Lyla Danes Wohnung nach. In dem Haus hatte es zwar schon früher mal Gaslecks gegeben, aber er kam immer wieder auf Carpenter zurück und wie er sich geweigert hatte zu erklären, was er für Bischof Steelcase tat, und dann dieser letzte Gang nach oben – ohne Ralph. *Das zufällige Zusammentreffen zweier Ereignisse ist der beste Freund des Schnüfflers,* hatte der alte Gus Lovechild mal gesagt. *Wenn der Ehemann deiner Klientin und seine Sekretärin im Abstand von zehn Minuten im selben Motel einchecken, hast du diesen Bonus so gut wie in der Tasche.* Das heißt, abgesehen von jenem Mal bei Richter Morganthaler und einer Archivarin aus der Frank Murphy Hall of Justice; das war wirklich ein zufälliges Zusammentreffen zweier Ereignisse gewesen. Es hatte sechs Monate und tausend Dollar in einem an einen State Police Commander adressierten Umschlag gekostet, um Gus' Detektivlizenz zurückzubekommen. Aber die Regel war zuverlässig.

Immer noch darüber grübelnd, parkte Ralph auf einem Behindertenstellplatz in der Nähe des Gebäudes an der Michigan Avenue und verbrachte einen Moment damit, die gedruckten Schilder, die er im Handschuhfach aufbewahrte, durchzusehen, bevor er eins auswählte, auf dem PRIESTER AUF BESUCH stand, was ihm angemessen erschien. Er klemmte es an die Sonnenblende, damit es durch die Windschutzscheibe zu lesen war, und ging hinein.

Die vergoldete Aufschrift auf den Glastüren zu dem Stockwerk, in dem er arbeitete, verkündete LOVECHILD CONFIDENTIAL INQUIRIES. Die Wände des jenseits davon liegenden Empfangsraumes waren abwechselnd rosa und lavendel gestrichen und mit Lautrec-Drucken in Glasrahmen behängt. Auf dem niedrigen Marmortisch neben den Sesseln und dem Sofa lagen aktuelle Ausgaben von *Vogue, GQ* und *Architectural Digest,* und versteckte Stereolautsprecher säuselten Bach und Mozart in den Raum. Es war eindrucksvoll, aber Ralph vermißte das alte senffarbene Büro mit der vom Fenster abblätternden Aufschrift EAGLE EYE DETECTIVE AGENCY und geriatrischen Exemplaren von *National Geographic,* den afrikanischen Ausgaben, auf dem gelben Bibliothekstisch. Hinter dem nierenförmigen Schreibtisch saß eine Empfangsdame mit Haaren wie eine Platinstaubwolke und dolchähnlichen, feuerrot lackierten Fingernägeln.

»Morgen, Anita«, sagte Ralph. »Sie sollten vorsichtig sein, wenn Sie Klopapier benutzen. Sie könnten sonst verbluten.«

Sie blickte nicht von ihrer Ausgabe von *Working Woman* auf. »Mrs. Lovechild wünscht Sie zu sehen.«

»Was wünscht Sie denn diesmal, meinen Leib?«

»Nur Ihre Hoden. Sie sagte, daß ich dieses Arschloch reinschikken soll, sobald es zu erscheinen geruht.«

»Woher wollen Sie wissen, daß sie mich meint?«

»Eine Firma ist wie eine Männerhose. In ihr kann immer nur ein Arschloch stecken.« Sie blätterte die Seite um.

Er beugte sich über den Schreibtisch und senkte seine Stimme zu einem rauhen Flüstern: »Wie ich höre, läuft im Alamo Hotel in der East Jefferson ein Sonderangebot zur Mittagszeit: fünfzig Minuten für fünf Mäuse.«

Sie blickte zum ersten Mal von ihrer Zeitschrift auf, lächelte und zielte mit einem ihrer Fingernägel auf sein intaktes Auge. »Wie würde es Ihnen gefallen, den Rest Ihres Lebens Bleistifte zu verhökern?«

»Weiber. Nie eine direkte Antwort.« Er zuckte die Achseln und ging durch die Tür hinter dem Schreibtisch.

In dem kurzen, pastellfarbenen Flur, der zu Lucille Lovechilds Büro führte, machte Ralphs Persönlichkeit einen Wandel durch. Er rückte seine Krawatte gerade, nahm den Hut ab und strich sein Haar zurück, das wieder nach vorn schnellte, sobald er die Hand wegnahm. Den Hut in der Hand, klopfte er sanft an die Tür, an der ein Messingschild mit dem eingravierten Namen der Bewohnerin befestigt war. Ihm fiel das Streichholz ein, auf dem er kaute, und er steckte es in eine Tasche.

»Kommen Sie rein, Poteet.«

Das Büro war zweimal so groß wie der Empfangsraum und mit dem grauweißen Teppich, einer gemaserten Holztäfelung und gerahmten erbaulichen Sprüchen an den Wänden weit weniger farbenfroh dekoriert. Die Fenster an der Nord- und Ostseite blickten auf den Washington Boulevard und die Woodward Avenue. Das einzige sichtbar Weibliche – und das schloß Lucille Lovechild mit ein – war ein Strauß Maßliebchen in einer Kristallvase auf dem grauen Stahlschreibtisch. Sie sahen aus, als wären sie lieber irgendwo anders. Ralph konnte es ihnen nachfühlen.

»Sie wünschten mich zu sehen, Mrs. L.?«

»Sie kommen zu spät. Wie gewöhnlich.«

»In meinem Haus hat's 'n Feuer gegeben.«

»Ich dachte, vielleicht ist Ihre Schwester mal wieder krank. Haben Sie eine Schwester, Poteet?«

»Sie ist im Ohio State Hospital für kriminelle Geisteskranke. Sie und mein alter Herr hatten 'nen Streit mit 'nem Elektromesser. Das war ein tolles Erntedankfest.«

Die Eigentümerin der Agentur stand am Nordfenster und spähte auf die Straße hinunter. Sie war größer als Ralph, hager, Ende Dreißig, hatte die Haare hochgestreckt und blondiert. Sie trug eine Brille mit neutralem Rahmen und ein maßgeschneidertes gelbbraunes Kostüm über einer weißen Seidenbluse mit Jabot. Ihr Profil war klar, und sie trug sehr wenig Make-up. Schließlich wandte sie sich vom Fenster um und stützte sich mit gespreizten Fingerspitzen auf ihre Schreibtischplatte.

»Haben Sie den Wunsch, mir über heute morgen zu berichten?«

»Was, über das Feuer?«

»Davor.«

Ralph mußte plötzlich aufs Klo. Er fragte sich, wie viele ihn noch beobachtet hatten, von denen er nichts wußte.

»Heute morgen?« wiederholte er.

»Heute morgen, gestern nacht, wie immer Sie es nennen wollen. Wenn anständige Leute im Bett liegen. Ich möchte wissen, was Sie damit zu erreichen gedachten.«

»Mit wem haben Sie gesprochen, dem Bischof?«

»Welcher Bischof? Ich möchte gerne wissen, warum Sie es für nötig hielten, Ihren Job aufs Spiel zu setzten, indem Sie mich um zehn Minuten nach Mitternacht anrufen und mich über meine Schlafgewohnheiten ausfragen.«

»Häh?«

Sie setzte ihre Brille ab. Sie hatte klare graue Augen und einen ruhigen, starren Blick, der Ralph an ihren verstorbenen Mann erinnerte. »Gedächtnisschwund? Ist das Ihre Verteidigung? Okay, ich spiele mit. Ich schätze es nicht, mitten in der Nacht geweckt und gefragt zu werden, ob ich mit einer GI-Joe-Puppe schlafe.«

»Das soll ich getan haben?«

»Sie sagten, Sie hätten mit einem Burschen in der Bar gewettet.«

»Sagte ich auch, welche Bar?«

»Was macht das für einen Unterschied? Was Sie in Ihrer Freizeit tun, ist nicht meine Sache, Gott sei Dank, aber wenn ich belästigt werde, ziehe ich die eisernen Stiefel an und kicke Ihren Fettarsch von hier bis Taka-Tuka.«

»Ich war betrunken.«

»Nüchtern würde ich Sie gar nicht wiedererkennen. Und das ist eine weitere Sache. Von jetzt an wird während der Arbeitszeit nicht mehr getrunken.«

»Ich treffe eine Menge Klienten in Bars. Sie werden's übelnehmen, wenn ich nicht mit ihnen trinke.«

»Ich spreche von dem Dreiviertelliter im Papierkorb neben Ihrem Schreibtisch und dem halben Liter in Ihrem Handschuhfach und dem Flachmann in Ihrem Mantel. Sie sind ein wandelnder Schnapsladen. Alle Klienten, mit denen Sie zu Mittag trinken, sind keine Klienten dieser Firma. Das habe ich geklärt.

»Lovechild ist eine Ermittlungsagentur«, fuhr sie fort. »Das bedeutet, daß wir Kreditüberprüfungen vornehmen, Personaldiebstähle untersuchen und nach vermißten Personen suchen. Mit Scheidungen beschäftigen wir uns nicht. Wir linsen nicht durch Schlüssellöcher. Und insbesondere schleichen wir nicht herum und machen Fotos von mündigen Erwachsenen, die ihren biologischen Trieben nachgeben, ohne Rücksicht darauf, mit wem sie zufällig gerade verheiratet sind.«

»Ja, Ma'am.«

»Als mein Mann starb und mir die Agentur hinterließ, verfügte sein Testament, daß Sie hier so lange angestellt bleiben sollten, wie Sie es wünschten. Es sagte nicht, in welcher Eigenschaft. Deswegen arbeiten Sie im Archiv, schieben Berichte hin und her und beziehen Ihr Gehalt. Ich will Sie nicht draußen an der Front haben, wo prospektive Klienten Sie sehen oder mit Ihnen reden oder erfahren könnten, daß es Sie gibt. Sie scheinen zu glauben, daß Ihr Job sicher ist, gleichgültig, was Sie tun. Das ist er nicht. Sie haben sich bloß noch nicht genügend blamiert, damit ich meinen Anwalt beauftragen kann, die testamentarische Verfügung aufheben zu lassen. Die Eskapade der letzten Nacht kam dem verdammt nah. Habe ich mich *jetzt* klar ausgedrückt?«

»Ja, Ma'am.«

»Sie sagen ›ja, Ma'am‹, aber in Wirklichkeit denken Sie ›böses Luder‹, nicht wahr?«

»Nein, Ma'am.«

»Dann sind Sie noch dämlicher, als ich dachte, denn genau das bin ich.« Sie beugte sich vor. »Ich bin Ihr schlimmster Alptraum, der wahr geworden ist, Poteet – eine Frau an der Spitze, die ihren Fall bearbeitet. Jedesmal, wenn Sie in dieses Büro kommen, werde ich eine neue Vorschrift für Sie haben. Früher oder später werden Sie eine brechen, und dann sind Sie Geschichte. Ich weiß nicht, was Gus ständig in Ihnen gesehen hat, aber ich werde Sie noch auf Nimmerwiedersehen verschwinden sehen.«

»Ja, Ma'am. Ma'am?«

»Was?«

Ralph setzte seinen Hut auf. »Sie haben nicht gesagt, ob ich die Wette gewonnen hab'?«

»Machen Sie, daß Sie rauskommen!«

Er machte, daß er rauskam, wobei er nach dem Streichholz fischte.

5. KAPITEL

Im Flur, der zum Archiv führte, stieß er mit Chuck Waverly zusammen. Der junge Detektiv war in Eile und ließ beinahe den Aktenordner fallen, den er in der Hand hatte.

»Haben Sie den als Ausgang eingetragen?« fragte Ralph.

»Ja-äh-nein. Ich werd's tun, wenn ich ihn zurückbringe. Ich glaube, ich habe eine Verbindung zu den Henderson-Diebstählen entdeckt.«

»Arbeiten Sie immer noch an dieser Klugman-Sache?«

Chuck hob die Augenbrauen, die dafür wie geschaffen waren. Er war in den Zwanzigern und sehr schlank, hatte rotes Haar und ein Gesicht, bei dem Ralph ständig gegen den Drang ankämpfen mußte, hineinzukneifen. »Woher wissen Sie überhaupt, daß ich dran war?«

»Ich habe die Akte gelesen. Sie verschwenden Ihre Zeit mit dem Dombrowski-Knaben. Klugman ist Ihr Mann.«

»Sie sollen die Akten archivieren, nicht lesen. Sie sind vertraulich.«

»Ich lese alle Akten. Wie soll ich denn sonst die Zeit da hinten totschlagen? Indem ich in den Papierkorb onaniere? Ihre hab' ich auch gelesen. Sie sollten dieses Mädchen heiraten.«

Er errötete. »Was geht Sie das an? Moment mal. Becky steht gar nicht in meiner Personalakte.«

»Wenn alle Beckys drinstünden, würden wir häufiger eingemacht als Erbsenpüree. Hat Ihnen Lucille denn nicht beigebracht, wie man mehr Informationen einheimst, als man rausläßt?« Er grinste.

Chuck wechselte das Thema. »Also, was soll das mit Klugman? Ihm gehört der Laden, warum sollte er seine eigene Ware stehlen? Wir haben den jungen Dombrowski vor fünf Jahren dabei erwischt, wie er Hendersons Kaufhaus ausraubte, und hier ist er wieder und arbeitet für Klugman.«

»Nicht wir haben ihn erwischt, sondern *ich*. Das war kurz bevor Gus den Griffel weglegte und unsere Dame von den Arktischen Schenkeln übernahm. Wenn Sie mal versuchen würden, diese

Akten zu *lesen*, anstatt nach dicken roten Fäden zu suchen, würden Sie feststellen, daß Klugman was nebenbei laufen hat und seine Frau mißtrauisch ist. Warum sollte sie ihn wohl sonst jede Stunde anrufen, wenn nicht, um ihm nachzuspionieren? Wer hat uns engagiert, er oder seine Versicherung?«

»Die Versicherung. Aber–«

»Da haben Sie's. Seine neue Quetsche hat entweder 'nen kostspieligen Geschmack, oder er ist damit beschäftigt, ein geheimes Bankkonto aufzustocken, bevor Mrs. Klugman ihm zu einer Ehebruchsklage verhilft und sein Vermögen einfrieren läßt. Das kostet Zaster, also klaut er seine eigenen Waren und verhökert sie unter der Hand, dann steckt er die Versicherungsentschädigung ein. Sie müssen nichts weiter tun, als ihm auf den Fersen zu bleiben, Fotos zu machen. Penunze gegen Hundekacke, daß was Weiches und Rosanes mit 'ner hohen Stimme aus der Brühe rauskommt, und das wird nicht Pee-Wee Herman sein.«

»Sie meinen, äh–«

»Der alte Beautyrest Bolero, des Schnüfflers bester Freund. Allerding sollten Sie sie besser selbst entwickeln oder es ein Fachgeschäft machen lassen, denn Fotomat tut's nicht. Zeigen Sie sie Klugman. Er wird gestehen, am Erdbeben von San Francisco schuld zu sein, damit seine Frau sie nicht in die Finger kriegt.«

»Mrs. Lovechild sagt–«

»Wessen Name kommt in den Bericht, Ihrer oder ihrer?«

»Meiner, aber–«

Ralph legte Chuck eine Hand auf die Schulter. »Zwei Lebensregeln, Jungchen: Klienten bezahlen für Ergebnisse, und irgendwo spielt immer eine Frau mit. Finden Sie sie, sammeln Sie Beweise, kassieren Sie. Der Klient ist zufrieden, Goosey Lucy ist zufrieden, Sie sind zufrieden. Integrität tut allen bloß weh.«

»Es kann wohl nicht schaden, Klugman ein oder zwei Tage im Auge zu behalten.«

»Das wird langen, glauben Sie mir. Wenn dieser Bursche ihn solange in seiner Hose behalten könnte, würd' er nicht in der Klemme stecken, in der er steckt.«

»Hoffentlich haben Sie recht.«

»Instinkte. Die haben mich da hingebracht, wo ich bin.«

»Ins Archiv?«

»Auf den Platz Nummer eins, bester Privatdetektiv in der Stadt. Na ja, abgesehen von dieser Einmann-Show drüben am West Grand River, aber der ist 'n Pfadfinder.«

»Mann, danke, Mr. Poteet. Ich weiß gar nicht, warum Mrs. Lovechild sagt, Sie wären ein Stinkstiefel.«

»Sie erzählt 'ne Menge Stuß. Können Sie 'nen Zwanziger wechseln?«

Chuck zog seine Brieftasche. »Ich hab' bloß einen Zehner und einen Fünfer.«

»Das geht schon in Ordnung, Sie können mir's schuldig bleiben.« Ralph nahm die Scheine.

»Wo ist der Zwanziger?«

»Ich hab' meine Brieftasche zu Haus vergessen. Teufel, damit sind wir wohl quitt.«

Ralph ging den Flur weiter zum Archiv. Ein bißchen schämte er sich schon. Es war, als ginge man im Detroiter Zoo auf die Jagd.

Der Raum war bleihaltig und hatte keine Fenster. Eine Wand wurde von eingebauten Aktenschüben eingenommen, von denen nun ein Drittel leer war, da Lucille Leute angeheuert hatte, um alles auf Computerdisketten zu übertragen. Sein Schreibtisch war ein rissiger Eichenveteran von Eagle Eye mit einem passenden Stuhl, der bei jeder Drehung in Todespein wimmerte, und dem einzigen schwarzen Wählscheibentelefon, das es noch in Südost-Michigan gab. Als erstes schaute er in den Papierkorb und war nicht überrascht festzustellen, daß sein Dreiviertelliter Four Roses konfisziert worden war. Kopfschüttelnd schraubte er seinen Flachmann auf und nahm einen kräftigen Schluck Smirnoff's. Nur ein Waschlappen hatte Angst, sich einen Drink zu mixen.

Ralph war das zweite Kind eines Baptistenpfarrers aus Ohio und einer Kirchensekretärin, die sich, als Ralph zehn war, aufgerappelt hatte und, unter Mitnahme der Spenden für ein neues Kirchendach und eines Organisten namens Donald, abgehauen war. Danach war Ralphs Vater der unerschütterlichen Überzeugung, daß Ralph nicht sein Sohn sei, und schlug ihn fortan mit der Familienbibel (was Ralph für immer lehrte, sich nie mit Bücherwissen herumzuschlagen). Einmal versetzte er ihm einen

Schlag, der die Netzhaut seines rechten Auges löste, was zur Folge hatte, daß es erblindete und nun einem erst angelutschten und dann ausgespuckten Sauerdrops ähnelte. Ralphs Schwester Ethel war im Alter von sechzehn Jahren mit einem stellvertretenden Supermarktmanager namens Zwingler über die County-Grenze gefahren und hatte geheiratet; Ralphs Vater hatte sie jedoch mit einer 410er Schrotflinte verfolgt und die Heirat annullieren lassen. Ralph war fünfzehn an jenem Thanksgiving Day, als sein Vater und Ethel in einen ernsthaften Streit über das richtige Tranchieren eines Truthahns gerieten und sie statt dessen den alten Mann zu tranchieren anfing, ihn umbrachte und dabei auch einem schnurlosen Elektromesser der Marke Black & Dekker Floating Wonder den Garaus machte. Ein vom Gericht bestellter Psychiater hatte sie für nicht verhandlungsfähig erklärt, woraufhin sie ins Bundeskrankenhaus für geisteskranke Verbrecher eingewiesen wurde. Ralph besuchte sie nie, erhielt jedoch jeden August eine Weihnachtskarte von ihr.

Da sein Vater keine weiteren Verwandten gehabt hatte und man von seiner Mutter seit 1957, als sie in einem Rasthaus am Rande von Wichita zu der intimen Begleitung von Donalds Orgel sang, nichts mehr gehört hatte, wurde Ralph in ein Heim gesteckt. Zwei Tage vor seinem achtzehnten Geburtstag, an dem er hätte wählen dürfen, ob er bleiben oder gehen wollte, hatte er das Gebiß seines Heimvaters in der Toilette im oberen Badezimmer hinuntergespült und war gegangen. Seitdem war er unabhängig gewesen, nicht mitgerechnet einen insgesamt dreiwöchigen Gefängnisaufenthalt wegen unterlassener Einschreibung zum Wehrdienst und wegen Behinderung der Justiz, der abgemilderten Anklage wegen Widerstands gegen die Staatsgewalt, nachdem er sich auf einen der Polizisten gesetzt hatte, die zur Untersuchung einer häuslichen Ruhestörung zwischen Ralph und seiner Frau gerufen worden waren.

Bei der letztgenannten Anklage hatte ihn der Richter als Gegenleistung für Ralphs Versprechen, eine psychiatrische Beratung aufzusuchen, aus der Untersuchungshaft entlassen. Der Berater, ein sonnengebräunter, rotblonder Psychiater in den Dreißigern mit Lederflecken auf den Ellenbogen und einer Harvard-Rudertrophäe in einer Vitrine in seinem Sprechzimmer, hatte sich Ralphs Bericht über seine Jugend angehört und erklärt, daß Ralph deswegen so sei, wie er sei, weil er infolge der Bibelprügel früher als die meisten den Versuch aufgegeben habe, seinem Vater zu gefallen. Das Gebiß seines Heimvaters die Toilette hinunterzuspülen stelle eine symbolische Kastration seines männlichen Elternteils dar, verbunden mit dem unterschwelligen Wunsch, die eigene Geburt zu verhindern. Seine Weigerung, sich zum Wehrdienst einzuschreiben, sei ein Ausdruck der Rebellion gegen Autorität, geboren aus seiner Unfähigkeit, sich gegen die Kindesmißhandlung zu wehren, und das Sitzen auf dem Polizisten weise auf eine schwere Analfixierung hin; er behauptete, daß Ralph infolge des gräßlichen Todes seines Vaters bei einem Familienessen schon seit langer Zeit unter Verstopfung leiden müsse. Auf dem Weg nach draußen klaute Ralph die elektrische Schreibmaschine aus dem Empfangsraum des Psychiaters und ließ sich zu einer zweiten Sitzung nicht mehr blicken.

Damals hätte Ralph möglicherweise eine Verbrecherlaufbahn eingeschlagen, hätte er nicht eine heftige Abneigung gegen Gefängnisse entwickelt. Auch wenn er der Meinung war, daß sich seine intime Kenntnis von der Arbeitsweise eines unlauteren Charakters vorzüglich für die Polizeiarbeit eignete, wußte er gleichwohl, daß man ihn aufgrund seines Lebenslaufes nicht zum Polizeischulungsprogramm in Detroit zulassen würde, worauf er auszog, um sein Schicksal zu wenden, ohne zu Hause anzuhalten, zu packen oder seiner Frau auf Wiedersehen zu sagen. Da Versicherungsarbeit naheliegend und einfach schien, benutzte er seine neue Schreibmaschine, um Empfehlungsschreiben aufzusetzen, fälschte die Unterschriften von Red Adair, Greta Garbo und George Plimpton, weil er annahm, daß diese drei unmöglich für eine Bestätigung zu erreichen wären, und schickte zusammen mit einem ungeheuer phantasievollen Kurzlebenslauf Kopien an die drei größten Versicherungsgesellschaften in Michigan. Da ihn alle drei abwiesen, legte er das Material der Great Lakes Universal Life, Casualty, Auto and Paternity vor, die über Arnie's Little Touch of Albania Chop House an der Livernois in Detroit residierte. Dort wurde er von Arnie persönlich befragt, der nach Brut und gebratenen Zwiebeln roch, eine fettige Hand um die seine klemmte und ihn als Gutachter für Zahlungsansprüche bei der Firma willkommen hieß. In dieser Eigenschaft arbeitete er drei Jahre lang, bis eine Reihe unglücklicher Ereignisse seine Entlassung erzwang. Wäre Gus Lovechild nicht gewesen, der ihn als Angestellten und schließlich als Teilhaber ohne Mitspracherecht bei Eagle Eye aufnahm, würde Ralph wahrscheinlich als Hilfskellner in der Armenküche bedienen oder mit einer Arbeitskolonne in Marquette Straßen bauen. Er war gar nicht mal sicher, ob diese beiden Möglichkeiten nicht dem Aktenjonglieren für Lucille vorzuziehen wären. Wie auch immer, der Teufel sollte Gus dafür holen, daß er gestorben war.

Als der Flachmann leer war, hörte er auf, sich in Erinnerungen zu ergehen, nahm seine Füße vom Schreibtisch und machte ein bißchen Ablage. Der Mappenstapel auf dem Schreibtisch war nicht sehr hoch und enthielt nichts hinsichtlich dessen, was er als brauchbare Information betrachtete. Er hatte Lucille in Verdacht, daß sie die pikanteren Happen aussortierte und sie in ihrem Büro einschloß, damit er nicht drankommen konnte. Nachdem er die Mappen in den ihnen gebührenden Schubladen verstaut hatte, mehr oder weniger jedenfalls, saß er bis Mittag da und vertrieb sich die Zeit damit, Lucilles Zähne auf ihrem Foto auf dem Tischwerbekalender, den sie zufriedenen Kunden schenkte, schwarz anzumalen. Dann ging er zu Tisch.

Seine Lieblingsbar war das Vinegaroon an der Cass, aber das war bei dem Nieselregen, der gerade eingesetzt hatte, zu weit zu laufen, und das Lokal war sowieso nicht mehr dasselbe, seit der Besitzer mit der Abtragung eines Kredits in Verzug geraten war und zu guter Letzt an seinen Bierpumpen baumelte. Florentino's lag am nächsten, aber Ralph schuldete Tino Geld, und neuerdings gab es dort mehr Topffarne und gutgekleidete, im Macedonia Room herumhängende Männer, als ihm zusagte. Er stand einen Moment nachdenklich im Regen, den Tirolerhut tief ins Gesicht gezogen, sagte sich dann, zur Hölle damit, und trabte über die beiden Straßen und um eine Ecke zu Richard's, das zwischen einem kambodschanischen Restaurant und einem Geschäft für Autozubehör eingezwängt war, das Kunden mit nagelgespickten Handschuhen Rabatt gewährte. Die Lage haute hin.

»Hallo, Ralph. Das Übliche?« Wie stets teilte sich Richard, der einarmige Barmann, der vorgab, das Lokal für einen Sizilianer namens Sal das Nilpferd zu betreiben, das Etablissement mit dem Dobermann und dem Kerl in der hinteren Nische, der nie etwas anderes als Pepto-Bismol bestellte und von morgens bis zur Sperrstunde dasaß und in einer zwölf Jahre alten Ausgabe des *TV-Guide* herumkritzelte.

»Verdoppel's.« Ralph kletterte auf einen der sauberen Barhokker. Der Dobermann, der Coleman hieß und auf einem dreckigen Lumpen hinter der Bar lag, hob das Kinn von den Pfoten, beäugte Ralph, furzte und schlief wieder ein.

Ralph wedelte den Gestank weg, während Richard einen Stamper mit Four Roses und ein Glas Budweiser vor ihn hinstellte. »Ist das auch so gefährlich wie das, was dieser Köter kriegt?«

»Ich darf ihm keinen Kohl mehr füttern.«

Ralph stürzte den Inhalt des Stampers hinunter und spülte mit einem Schluck Bier nach. »Schenk noch einen ein.«

»Wundert mich, daß du dich von dem Trip gestern nacht schon erholt hast. Du hast dich richtiggehend vollaufen lassen.« Er füllte den Stamper wieder auf.

»Ich war hier?«

»Weißte das nicht mehr? Hast Andy da drüben ein Pepto-Bismol spendiert?«

Ralph blickte über die Schulter zu dem Kerl in der hinteren Nische, der jetzt mit sich selbst redete. »Hab' ich mit dem die Wette abgeschlossen?«

»Was für 'ne Wette?«

Er drehte sich wieder um. »Hab' ich von hier aus telefoniert?«

»Wüßte nicht, wie du das gekonnt hättest. Gevatterin Post hat den Apparat vor zwei Jahren abmontiert. Hat nie jemand benutzt.«

»Bin ich gegen Mitternacht rausgegangen?«

»Mann, es war nach Mitternacht, als du reingekommen bist.«

»Hab' ich gesagt, wo ich vorher war?«

Richard schüttelte den Kopf.

»Scheiße.«

»Herrje, das muß ja 'n Alptraum sein. Wenn einem 'ne ganze Nacht durch die Lappen geht.«

»Nee. Mir ist ganz 1976 durch die Lappen gegangen.« Er kippte den Drink runter und spülte nach. »Noch einen.«

»Du hast die Zweihundertjahrfeier verpaßt?«

Ralph sah zu, wie er eingoß. »Wie hast du eigentlich den Arm verloren?«

»Straßenbahn. Wie hast du das Auge verloren?«

»Ich hab' 'nen Ständer gekriegt und zu schnell runtergeguckt.«

Das Telefon hinter der Bar läutete. Ralph sagte: »Hast du nicht gesagt, die hätten's abmontiert?«

»Das da ist meins.« Richard meldete sich. Eine Hand über die Sprechmuschel legend: »Biste für 'nen Typen namens O'Leary zu sprechen?«

Ralph nahm den Hörer. »Wie haben Sie mich gefunden?«

»Ihr Boss hat mir eine Liste gegeben.« Die Verbindung schien nach Rauch zu riechen. »Können Sie mal beim Polizeipräsidium vorbeistiefeln? Ich hab' noch ein paar Fragen.«

»Was zum Beispiel?«

»Zum Beispiel, wer so sauer auf Lyla Dane war, daß er versucht hat, sie zu grillen. Jetzt ist's nämlich Brandstiftung. Aber Sie sollten besser rasch kommen, sonst wär's möglich, daß Sie mit jemand anderm reden.«

»Warum?«

»Falls sie stirbt, ist's Selbstmord. Darum.«

Ralph sagte, er käme, und gab dem Barmann den Hörer zurück. »Scheiße.«

»Unerfreuliche Nachrichten?«

»Ich hab' mich nur grad dran erinnert, warum ich nicht gern herkomme. Irgendwas Unerfreuliches passiert immer.«

Coleman, der Dobermann, furzte.

Richard wedelte mit dem Barlappen nach den Schwaden. »Morgen wird er auf Wintergrün gesetzt.«

6. KAPITEL

»Wer sind Sie jetzt, Boris Karloff?«

O'Leary grunzte und winkte Ralph auf einen Stuhl. Auf seinem Schreibtisch, dessen vier Ecken sämtlich mit bogenförmigen Brandmalen verziert waren, standen zwei dicke, thermosflaschengroße Trockenbatterien, die an etwas angeschlossen waren, das wie ein gewöhnlicher Wandschalter ohne Stoßplatte aussah. Der Schalter war an zwei Holzpfosten geschraubt, die auf das Kieferbrett genagelt waren, auf dem die Trockenbatterien standen. Das Ganze sah aus wie ein wissenschaftliches Experiment in der Oberschule.

»Ich habe das Labor hier aufbauen lassen«, sagte O'Leary. »Erspart 'ne Menge Erklärungen. Dieses Ding hier ist ein Lichtbogenschalter. Wissen Sie, was das ist?«

»Himmel, Mann, nein, Mr. Hexenmeister. Was ist 'n das?«

»Sie sind ein Witzbold, Poteet. Man sieht so was wie das hier nicht mehr oft. Sie wurden aus Sicherheitsgründen durch teurere Konstruktionen mit weniger leitfähigen Materialien ersetzt. Dieser hier ist ein Duplikat von dem, das wir neben der Tür von Lyla Danes Wohnung installiert gefunden haben. Das Original ist natürlich verbrannt. Aber nicht genug, um es nicht identifizieren zu können.«

»Mir geht allmählich ein Licht auf«, sagte Ralph, nunmehr interessiert.

»Tatsächlich? Sie sind schlauer, als Sie – na ja, als ich dachte. Wie auch immer, wir fragten den Hauswirt danach. Er sagte, die Schalter wären im ganzen Haus die gleichen. Wir überprüften den in jenem leeren Apartment, in dem Sie und ich heute morgen waren. Es ist ein herkömmlicher Sicherheitsschalter, kein Lichtbogenschalter. Er schwört, daß der letzte Schalter, den er ersetzt hat, im Heizkesselraum war, und *das* war vor über sechs Monaten. Es ist auch kein Lichtbogenschalter. Wir haben's gecheckt.«

»Sie wollen damit sagen, daß sich jemand reingeschlichen und den Schalter geschaltet hat.«

»Hübsch formuliert. Aber richtig. Dann, kurz bevor unser

Freund verschwand, hat er oder sie alle Gasbrenner am Küchenherd aufgedreht und die Zündbrenner ausgeblasen. Die Dame verbringt den Abend außer Haus, um ihre Brötchen zu verdienen. Als sie nach Hause kommt, ist die Bude voller Gas. Sie öffnet die Tür, dreht das Licht an–« Er schnippte den Schalter. Ein blauer Funken knisterte zwischen den Punkten.

Ralph sagte: »Zischbumm.«

»Eher Knallbumm. Allerdings wiegt sie weniger als hundert Pfund, daher schleudert sie die Druckwelle, anstatt sie zu zerfetzen, quer durch den Gang, was ihr das Leben gerettet hat, im Moment jedenfalls noch. Der Bericht aus Ann Arbor klingt nicht gut. Sie liegt im Koma, mit Verbrennungen dritten Grades an vierzig Prozent ihres Körpers.« Er nahm eine glimmende Zigarettenkippe aus einer verkohlten Kerbe an der Schreibtischkante und inhalierte.

Ralph lehnte sich rasch zurück. In dem Rauch glaubte er Carpenters ausgemergelte Gesichtszüge zu erkennen. *Geben Sie auf ihn acht, während ich nach oben gehe und mich vergewissere, daß wir nichts vergessen haben.* »Und wozu zerren Sie mich dann hierher? Ich rufe den Elektriker an, wenn eine Birne ausgewechselt werden muß.«

O'Leary sagte einen Moment lang nichts. Sein großes, versengt aussehendes Gesicht mit der eingekniffenen Nase war so still wie ein Leichenschauhaus. Schließlich wischte er sich die Augen.

»Tja. Ich wollte Sie von Angesicht zu Angesicht fragen, was dieser Hauswirt für ein Typ ist.«

»Vinnie ist ein Stinkstiefel.«

»Sie mögen ihn nicht?«

»Das hab' ich nicht gesagt. Wenn ich was gegen Stinkstiefel hätte, hätt' ich überhaupt keine Freunde.«

»Sie sind befreundet?«

»Das hab' ich auch nicht gesagt.«

O'Leary schnickte seine Kippe angewidert in den Plastikpapierkorb neben dem Schreibtisch. Als er sich vorbeugte, sah Ralph, daß er halb mit Wasser gefüllt war. Irgend jemand war eine Weile bei ihm gewesen. »Ich frage deswegen, weil mir sein

Benehmen nicht gefallen hat, als wir ihn fragten, ob in der vergangenen Nacht oder heute morgen außer Lyla Dane jemand in der Wohnung gewesen ist.«

»Was hat er gesagt?«

»Er sagte, daß er das nicht wüßte, ob er etwa wie irgendein perverser Spanner aussähe.«

»Haben Sie's ihm gesagt?«

»Er hat gelogen. Bei dieser Arbeit kriegt man ein Gespür dafür. Die Sache ist die, schützt er sich oder jemand anderen?«

»Vinnie würde seinen Speckhals nicht mal für Mutter Teresa riskieren. Haben Sie ihn in die Mangel genommen?«

»So gut es ging, ohne ihn einzulochen. Ich hab' Sie deswegen hergerufen, weil alle, mit denen wir geredet haben, sagten, daß Sie schon in dem Haus gewohnt hätten, als sie einzogen. Ich nahm an, daß Sie ihn besser kennen würden als einer von denen.«

»Ich bezahle meine Miete, er läßt mich dort weiterwohnen. Das wär's in etwa.«

»Was ist mit den beiden Kerlen, mit denen Sie heute morgen zusammen waren?«

Ralph langte nach einem Blue-Diamond-Streichholz, um die Tatsache zu vertuschen, daß er zusammengezuckt war. Diese Sorte von Bulle war O'Leary also. »Mit Mrs. Gelatto gesprochen, ja?«

»Sollten wir?«

Verdammt. Jetzt wußte er nicht, ob O'Leary mit ihr oder dem Bullen gesprochen hatte, der ihn in Carpenters Wagen ausgequetscht hatte.

»Ich hab' gestern nacht ein bißchen zu tief ins Glas geguckt«, sagte er. »Sieht aus, als hätt' ich ein paar Jungs auf 'nen Nachttropfen auf meine Bude mitgenommen, als die Bar dichtmachte. Gegen vier hab' ich sie rausbegleitet.«

»Namen?«

Er zuckte die Achseln. »Trinken Sie?«

»Ich war berüchtigt. In welcher Bar waren Sie?«

»Schuppen namens Richard's, für 'n Weilchen. Über vorher und nachher weiß ich nichts.«

»Klingt, als hätten Sie ein Problem.«

»Ich bin kein Alkoholiker.«

»Ich meine, im Hinblick darauf, Ihre Schritte gestern nacht erklären zu können. Niemand weiß, wann Lyla Dane ausgegangen ist. Sie könnten den Schalter und das Gas präpariert haben, bevor oder nachdem Sie in dieses Richard's gegangen sind.«

»Könnte. Wenn ich 'nen Grund hätte.«

»Es gibt 'ne Menge Gründe, wenn 'ne Nutte verletzt wird. Vielleicht hat sie Sie erpreßt.« Ralph lachte. O'Leary machte ein dümmliches Gesicht. »Na schön. Aber wenn ich Sie wäre, würde ich diese Freunde finden.«

»Weswegen haben Sie mich eigentlich auf dem Kieker?«

»Zum einen, weil Sie mir nicht gleich von ihnen erzählt haben. Fremde im Haus an jenem Morgen, an dem ein Mieter in die Luft gejagt wird, sind erwähnenswert.«

»Ich hab' nicht angenommen, daß da eine Verbindung besteht. Tu' ich immer noch nicht. Was ist das andere?«

»Ich mag Sie nicht.«

»Ich bin auch nicht scharf auf Sie.«

»Damit kann ich leben.« O'Leary schnickte den Schalter aus und an und wieder aus. »Um das klarzustellen, es war Mrs. Gelatto, die uns von Ihnen drei auf der Treppe erzählt hat. Zwischen Geschichten über ihren verstorbenen Mann und den wunderbaren Heileigenschaften von sauren Gurken.«

»Vielleicht sollten wir sie mal ausprobieren. Kann ich jetzt gehen?«

»Ich muß sowieso zu einer Messe. Lassen Sie's uns wissen, wenn Sie irgendwelche Pläne haben, die Stadt zu verlassen. Sie kennen ja das Lied.«

Ralph stand. »Was für 'ne Messe findet denn mitten in der Woche statt?«

»Es ist ein Trauergottesdienst. Der Pfarrer der Kirche meiner Frau ist irgendwann vergangene Nacht gestorben. Sie haben ihn heute morgen in seinem Bett im Pfarrhaus gefunden. Sind Sie in Ordnung?«

Ralph hustete und spuckte Splitter in den Papierkorb. »Jaja. Das ist heute schon das zweite Mal, daß ich eins von dieses Drecksdingern verschlucke. Wie, sagten Sie doch gleich, hieß Ihr Pfarrer?«

»Ich habe nichts gesagt. Aber er hieß Breame, John Breame. Er war Monsignore in St. Balthazar. Sind Sie auch bestimmt in Ordnung?«

»Vielleicht fang' ich wieder zu rauchen an.« Er ging hinaus.

»Neue Vorschrift, Poteet«, sagte Lucille Lovechild. »Keine zweieinhalbstündigen Tischzeiten mehr.«

Anita hatte ihn mit ihrem Breitmaulfroschgrinsen geradewegs ins Büro bugsiert. Ralph sagte: »Ich mußte einen Mann wegen einem Feuer aufsuchen.«

»Interessant, daß Sie dieses Wort gebrauchen.«

»Mann?«

»Feuer. Gehen Sie wieder an die Arbeit.«

Er hielt an Anitas Schreibtisch an. Sie las immer noch *Working Woman.* »Ist das nicht wie 'n Mönch mit 'nem Abonnement für *Playboy*?«

»Warum nicht?« sagte sie. »Ich wette, daß er öfter glücklich wird als Sie.«

»Chuck Waverly da?«

»Er ist vor einem Weilchen mit seiner Kamera weggegangen. Lucille hat Ihnen die Hölle heiß gemacht, hä? Erzählen Sie mir alles.« Sie klappte die Zeitschrift zu und legte ihr Kinn in die Handfläche.

»Na, hoffentlich hat er den richtigen Film genommen. Diese Vierzig-Watt-Birnen, die sie in Motelzimmern einschrauben, können sich ja kaum selbst beleuchten.« Er wandte sich zum Gehen.

»Oh, das kam für Sie durch Boten.« Sie hielt einen Umschlag hoch.

Ralph nahm ihn nicht. »Irgendwelche Fenster?«

»Keine Fenster.«

»Handschrift meiner Frau?«

»Die wäre mir unbekannt.«

»Jake Otero stellt Papiere in Botenuniform zu. War's ein kleiner, rundlicher Bursche mit 'nem dämlichen Gesicht?«

»Sie sind ein kleiner, rundlicher Bursche mit 'nem dämlichen Gesicht.«

Er nahm ihn. Der Umschlag war aus schwerem, weißem Papier, adressiert in eleganter, gestochener Handschrift. »›Mr. Ralph Poteet‹«, las er laut.

»Offensichtlich ein Unbekannter.«

Er öffnete ihn.

Lieber Mr. Poteet,

falls es keine Ungelegenheiten bereitet, könnte sich Ihre Anwesenheit in meinem Hause heute abend um sechs Uhr zu Ihrem und meinem Vorteil erweisen.

Herzlich
Philip Steelcase
Ordentlicher Bischof

Eine Karte mit einer eingravierten Adresse in Farmington Hills war an den Brief geheftet, zusammen mit einem neuen Hundert-Dollar-Schein.

»Finanzamt, hoffe ich?« wollte Anita wissen.

»Religiöse Post.« Er faltete den Geldschein im Brief zusammen und steckte beides ein.

Sie schlug ihre Zeitschrift auf. »Die kommen himmelweit zu spät.«

7. KAPITEL

»Hau ab.«

»So spricht man aber nicht mit 'nem Partner«, sagte Ralph.

»Ex-Partner. Du bist rausgeschmissen worden und ich auch. Jetzt schmeiß ich dich raus. Hau ab.«

Neal English war selbständiger Versicherungsstatistiker mit einem den Cadillac Square überblickenden Büro im Gebäude der City National Bank. Er hatte ein monolithisches Gesicht, voller Flächen und Winkel, mit grimmigen schwarzen Augenbrauen wie die von Lincoln, was eine Wirkung hervorrief, die er mit pinkfarbenen Hemden und grob gestrickten Krawatten zu mildern versuchte. Es war kurz nach fünf Uhr, und er stand hinter dem Schreibtisch und schaufelte Papiere in einen kastanienbraunen Lederaktenkoffer mit goldenen Beschlägen.

»Der Rausschmiß hat dir nicht die Bohne geschadet«, sagte Ralph.

»Kein bißchen. Er hat mich lediglich meine Frau und mein Kind und sieben Dienstjahre mehr bei Great Lakes gekostet. Ich würde den Laden heute leiten.«

»Welchen, die Versicherungsfirma oder das albanische Restaurant?«

»Hau ab, Ralph.«

»Verdammt noch mal, Neal, es war ein prima Plan. Die Unterschrift des alten Simpels fälschen und die Police heimlich in die Akten stecken. Wer konnte denn ahnen, daß die Witwe kalte Füße kriegen und das Ganze verpfeifen würde? Weißt du, was 'ne achtzehnjährige Tante mit der Hälfte von fünfzig Mille anfangen könnte?«

»Du hättest Arnie sagen können, daß ich nichts davon wußte. Er war verdammt kurz davor, Klage einzureichen.«

»Nun, hat er aber nicht, was soll also die Meckerei?«

»Ich war ein Jahr arbeitslos. Meine Frau hat sich scheiden lassen und meinen Jungen nach Hawaii mitgenommen. Ich habe beide seit elf Jahren nicht mehr gesehen.«

Ralph lehnte eine Pobacke an eine Ecke des Schreibtischs. »Kinder aufzuziehen kostet viel Geld, und dann entpuppen sie sich trotzdem als lausig. Ehefrauen auch. Warum 'nen See kaufen, wenn du deine Angel gratis reinhängen kannst?«

Als er zu sich kam, lag er rücklings auf dem Teppich. Neal saß auf der Schreibtischecke, die Ralph frei gemacht hatte, und lutschte an seinen Fingerknöcheln.

»Was willst du, Ralph?«

»Du hast trainiert.« Er setzte sich auf, schmeckte Blut. »Früher hast du mich nicht einfach so niedergeschlagen.«

»Damals warst du auch noch nicht so fett und langsam. Steh noch nicht auf; ich hab' noch eine Hand. Was willst du?«

»Ich glaube, irgendwer hat's drauf angelegt, mich umzubringen.«

»Wer's auch immer ist, sag ihm, ich wünsche ihm viel Glück.«

»Ich mein's ernst.«

»Ich auch.«

»Ist dir bekannt, daß diese Nutte heute morgen in die Luft gejagt wurde?«

»Die Gasexplosion? Ich habe davon gelesen.«

»Nun, es war mitnichten ein Unfall.«

»Du hast eine Nutte in die Luft gejagt?«

»Verdammt noch mal, nein. Wie seh' ich denn aus?«

»Im Moment wie 'n Scheißhaufen auf meinem Teppich.«

»Es ist in meinem Haus passiert. Jemand hat sich reingeschlichen, den Wandschalter so präpariert, daß er 'ne Zündung einschaltet, und die Bude beim Weggehen mit Gas vollgepumpt.«

»Schlau. In was steckte die Nutte denn drin, und auf welcher Seite hast du gestanden?«

»Die Frage ist eher, wer steckte in der Nutte drin.«

Ralph erzählte ihm den Rest, beginnend mit Lyla Danes Anruf und endend mit der Entdeckung des Lichtbogenschalters. Die Sache mit den Fotos ließ er weg.

»Ist das selbiger Monsignore John Breame, von dem die *News* schreibt, daß er heute morgen von einem Ministranten gefunden wurde, als er in seinem Bett im Pfarrhaus von St. Balthazar die Englein zählte?« fragte Neal.

»Hat er mir und diesem Irren, Carpenter, zu verdanken.«

»Und weiter?«

»Die Explosion galt mir, ist das denn nicht sonnenklar? Carpenter nahm an, daß ich zu dem besagten Apartment zurückkehren würde, und präparierte es, während ich unten auf der Straße auf ihn wartete. Nur, daß ich nicht hingegangen bin. Ich bin in meine Bude zurück und ins Bett gegangen.«

»Bischöfe bringen wegen Priestern, die ihr Gelübde nicht in der Unterhose lassen können, keine Leute um.«

Ralph nuckelte an seiner gespaltenen Lippe. »In welcher Welt lebst du denn, Neal? Die katholische Kirche umzumodeln ist in, vielleicht macht er's ja gerade, damit's niemand erfährt.«

»Dann kannst du ja noch mal von Glück sagen. Diesmal hat dich die Gerechtigkeit nicht ereilt. Du hast mehr Leute aufs Kreuz gelegt als zehn Nutten zusammen.«

»Die Sache ist die, daß ich in weniger als einer Stunde eine Verabredung mit dem Bischof habe. Könnte sein, daß er den Job zu Ende bringen will.«

»Dann geh einfach nicht hin.«

»Ich muß aber. Könnte sein, daß da ein Geschäft für mich drin ist.«

Neal glitt vom Schreibtisch. »Steh auf, Ralph.«

»Du hast's mir verboten.«

»Ich habe meine Meinung geändert. Steh auf.«

»Wenn ich's tu', schlägst du mich ja doch nur wieder nieder.«

»So ist es. Die Kirche bescheißen, Herr des Himmels. Was hast du getan, Fotos gemacht?«

»Bloß 'nen halben Film. Die haben doch Geld wie Heu, warum soll ich mir nicht 'n bißchen was davon holen?«

»Frag die Nutte.«

»Ich will doch nichts weiter, als daß du den Film für mich aufbewahrst. Er könnte meine Lebensversicherung sein.«

»Da spricht nichts dafür.«

»Hör schon, Neal. Ich hab' immer gesagt, daß du 'n Herz hast so groß wie dein Arsch.«

»Ich hab' trainiert, erinnerst du dich? Die sind beide nicht mehr so groß wie früher. Aber ich werde den Film aufbewahren.«

Ralph grinste. »Hey, ich hab's ja gewußt.«

»Brauchst mich bloß mit der Hälfte zu beteiligen.«

»Der Hälfte von was?«

»Der Hälfte von dem, was der Bischof dir für den Film bezahlt. Wenn ich meine, daß du mich bescheißt, verpfeif' ich dich, erzähl' ihm, daß du zusätzliche Negative gehortet hast, um ihn später damit auszuquetschen.«

»Dann wird er diesen Schweinehund Carpenter beauftragen, mich wegen Schikane umzulegen!«

»Auch ein guter Grund. Der Preis lautet die Hälfte; mach's, oder laß es sein.«

»Hör schon auf, Neal. Das ist nicht dein Stil.«

»Heute ja.«

»Du bist nicht der einzige Freund, den ich hab'.«

»Du hast nicht mal mich. Wenn du zu jemand anderem gehen könntest, wärst du nicht hier und würdest dir 's ganze Hemd vollbluten.«

»Die Hälfte. Kennt denn niemand in dieser Stadt irgendwelche anderen Bruchteile?« Er kramte den Behälter aus der Tasche und hielt ihn hoch. Neal nahm ihn.

»Kann ich jetzt aufstehen?«

»Klar.«

Ralph stand auf. Neal versetzte ihm einen Schlag mit der anderen Faust. Ralph fiel rückwärts gegen eine Wand und schlug dabei ein gerahmtes Balkendiagramm aus der Verankerung, das basierend auf Umfeld, Verhältnis Größe zu Gewicht und Anzahl der Laster die wahrscheinliche Lebensspanne von Männern und Frauen darstellte. Ralph rangierte am unteren Ende. Er betastete seine Nase und betrachtete das Blut. »Wofür zum Teufel war *das* denn?«

»Um der alten Zeiten willen. Wann meldest du dich?«

Er fand sein Taschentuch und betupfte seine Nase. »Gegen acht. Ich ruf' von meiner Bude aus an. Sie haben das Feuer löschen können, bevor es mein Stockwerk erreichte.«

»Zum Glück. Ginflammen sind am schwersten zu löschen.«

Ralph ging, den Kopf nach hinten geneigt und das Taschentuch fest unter die Nasenlöcher gepreßt. Mit einer Hand am Steuer und der anderen an der Nase fuhr er quer durch die Stadt. Seine Lippe schwoll an.

Außerhalb der Stadtgrenzen mußte er steile Hügel umfahren und durchqueren, in denen Häuser wie Edelsteine auf grünem Filz ruhten. Der Regen hatte nachgelassen, und die Sonne war herausgekommen und ließ die glatten Rasenflächen glitzern. Bischof Steelcases Straße war eine gewundene, mit Ranchhäusern, Kolonialvillen und großen, verschachtelten englischen Tudorbauten gesäumte Sackgasse, an deren Ende ein aus Graustein gebautes großes Haus mit einem Schieferdach und Kutschlampen rechts und links der Eingangstür stand. Blutroter Feuerdorn wuchs bis zu den Fensterbänken im Erdgeschoß.

Seine Nase blutete nicht mehr. Während er darauf wartete, daß jemand auf die Klingel reagierte, kratzte er die letzten Spuren aus den Nasenlöchern und stopfte das Taschentuch in eine Jackentasche.

»Poteet.«

Wie er da in der offenen Tür stand, sah Carpenter einem Märtyrer noch ähnlicher als am Morgen in Lyla Danes Wohnung. Er hatte denselben schwarzen, bis zum Hals zugeknöpften Mantel an, und das Licht hinter ihm umgab seinen Stoppelkopf mit einem Heiligenschein.

Ralph wich zurück. »Ich hatte nicht gedacht, daß Sie hier sein würden.«

»Seine Eminenz erwartet Sie.«

»Man weiß, wo ich bin.«

»Freut mich für Sie.« Er trat beiseite.

Ralph betrat ein mit mittelalterlichen Gobelins behängtes Foyer und folgte Carpenter einen Korridor entlang, der mit wurmstichiger Eiche, die aus den Kreuzzügen zu stammen schien, getäfelt war. Am Ende klopfte Carpenter an eine Kirschbaumtür. Eine Stimme hieß ihn eintreten.

Der Bischof war ein hochgewachsener alter Mann, beinahe genauso dünn wie Carpenter, mit weißem, in weichen Wellen zurückgekämmtem Haar und einem Gesicht, das so dunkel wie Hikkoryholz war und gegen den weißen Hals seines Priesterkragens abstach. Er erhob sich hinter einem Mahagonischreibtisch, bekleidet mit einer schwarzen Soutane, die bis zum Boden wallte und ihm ein erdentrücktes Aussehen verlieh. Der Raum war riesig und quadratisch und roch nach Pfeifentabak und Leder von den Büchern in den eingebauten Regalen. Ein großes, aus einem einzigen Holzblock geschnitztes Kruzifix hing an der Wand hinter dem Schreibtisch. Carpenter trat hinter Ralph ein und schloß die Tür.

»Danke, daß Sie gekommen sind, Mr. Poteet«, sagte der Bischof. »Bitte nehmen Sie Platz.«

»Danken Sie Ben Franklin.« Dennoch ließ er sich auf einem tiefen Ledersessel nieder, der seinen Hintern wie eine große Hand in einem weichen Handschuh umschloß. Seinen Hut behielt er auf.

»Sind Sie in einen Unfall verwickelt gewesen?«
»Nur mein Gesicht.«
Der Bischof nahm auf dem großen Drehstuhl hinter dem Schreibtisch Platz, den Rücken ebenso gerade wie das Kruzifix.
»Ich bin dankbar für diese Gelegenheit, Ihnen persönlich für Ihre Diskretion heute morgen danken zu können«, sagte er. »Die Kirche hat in dieser Zeit recht wenige Freunde. Sind Sie vielleicht zufällig katholisch?«
»Nee. Zuviel Knieerei.«
Der Bischof nickte, als wäre er der gleichen Meinung. »Ich bin sehr enttäuscht von Monsignore Breame. Ich hatte gehofft, daß er meinen Platz als Oberhirte der Diözese einnehmen würde.«
»Er war wohl der Meinung, er hätte ein besseres Plätzchen für seinen Hirtenstab gefunden.«
»Ja. Nun denn, jetzt muß ich mit dem Verfahren wieder ganz von vorn beginnen.«
»Mächtig scharf auf 'nen Kardinal, was?«
Er lächelte. »Ich glaube, Sie haben sich eines gewissen Vertrauens würdig erwiesen. Um die Wahrheit zu sagen, Seine Heiligkeit hat während seines Besuchs hier im vergangenen Monat in meiner Gegenwart etwas über den roten Hut verlauten lassen. Selbstverständlich ist dies noch keineswegs offiziell.«
»Wetten, daß Sie schon Ihr Flugticket und das alles haben?«
»Unterbrechen Sie Seine Eminenz nicht.«
»Ist schon gut, Carpenter. Wenn ich nicht geduldig wäre, käme ich wohl kaum als Kandidat in Frage.«
Ralph sagte: »Daß Ihr Trumpfbube im Bett irgend'ner Nutte abnippelt, wäre für Rom nicht das Gelbe vom Ei, wetten? Wahrscheinlich haben Sie deswegen versucht, mich abzumurksen.«
»Was meinen Sie damit?«
»Carpy hier hat seine Hausaufgaben nicht gemacht. Dachte, ich wär' Lylas Loddel oder so was und nicht ihr Nachbar, und daß ich in ihrer Wohnung lebe. Die er präpariert hat, damit sie mir um die Ohren flog, nur daß sie statt dessen ihr um die Ohren flog.«
»Wovon spricht er?«
»Nachdem ich weg war, ist ein Feuer ausgebrochen«, sagte

Carpenter. »Die Frau ist verletzt. Ich hörte es in den Nachrichten.«

»Wissen Sie etwas darüber?«

»Oh, Jesusmaria«, sagte Ralph. »Entschuldigen Sie mein Französisch.«

»Das Gebäude ist eine Feuerfalle, Euer Eminenz. Das Feuer hätte durch alles mögliche ausbrechen können.«

»Die Polente hat den Lichtbogenschalter gefunden.« Ralph schlug die Beine übereinander, was dem Leder ein Furzgeräusch entlockte. »Ich habe Fotos gemacht. Sie sind bei 'nem Freund. Sie wissen ja, wie so was läuft.«

»Nötigung, Mr. Poteet?«

»Nennen wir's doch einfach Erpressung. Für Nötigung bin ich nicht fein genug angezogen.«

Auf der einen Schreibtischkante stand ein Silbertablett mit zwei langstieligen Gläsern und einer geschliffenen Kristallkaraffe, die zur Hälfte mit einer rubinroten Flüssigkeit gefüllt war. Der Bischof entfernte den Stöpsel und füllte beide Gläser.

»Das ist ein guter Portwein. Ich gestehe, daß das enthaltsame Leben mir zwei harmlose Laster gönnt. Das andere ist Tabak.«

»Was feiern wir?« Ralph rührte keins der beiden Gläser an.

»Ihre neue Stellung als Sicherheitschef der Diözese. Die Position ist gut dotiert, und die Arbeitszeit ist geregelt.«

Ralph verspürte den plötzlichen Drang, sich die Hände zu reiben. Er widerstand ihm. »Wem bin ich unterstellt, Carpenter?«

»Carpenter arbeitet für mich. Der Sicherheitschef arbeitet ohne Kontrolle. Sie hätten ein separates Büro im Pfarrhaus von St. Balthazar.«

»Wofür ich als Gegenleistung an Gedächtnisschwund erkranke?«

»Und mir natürlich alles diesbezügliche Material anvertrauten.« Der Bischof nippte an seinem Glas.

Daraufhin erhob Ralph das seine. »Was bewahrt mich davor, ein Knack-und-Back wie Lyla zu werden?«

»Weder Carpenter noch ich haben irgend etwas damit zu tun. Sie haben eine sehr finstere Meinung von Religion.«

»Muß an diesen Bildern liegen, die ich gesehen hab', von

Augen, die ausgestochen, und von Protestanten, die auf dem Scheiterhaufen verbrannt werden.« Er kippte die Hälfte seines Weins hinunter. Er schmeckte bitter.

»Sind Sie mit Bibeln vertraut, Mr. Poteet?«

»Mit der von meinem alten Herrn war ich ziemlich gut vertraut.«

Der Bischof legte eine knochige Hand auf eine alte, reichverzierte Bibel auf dem Schreibtisch. Ralph dachte, er wäre im Begriff, seine Unschuld zu beschwören. »Diese hier gehörte St. Thomas. More, nicht Aquinas. Ich habe eine Schwäche für religiöse Antiquitäten.«

»Dachte, Sie hätten nur zwei Laster.« Ralphs dicke Lippe behinderte ihn beim Sprechen.

»Ich würde es eher eine Besessenheit nennen. Meine Kollegen sind der Meinung, daß mein Ehrgeiz durch Machtstreben angespornt wird oder, sofern sie Nachsicht üben, durch Frömmigkeit. Beide Vermutungen sind falsch. Wenn ich an den Vatikan denke, an seine glorreiche Zeit und ehrwürdige Geschichte, daran, täglich Zugang zu den Manuskripten Konstantinopels zu haben, an den Strohsack, auf den Hadrian der Erste sein Haupt bettete, die sixtinische Decke–«

»Aufgepaßt, Reverend. Gleich geraten Sie noch über Gideon ins Schwärmen.«

Bischof Steelcase hob die Hand in einer Geste, die beinahe einer Segnung gleichkam. »Nehmen Sie die Stellung an?«

»Das Schlimme an Kirchenbüros ist, daß sie alle wie Galoschen riechen. Werd' Ihnen mal was sagen: Sie beschäftigen mich auf Honorarbasis, sagen wir mal, zwei Tausender pro Monat, und ich behalt' die Bilder.«

»Das reicht nicht. Sie müssen zum Paket gehören.«

»Also, da haben Sie Pech auf der ganzen Linie. 'tschuldigense mein Flan-Französisch.« Die Luft im Raum wurde immer dicker. Er konnte kaum durch seine wunde Nase atmen.

»Euer Eminenz?«

»Noch nicht, Carpenter.«

Ralphs Grinsen schien sich über sein ganzes Gesicht zu ergießen. Er kippte den Rest seines Weines hinein. »Sei'n Sie man nicht so deprimiert, Pfaffe. Sie sind nicht der erste Betbruder, den jemand übern Altar gezogen hat.« Sein Sehvermögen ließ nach. Ihm dämmerte langsam, daß dieses Geschäft irgendwas damit zu tun hatte, die Taube auf dem Dach nicht mit dem Spatz in der Hand zu verwechseln.

»Man sagt, das Kruzifix an dieser Wand soll im Palast Karls des Großen in Konstantinopel gehangen haben«, sagte der Bischof gerade. »Jedenfalls sind sich die Experten, die ich befragt habe, darüber einig, daß es zumindest bis zum zehnten Jahrhundert zurückdatiert. Geht es Ihnen gut, Mr. Poteet? Ich fürchte, meine Sammlung schläfert Sie ein.«

Ralph konnte das Kruzifix nicht mehr sehen. Sowohl der Bischof als auch Carpenter waren nur noch schimmernde Schatten. Er beugte sich vor, um sein Glas auf das Tablett zurückzustellen, und kippte weiter, auf den Fußboden.

Scheiße, dachte er, wetten, daß damit auch der Job im Eimer ist?

8. KAPITEL

Als er aufmachte, fühlte er sich so wie morgens fast immer; der Schädel dröhnte, und seine Zunge war groß wie ein Schinken. Seine Augen waren wie zugekleistert.

Als er sie endlich aufbekam, glaubte er zunächst, auch auf seinem intakten Auge nichts mehr sehen zu können. Dann, als die Pupille das Licht einer Straßenlampe durchließ, erkannte er das Armaturenbrett vor sich und merkte, daß die Nacht hereingebrochen war und er auf dem Beifahrersitz des roten Riviera saß. Dann verspürte er ein Zerren und ein Frösteln und blickte nach unten, nur um festzustellen, daß seine Hosen bis zu den Knöcheln heruntergezogen waren. Etwas in drei Pullovern und mit einem Männerfilzhut auf dem Kopf war auf dem Fußboden und bemühte sich gerade, sie ihm über die Schuhe zu ziehen.

»Heda.«

Die Krempe des Hutes kam hoch. Darunter war ein aus dreckigem Lehm geformtes Gesicht, entfernt weiblich, mit großen Nasenlöchern, rotunterlaufenen Augen und sechs gelbbraunen Zähnen in einer schwarzen Mundhöhle. Graues Haar hing zottelig zu beiden Seiten herunter. Ralph roch halbverdauten Gin.

»Ich hab' gedacht, du bist tot«, sagte die Kreatur.

»Tja, bin ich nicht.«

»Biste sicher? Hab' schon tote Katzen auferstehn und weglaufn sehn, weil's keiner ihnen gesagt hat.«

»Aber bloß, wenn du einen in der Kanne hattest. Willst du vielleicht meine Hosen loslassen?«

»Brauchst keine Hosen, wenn de tot bist.«

»Muttchen, du auch nicht.«

Sie hockte sich auf die Hacken. »Also, warum haste dann hier geparkt, wenn de gar nicht tot bist? Das ist hier nix, wo man drin leben kann.«

»Was ist denn das hier?«

»Mount-Elliott-Friedhof.«

»Herr des Himmels. Biste sicher, daß es nicht Farmington Hills ist?«

Sie lachte gackernd. Es klang, als ob jemand Nägel herauszöge. »Na schön, na ja, könnt' man vielleicht auch so sehn. Und das hier ist Beef Wellington zum Abendbrot.« Sie zog eine tote Ratte aus einer Pullovertasche und ließ sie am Schwanz hin und her baumeln.

»Willste das etwa *essen*?« Er zuckte zurück.

»Ich laß dich mal abbeißen, wenn de mir die Hosen da gibst.«

Er beugte sich hinunter, um sie hochzuziehen. Ihm wurde schwarz vor Augen, und er grapschte nach dem Armaturenbrett, um nicht mit dem Kopf anzuschlagen. Das Handschuhfach sprang auf. Die Alte schnappte nach der flachen Halbliterflasche, die herausrutschte, aber er erwischte sie zuerst. Er schraubte den Verschluß ab und nahm einen langen Zug. Während die Hitze seinen Bauch hochkletterte, dachte er an Neal English, der um acht Uhr seinen Anruf erwartete, und spähte im Mondlicht auf sein Handgelenk. Es war nackt.

»Rück meine Uhr raus.«

»Hab' keine Uhr nich.« Das Gesicht der Alten wurde zu einer Karikatur von Verschlagenheit.

Er streckte ihr die Flasche entgegen. Als sie danach grapschte, hielt er sie fest. Sie zuckte die Achseln, inszenierte eine Ausgrabung in ihren Kleidern und förderte Ralphs Timex zutage.

»Erst Gluckgluck, dann weiter Ticktack. Aber für nix kein Ticktack mehr.« Sie preßte die Uhr an die Brust.

Ralph bot ihr die Flasche erneut an. »Nur einen Schluck.«

Nun gab sie ihm die Uhr und nahm die Flasche in beide Hände. Er hielt sie fest, während sie sie kippte. Der Bourbon floß ihr übers Kinn und in die Pullover. Er entriß ihr die Flasche, um sie wieder an die Lippen setzen, betrachtete den Hals und gab sie ihr. In Sekundenschnelle waren sie und die Flasche aus der offenen Tür an der Fahrerseite verschwunden.

Er legte die Uhr an und drehte das Zifferblatt ins Licht. Sie zeigte 8 Uhr 37. »Scheiße.« Sorgfältig zog er die Hose hoch, stellte dabei fest, daß zwei der Taschen nach außen gestülpt waren, rutschte hinters Steuer und knallte die Tür zu. Der Schlüssel steckte im Zündschloß. Er ließ den Motor an und schaltete die Scheinwerfer ein. Vor ihm kam plötzlich ein großer Grabstein mit der Aufschrift FUCHT in Sicht. Er fuhr den Wagen in großem Bogen auf die Mt. Elliott Street hinaus, eine von Detroits übelsten Straßen, Heimat für Straßengangs, Kokaindealer und Prostituierte, meilenweit entfernt von Bischof Steelcases Arbeitszimmer. Selbst Carpenter dürfte flott marschiert sein, nachdem er Ralph so weit gefahren hatte.

Ralphs Hirn war immer noch benebelt. Was immer ihm der Bischof heimlich verabreicht haben mochte, es mußte im hohlen Stiel seines Glases gewesen sein, bevor es gefüllt worden war, denn Ralph hatte ihn während des Einschenkens zu genau beobachtet und gewartet, bis der Bischof aus seinem Glas trank, bevor er sich darauf einließ. Er hatte zwar keine Ahnung, was sie sich davon versprochen hatten, ihn zu betäuben, aber er hätte nur zu gerne gewußt, wie das Zeug hieß, denn es hatte sein Erinnerungsvermögen wiederhergestellt. Er wußte jetzt wieder jedes Lokal, in dem er die Nacht zuvor gewesen war. Wie sich herausstellte, hatte er sich großartig amüsiert.

Er fuhr mehrere Blocks weit, bevor er im Eingang eines Drugstores, der zehn Prozent Rabatt auf Kondome und Strumpfhosen anbot, ein Telefon fand, das einen sicheren Eindruck machte. Er parkte den Riviera dort, wo er ihn im Auge behalten konnte, und rief in Neals Büro an. Als sich dort niemand meldete, ließ er sich von der Auskunft die Privatnummer geben.

»Hallo?«

»Neal, hier ist Ralph.«

»Hau ab.«

»Laß die Scherze. Du hast das Zeug doch nicht an die Bullen geschickt, oder?«

»Welches Zeug?«

»Den Film, Himmel noch mal!«

»Oh, das. Nein, ich hab' ihn noch.«

»Herrje, da fällt mir vielleicht 'n Stein vom Herzen. Wieso?«

»Wieso was?«

»Falls ich mich bis acht nicht bei dir gemeldet habe, solltest du den Film an die Bullen schicken. Was hat dich davon abgehalten?«

»Das hast du nicht gesagt.«

»Ich dachte, das wär' nicht nötig. Das ist doch der ganze Grund, warum ich dich gebeten hab', ihn aufzubewahren, für den Fall, daß jemand mich abmurkst.«

»Du hörst dich aber nicht abgemurkst an.«

»Darum geht's doch gar nicht! Was nützt es, jemanden zu haben, der das Beweismittel aufbewahrt, wenn er nicht das tut, was er tun soll?«

»Hast du das Geld gekriegt?«

»Drogen hab' ich gekriegt.«

»Der Bischof hat dir einen Hammer verpaßt?«

»Da sitz' ich, schlürf' Wein und quatsche über Karl den Großen, und das nächste, was ich weiß, ist, daß eine Pennerin mir auf dem Friedhof die Hosen runterzieht.«

»Genau wie in den Bekanntmachungen der Stadtwerke.«

»Hör zu, wenn du in vierundzwanzig Stunden nichts von mir hörst, steck diesen Film in einen Umschlag und schick ihn an einen Burschen namens O'Leary im Polizeipräsidium. Er ist bei der Brandstiftung.«

»Wann kriege ich meinen Anteil?«

»Neal, wenn es soweit kommt, daß du O'Leary diesen Film schicken mußt, werd' ich zu tot sein, um ihn dir zu geben.«

»Verdammt, ich kann nicht verlieren.« Die Leitung knackte und brummte.

Ralph legte auf und wandte sich zum Gehen, als ihm Vinnie einfiel. Der Hauswirt hatte ihm bis heute abend Zeit gegeben zu entscheiden, ob er ihn an seinem Geschäft beteiligte, andernfalls wollte er zur Polizei gehen. Ralph wählte die Nummer des Pornobuchladens, dann die von Vinnies Wohnung. Er ließ beide Apparate achtzehnmal klingeln, bevor er aufgab.

Vinnie verließ das Haus nie und wagte sich selten über das Erdgeschoß hinaus. Wo konnte er stecken?

»Das Polizeirevier.« Ralph eilte aus dem Drugstore und ließ die Räder des Riviera durchdrehen.

Vinnie besaß kein Auto – hatte, genauer gesagt, nie fahren gelernt, und war zu geizig, um ein Taxi zu nehmen. Busse verkehrten abends nicht. Falls er unterwegs zum Detroiter Polizeipräsidium an der Beaubien war, würde Ralph ihn auf der Straße entdecken. Er nahm diese Strecke zu seinem Haus.

Keiner der Fußgänger, die er unterwegs sichtete, hatte Vinnies Glatze und comicähnlichen Gang. Ralph glaubte ihn einmal zu sehen, aber es entpuppte sich als eine aufblasbare Puppe, die jemand an einen Haufen Mülltüten in der John R. gelehnt hatte. Die Straße war voller Penner, die Probleme hatten, ihre Blase unter Kontrolle zu halten – Weihnachten lag für sie noch in zu weiter Ferne, um »die Obdachlosen« genannt zu werden –, und von Jugendlichen, die nach Telefonzellen suchten, die sie zerstören konnten. Die üblen Elemente blieben bei kühlem Wetter zu Hause.

Der Buchladen war dunkel, und das GESCHLOSSEN-Schild hing über Harry Reems' Schrift im Fenster. Ralph fuhr in die Lücke, in der heute am frühen Morgen Carpenters Kombi gestanden hatte, und sprang in die Diele nebenan. Der Sicherheitssummer funktionierte schon seit Nixon nicht mehr.

Die Tür zu Vinnies Wohnung war verschlossen. Ralph klopfte, wartete, dann knackte er das Schloß mit dem Zelluloidfenster aus seiner Brieftasche, das ein Bild von Tom Wopat zeigte. Die Behausung bestand aus Schlafzimmer, Badezimmer und Wohnzimmer mit Kochnische – spärlich möbliert, fast antiseptisch sauber und nichts beinhaltend, was nicht in einem Disney-Film hätte erscheinen können. Während der Arbeit im Buchladen las Vinnie Fu-Manchu-Romane und spielte mit einer Hand Binokel. Die Schlaumeier im Haus sagten, daß er noch nie ausgeflippt sei und das auch nicht wolle. Vinnies Frau hielt sich sechs Monate des Jahres in Kalifornien auf, wo sie für die Battlefield Production Company Sechzehn-Millimeter-Filme drehte und für diese Kugelschreiber posierte, die Unterricht in weiblicher Anatomie erteilten, wenn man sie auf den Kopf stellte. Ralph konnte über ihre Beziehungen, wenn sie zusammenwohnten, nur Vermutungen anstellen.

Kein Vinnie.

Ralph trank eine Flasche Bartles & Jaymes-Weinschorle, die er im Kühlschrank fand, bediente sich mit einem Salzstreuer aus geschliffenem Kristall, den Vinnie nie vermissen würde, und setzte sich hin, um nachzudenken. Die Überreste des bischöflichen Weines ließen seine Gedanken nur träge und unzusammenhängend fließen, wie eine Autoschlange, die eine Vorfahrtsstraße kreuzt. Es sah Vinnie nicht ähnlich, zur Polizei zu gehen, bevor er von Ralph gehört hatte. Es sah Vinnie nicht ähnlich, zur Polizei zu gehen, Punkt. Insbesondere dann, wenn damit, daß man nicht hinging, Geld zu verdienen war. Etwas nicht zu tun und dafür auch noch bezahlt zu werden war für Hauswirte das Paradies.

Da sich Vinnie möglicherweise in Lyla Danes Wohnung aufhielt, um auszuknobeln, wie er den Schadensbetrag für die Versicherung heraufschrauben könnte, buddelte sich Ralph aus dem Roßhaarsofa, schloß ab (im Haus wimmelte es von Dieben) und stieg die Treppe zum zweiten Stock hinauf. Der Flur stank nach Rauch und den Gummistiefeln der Feuerwehrleute.

Auch dort kein Vinnie. Die Wohnungstür oder das, was von ihr übriggeblieben war, war verschlossen, und ein gelbes Siegel klebte quer darüber, auf dem stand: POLIZEI TATORT – BETRETEN VERBOTEN.

Ralph ging zu seinem Stockwerk hinunter, da die Möglichkeit bestand, daß Vinnie in seiner Wohnung auf ihn wartete. Er würde nicht mal seinen Hauptschlüssel brauchen, dank Tyrell, dem Feuerwehrmann, und seiner kleinen Hackerei für Huren.

Als er die Tür öffnete, war Ralphs erster Gedanke, daß er gar nicht bemerkt hatte, wie sehr sein Haushalt in der letzten Zeit verwahrlost war. Dann sah er die Füllung der aufgeschlitzten Sofakissen zwischen dem zerbrochenen, zerrissenen und umgestürzten Nippes, und er grübelte eine drogenbenebelte Minute darüber nach. Ganz langsam erinnerte er sich daran, wie er auf dem Mt.-Elliott-Friedhof seine Taschen umgestülpt vorgefunden und wie der durchwühlte Inhalt seines Handschuhfachs die Halbliterflasche Bourbon ausgespuckt hatte, als die Klappe aufsprang. Die Pennerin hätte das alles nicht getan, ohne die Flasche und seine Brieftasche mitgehen zu lassen.

Aber Carpenter.

Er wußte jetzt, warum man ihn betäubt hatte.

Ein geistig klarer Ralph hätte in diesem Augenblick die Beine unter den Arm genommen und diesseits der Eight Mile Road nicht mehr angehalten. Trotz seiner Ähnlichkeit mit einem Christen aus den Katakomben fände es Carpenter wahrscheinlich unverzeihlich, wenn man ihn unterbrach, bevor er den Job, den Vinnie begonnen hatte, zu Ende gebracht hatte. Ein geistig benebelter Ralph sah sich nach einer Waffe um. Er hatte seinen Revolver seit August nicht mehr gesehen, als er mit neuen Griffen vom Büchsenmacher zurückgekommen war, nachdem er ihn diesmal in einem Aufzuggitter in der Northland Hudson's eingeklemmt und sich beinahe die rechte Pobacke weggeschossen hatte. Er riß das lose Bein des gekenterten Couchtisches ab, packte es wie eine Keule und stürmte ins Schlafzimmer. In der Tür stolperte er, hangelte nach Gleichgewicht und schlug sich mit dem behelfsmäßigen Totschläger selbst bewußtlos.

Als er Augenblicke später wieder zu sich kam, starrte er zu der brennenden Birne einer der Lampen empor, in deren Licht er sich die Negative von Monsignore Breames morgendlicher Fotositzung betrachtet hatte. Sie funkelte mit zyklopischer Intensität zurück, und einen Moment lang glaubte er (daran mußte der Umgang schuld sein, den er neuerdings pflegte), er wäre vor dem

Jüngsten Gericht angelangt. Er legte eine Hand auf den Boden, um sich in eine sitzende Position zu stemmen, durchbohrte sie mit dem Nagel des Couchtischbeines, saugte an dem Stigma und blickte auf Vinnie. Vinnie war es, der ihn zu Fall gebracht hatte.

Der Hauswirt lag rücklings ausgestreckt in Comicpositur auf dem Boden, Arme und Beine gespreizt und das Sweatshirt so weit hochgeschoben, daß es seinen runden, unbehaarten Bauch entblößte. Seine runden Augen standen weit offen, sein Mund bildete ein perfektes O, aus dem die Zunge herausstach, und sein kahler Schädel warf das Licht der Lampe zurück. Eine grüne, mit orangen Planeten gemusterte Polyesterkrawatte war um seinen Hals geknotet, der Knoten versank tief im Fett. Es war Ralphs Glückskrawatte.

9. KAPITEL

»'n Abend, Mrs. Gelatto«, sagte Ralph.

Die alte Frau mit dem Kopftuch und der schwarzen Lederjacke hielt auf dem Weg die Treppe hinunter inne, fischte ihre Brille aus der Handtasche und linste Ralph durch die dicken Gläser an. »Oh, Sie sind's. Wer ist denn da bei Ihnen?«

»Nur ein Freund.« Er lehnte sich stärker an Vinnies schlaffe Hülle, damit sie nicht zu einem Bündel auf dem Treppenabsatz zusammensank.

»Mr. Capablanca, nicht wahr?« sagte sie. »Sie sollten doch schon vor einer Woche raufkommen und meinen Wasserhahn reparieren. Wollen Sie wohl aufhören, mir die Zunge rauszustrekken, junger Mann.«

Nachdem er die strangulierende Krawatte mühsam entfernt hatte, hatte Ralph versucht, Vinnies angeschwollene Zunge in dessen Mund zurückzustopfen, aber sie war immer wieder herausgeschnellt. Ralph sagte: »Er hat bloß 'ne kleine Magengrippe. Ich bring' ihn nach draußen an die frische Luft.«

»Saure Gurken helfen da am besten. Sie saugen die ganzen Gifte auf. Mr. Gelatto–«

»Roch wie ein Essigfaß. Haben Sie mir schon erzählt, Mrs. Gelatto. Sind Sie nicht auf dem Weg zur Arbeit?«

»Das weiß ich selbst. Ich hab' schon Fußböden geschrubbt, als Sie noch drauf rumgekrochen sind.«

»Keine Frage. Gute Nacht, Mrs. Gelatto.«

»Schrecklich, was der Frau auf meinem Stockwerk passiert ist.«

»Zweifellos. Schrecklich.« Seine Schulter schlief ein.

»Mr. Gelatto wollte kein Gas im Haus haben. Dafür hatte er jede Menge davon im Bett. Daran waren all diese sauren Gurken schuld. Hihi.«

»Haha. Also dann, gute Nacht.«

»Ist Ihr Freund heute morgen gut nach Hause gekommen?«

»Jaja. Er brauchte Ruhe, war alles. Jetzt hat er seine Ruhe.«

»Mr. Capablanca sieht auch nicht besser aus als er. Ihr jungen Leute müßt mit diesem ausschweifenden Leben aufhören.«

»Vinnie wird's wahrscheinlich tun. Gute Nacht, Mrs. Gelatto.«

»Vergessen Sie diesen Wasserhahn nicht.«

»Ich werd' ihn dran erinnern.«

Sie wackelte an ihnen vorbei und die Treppe hinunter. Ralph wartete, bis er die Haustür zuschlagen hörte, dann zerrte er Vinnies Arm wieder über seine Schultern und stieg Stufe um Stufe die Treppe hinunter; erst seine Füße, dann Vinnies. Der Hauswirt war zwar um einiges leichter als Monsignore Breame, aber bei dem Monsignore hatte ihm Carpenter geholfen. Außerdem erforderte die frühere Uhrzeit größere Eile, wenn er vermeiden wollte, von weiteren Mietern gesehen zu werden. Mrs. Gelatto zählte nicht. Ralph hatte erwogen, bis nach Mitternacht zu warten, aber er kannte die Grenzen seiner Nerven, und die schlossen eine lange Nachtwache in seiner eigenen Wohnung bei einem Mann, der mit Ralphs Krawatte ermordet worden war, nicht ein. Glücklicherweise hatte er auf dieser Tour nicht so viele Treppen zu überwinden. Noch eine oder zwei Leichen mehr und er würde die Abwärtsnummer spielend abziehen.

Er erreichte die Diele ohne weitere Zwischenfälle und stellte Vinnie auf der untersten Stufe ab, während er das Fenster aus seiner Brieftasche dazu benutzte, das Schloß an Vinnies Tür noch einmal zu öffnen. In der Wohnung lud er den Hauswirt auf dem Wohnzimmerboden ab, arrangierte seine Arme und Beine in etwa der gleichen Position, in der er sie vorgefunden hatte, und ging dann durch die Wohnung, um sorgfältig alles abzuwischen, was er bei seinem letzten Besuch berührt hatte. Gegenstände, die von Fingerabdrücken gereinigt worden waren, waren den Bullen genauso verdächtig wie ein anständiger Fingerabdruck. Nur ungern holte er den kristallenen Salzstreuer aus der Jackentasche, rieb ihn zwischen den Handflächen und stellte ihn wieder auf seinen Platz auf dem Tisch in der Eßecke. Jemand klopfte an die Tür.

»Mr. Capablanca? Vinnie Capablanca?«

Ralph erstarrte. Die Stimme gehörte O'Leary, dem Brandstiftungsexperten.

»Ist jemand zu Hause?« Er klopfte erneut.

Ralph stand über dem ausgestreckten Körper und hielt die Luft an, während sich der Türknauf zu drehen begann. Er konnte sich nicht mehr erinnern, ob er die Tür hinter sich abgeschlossen hatte.

Der Knauf hörte auf sich zu drehen. Jemand rüttelte daran. Danach herrschte lange Zeit Stille, während der sich Ralph einen Drink wünschte. Er sehnte sich nach dem furzenden Hund im Richard's. Wegen der knirschenden Bodenbretter traute er sich nicht einmal, sein Gewicht zu verlagern. Ein fieser Bulle käme garantiert auf die Idee, das Schloß zu knacken.

Endlich hörte er sich entfernende Schritte. Die Stufen knarrten, als jemand nach oben stieg.

Ralph wartete noch eine Minute, dann schlich er nach vorn und legte sein intaktes Auge an den Türspion. Die Diele war leer. Rasch öffnete er die Tür und trat heraus. O'Leary kam gerade wieder die Treppe herunter.

Laut hustend, um den Krach zu übertönen, schlug Ralph die Tür zu und hämmerte unablässig auf sie ein. »Mach schon, Vinnie, ich hab' mich ausgesperrt! Vinnie?«

»Niemand zu Hause. Ich war gerade da.«

Ralph fuhr überzeugend zusammen und wandte sich O'Leary zu. Eine Naht krachte; er hatte einen Zipfel seiner Anzugjacke zwischen Tür und Rahmen eingeklemmt. Er lehnte sich an die Tür. »Ich wußte nicht, daß Sie da waren. Ich hab' meinen Schlüssel in der Wohnung vergessen.«

»Den werden Sie nicht brauchen. Ich komme gerade von dort. Einer unserer Jungs hat an Ihrer Tür ganze Arbeit geleistet.« Der Brandstiftungsexperte blieb auf der Treppe stehen, die Hände in den Taschen. Die Zigarette in seinem Mund streute Asche auf sein Sportsakko, dessen eines Revers bereits ein Brandloch hatte. »Ich wollte Ihren Hauswirt fragen, um welche Zeit Miss Dane gewöhnlich nach Hause kam. Vielleicht können Sie's mir sagen.«

Ralph zerrte an seiner Jacke. Sie wollte sich nicht von der Stelle bewegen. »Oh, zu unterschiedlichen Zeiten, Sie wissen schon.«

»Nein. Deswegen hab' ich ja gefragt.«

»Nun, man stellt ja seine Uhr nicht nach Huren. Es sei denn, man liegt mit ihnen im Bett, haha.«

»Genau das ist das Problem. Wenn niemand vorhersagen kann, wann sie nicht zu Hause sein wird und wie lange, woher soll dann der Brandstifter wissen, wann er reingehen und den Schalter präparieren kann?«

»Tja. Jungejunge, das ist 'ne harte Nuß.« Mit seiner verborgenen Hand versuchte er, die Tür einen Spalt zu öffnen. Sie war eingerastet, als er sie zugeworfen hatte.

»Können wir in Ihre Wohnung hinaufgehen? Ich würde Ihnen gern noch ein paar Fragen stellen.«

»Könnten wir das verschieben? Ich hab' 'ne Verabredung.«

»Ich dachte, Sie wären gerade erst reingekommen.«

»Bin ich auch. Aber als ich hier auf Vinnie gewartet hab', fiel mir ein, daß ich spät dran bin.«

»Wieder ein Blackout?«

»Nee. Nur 'ne Uhr, die nachgeht.«

»In eine Schlägerei verwickelt gewesen?«

Ralph berührte seine dicke Lippe. Die Nase hatte aufgehört zu bluten, aber von dem Couchtischbein hatte er eine Beule auf der Stirn. »Ich hab' 'nen Salto die verdammte Treppe runter gedreht.«

»Sie sind doch gerade erst gekommen, sagten Sie.«

»Nicht diese Treppe. Eine andere Treppe.«

»Sie sollten sich mal ein bißchen Ruhe gönnen. Schon herausgefunden, wer diese Freunde heute morgen waren?«

»Arbeite noch dran.« Ralph kreuzte die Füße.

»Hoffe, daß Sie was beibringen. Hören Sie, ich will Sie nicht aufhalten.«

»Eine Minute kann ich wohl noch auf Vinnie warten. Ich werd' den Schlüssel später brauchen, und dann schläft er vielleicht schon. Sie werden wohl wieder im Präsidium gebraucht.«

»Ist mir neu.« Die Aschesäule an O'Learys Zigarette wurde immer länger und plumpste auf sein Sakko. Er bürstete sie nicht weg. »Sie könnt's packen, sagen sie jetzt.«

»Wer?«

»Lyla Dane. Die Ärzte sagen, sie hält sich wacker, und wenn das so bleibt, werden ihre Chancen jede Minute besser. Aus dem Koma rauszukommen ist wieder was anderes.«

»Das ist prima. Daß sie's packt, meine ich.«

»Yeah. Hören Sie, ich hab' mal 'nen Blick durch dieses Loch in Ihrer Tür geworfen.«

Oh, Scheiße. »Yeah?«

»Wer hat denn diese Sauerei veranstaltet, die Explosion oder die Feuerwehrleute?«

»Weder noch. Ich bin in letzter Zeit nicht viel zum Aufräumen gekommen.«

»Da sollten Sie mal meinen Hobbyraum sehen. Guter Name dafür.« O'Leary legte den Rest der Strecke zurück und griff nach der Haustürklinke. »He, was ist mit Ihrer Krawatte?«

»Krawatte?«

»Sie wissen schon, dieses Ding da um Ihren Hals.«

»Hals?«

»Ich meine, ich weiß ja, daß sich für die Jugend die Zeiten geändert haben, aber Kerle wie Sie und ich brauchen bei Verabredungen jede Unterstützung, die wir kriegen können. Sie haben's gern, wenn man sich fein macht, ganz gleich, was sie sagen.«

»Oh.« Ralph fühlte, wie das Blut in sein Gesicht zurückfloß. »So eine Verabredung ist das nicht.«

»Machen Sie, was Sie wollen.« O'Leary schnickte seine brennende Kippe weg. »Sagen Sie mir Bescheid, wenn Ihr Gedächtnis etwas beisteuert. Sie stehen immer noch auf der Liste.«

Als er gegangen war, benutzte Ralph das Zelluloidfenster erneut, befreite sein Jackett und wischte mit dem Taschentuch seinen Schweiß vom Türknauf.

Wieder in seiner Wohnung, trank er die letzten beiden Tropfen aus der Ginflasche, mit der er morgens erwacht war – sie war das einzige, was sich noch dort befand, wo er es gelassen hatte –, und ging ins Badezimmer, um sich Wasser ins Gesicht zu spritzen. Irgend jemand, entweder Vinnie oder sein Mörder, hatte die kaputte Ecke von der Rückwand des Medizinschranks abgerissen und nicht wieder angebracht.

Zwei Möglichkeiten. Entweder hatte Vinnie Carpenter dabei erwischt, wie der die Bude auseinandernahm, und sich dafür erdrosseln lassen, oder es war andersherum passiert, als Carpenter kam, um nach dem Film zu suchen, und Vinnie in die gleiche Tätigkeit vertieft vorfand. Für Vinnie spielte es keine große Rolle mehr, wie herum es passiert war. Ralph würde ihn vermissen. Mrs. Capablanca und Ralph kamen nicht miteinander aus, und sollte Lucille Lovechild ein Beispiel dafür sein, wie Witwen die Arbeit ihrer verstorbenen Ehemänner weiterführten, dann sah es ganz danach aus, als ob er bald seine Adresse ändern müßte. Zumindest konnte er jetzt die Kamera behalten.

Falls sie noch funktionierte. Jemand hatte die Rückseite aufgestemmt, keinen Film darin gefunden und sie auf den Schlafzimmerboden geworfen. Das einzige, was Ralph durch Betätigung des Auslösers feststellen konnte, war, daß der Verschluß immer noch klemmte. Er verstaute sie im Wandschrank – auseinandergenommen wie der Rest des Zimmers.

Das Telefon zu finden kostete etwas Mühe. Der Nachttisch, auf dem es sonst stand, war mitsamt der alten Kommode, der Matratze und dem Bettzeug umgestülpt worden, und er mußte an der Wand beginnen und die Schnur bis dorthin verfolgen, wo der Apparat unter einem Haufen Unterwäsche, Archie-Comicalben und zwei Kissen, deren Bezüge gewechselt werden mußten, vergraben lag. Er protestierte lautstark, ein gesundes Zeichen. Er drückte auf die Gabel und rief Neal English zu Hause an.

»Hau ab, Ralph.«

»Neal, ich hoffe, daß du diesen Film an einem sicheren Ort versteckt hast.«

»Hast du schon meinen Anteil?«

»Noch nicht, Himmel noch mal. Ich überprüfe nur meine Versicherung. Das Ganze fängt an, beschwerlich zu werden.«

»Das ist nur dein fetter Arsch.«

»Nun mach aber mal halblang, Neal!«

»Reg dich ab. Ich hab' ihn in mein Bankschließfach gelegt.«

»He, danke, Kumpel.«

»Ich bin nicht dein Kumpel, Arschloch. Ich kann dich nicht schröpfen, wenn ich nicht auf die Ware aufpasse.« Er legte auf.

Ralph war schon wohler zumute. Zwar würde der Teufel los sein, wenn sich herausstellte, daß Vinnie tot war, aber Hauswirte waren sowieso bei niemandem beliebt und Pornohändler erst recht nicht. Die Liste der Verdächtigen reichte von einer netten alten Dame, die ihren Wasserhahn nicht repariert bekam, bis zum Papst. Was, wenn man es recht überlegte, gar nicht mal so abwegig war. Mrs. Gelatto hatte Ralph auf der Treppe mit der Leiche gesehen, aber stockblinde Augenzeuginnen waren kaum glaubwürdig. Er brauchte nichts weiter zu tun, als seinen Mund zu halten. Was Carpenter betraf, für den war Ralph tot weit gefährlicher als lebendig, da er ja nun wußte, daß Ralph den Film nicht bei sich trug oder in seiner Wohnung versteckt hatte.

Trotzdem brachte Ralph eine halbe Stunde damit zu, in dem Trümmerhaufen nach seinem Revolver zu suchen. Er war von minderwertiger Qualität, ein markenloses italienisches Fabrikat, nachgebohrt zum amerikanischen 38er Kaliber, den er für vierzig Dollar bei einem Pfandleiher in der Gratiot erstanden hatte, als er noch für Great Lakes Universal Life, Casuality, Auto and Paternity arbeitete; aber wegen seiner zersplitterten Tür hätte er sich sicherer gefühlt, wenn er in Reichweite gewesen wäre. Er konnte ihn jedoch nicht finden.

Als ihm plötzlich klar wurde, daß er den ganzen Tag nicht das geringste zu sich genommen hatte, was nicht in ein Glas gegossen werden konnte, durchforschte er den Kühlschrank. Er förderte eine Scheibe Sülze zutage, die an den Ecken schon blau schimmerte, und einen Liter Milch, die noch nicht allzu verdächtig roch. Auch im Kühlschrank hatte jemand herumgestöbert, da war er ziemlich sicher; aber nicht auf der Suche nach etwas Eßbarem. Er stopfte das Fleisch zwischen zwei Scheiben Brot und spülte sie mit der Milch, die er gleich aus der Tüte trank, hinunter. Es hatte ihn immer verblüfft, daß nichts so gut gegoren wurde wie Gerste.

Er schaltete den Fernseher ein, bekam jedoch auf keinem Kanal etwas rein. Als er der Sache nachging, entdeckte er, daß jemand das Gerät von der Wand abgeschoben, die Rückplatte abgeschraubt und die Technik auseinandergerissen hatte. Danach ging er ins Bett; bevor er jedoch unter die Decken kroch, lief er noch einmal ins Wohnzimmer und fischte das Tischbein heraus. Als Waffe hatte es sich bewährt, wenn auch nur bei ihm selbst.

Das Telefon riß ihn aus einem erotischen Traum.

»Egal, wer Sie sind, legen Sie lieber sofort auf, sonst stell' ich nämlich fest, wo Sie wohnen und bestell' 'ne Fuhre Taubenmist und laß sie an Ihre Adresse schicken.«

Der Anrufer räusperte sich. »Mr. Poteet?«

»Wer zum Teufel ist da?«

»Hier ist Philip Steelcase.«

»Wer zum Teufel ist Philip Steelcase?«

»Bischof Steelcase, Mr. Poteet. Das können Sie doch nicht vergessen haben.«

Er setzte sich auf, kratzte sich am Kopf und hing sich den Wekker vor das intakte Auge. »Es ist fast Mitternacht!« jaulte er.

»Danke. Ich würde gerne wissen, ob Sie mich morgen mittag im Pfarrhaus von St. Balthazar treffen könnten.«

»Damit Sie mir noch mal 'nen Hammer verpassen können?«

»Ich bedauere das außerordentlich. Wenn Sie mich aufsuchen, werde ich Ihnen beweisen, wie außerordentlich.«

»Was solln das heißen?«

»Das heißt, daß Sie gewinnen, Mr. Poteet. Ich akzeptiere Ihre Bedingungen. Das Honorar betrug zweitausend pro Monat, glaube ich. Auf jeden Fall würde ich mich gerne über die Vereinbarungen unterhalten.«

Ralph sagte, daß er da sein würde, und fiel aus dem Bett, wobei er sich den Tischbeinnagel in eine Pobacke bohrte.

10. KAPITEL

»Neue Vorschrift, Poteet.«

Lucille Lovechild hatte ihre Brille nicht auf, immer ein schlechtes Zeichen. Heute trug sie ein stahlgraues Kostüm und einen marineblauen Rollkragenpullover, was ihr das Aussehen eines U-Boot-Kommandanten verlieh. Sie stand mit auf der Schreibtischplatte gespreizten Fingern da, ihre übliche Haltung, wenn Ralph im Zimmer war.

Er sagte: »Schießen Sie los, *Commandante.*«

»Es ist Ihnen nicht erlaubt, mit irgendeinem meiner Privatdetektive zu sprechen.«

»Ich bin einer Ihrer Privatdetektive.«

»Sie sind Archivar.«

»Über was sprechen?«

»Über alles. Politik, Religion, das Wetter, Sex, die Detektivbranche, wer spielte Little Luke in *The Real McCoys.*«

»Michael Winkleman.«

»Und wenn schon. Sollten Sie jemandem im Flur begegnen, der Ihnen zu Ihrer Krawattenwahl gratuliert – ein unwahrscheinlicher Fall, aber Kurzsichtigkeit und Stromausfälle sind ja alltägliche Risiken –, werden Sie ohne Dank vorübergehen. Ich kann dies schriftlich machen, wenn Sie möchten.«

»Was stimmt nicht mit meiner Krawatte?« Er hatte an diesem Morgen die glückbringende umgebunden. Nachdem man sie als Garotte benutzt hatte, war sie zwar etwas verknautscht, aber allein daß er gestern abend mit ihr in Berührung gekommen war, hatte ihm eine Monatsgratifikation von zwei Riesen eingebracht – obwohl er in Erwägung zog, mehr zu verlangen.

Sie sagte: »Von mir aus können Sie sich eine Boa constrictor um den Hals binden, was ich, um ehrlich zu sein, sogar vorzöge. Ich möchte nur nicht, daß Sie mit irgendeinem meiner Leute Umgang pflegen.«

»Worum geht's denn diesmal?«

»Sehr früh heute morgen, schon der zweite Morgen hintereinander, wurde ich von einem Telefonanruf geweckt. Es war der junge Chuck Waverly, der mich bat, ins Wayne-County-Gefängnis zu kommen und Kaution für ihn zu hinterlegen. Er war wegen Hausfriedensbruch und tätlichen Angriffs inhaftiert worden.«

»Wen hat er denn getroffen?«

»Eine Faust, die einem Gast in Zimmer sechs des Acre of Ecstasy Motels in Ost-Detroit gehörte, mehrmals. Die Anklage wegen tätlichen Angriffs bezieht sich in diesem Fall auf Verletzung der Intimsphäre mit einer Kamera. Wie es scheint, drang Waverly in das Zimmer ein, während es bewohnt war, und fing an, Fotos von dem eingetragenen Gast zu machen, während *dieser* gerade einer jungen Frau beiwohnte, die ihren Namen bei der Polizei mit Tiffany Waterford angab. Wie es scheint, haben Sie ihn zu dieser Tat angestiftet.«

»Wenn ein Kerl mal bumsen will, braucht er meinen Rat nicht. Wenn doch, hätt' ich ihn nicht in so 'ne Bruchbude wie das Acre of Ecstasy gelockt. Die flüssige Seife, die die da haben, riecht wie –«

»Ich meine Waverly.«

»Wer ist 'n das, der böse Bube im Hintergrund?«

»*Sie* sind der böse Bube im Hintergrund. Sie wissen ganz genau, wen ich meine.«

»Hat er die Kamera festgehalten?«

»Was hat das denn mit alledem zu tun?«

»Verdammt, Lucille –«

»Mrs. Lovechild.«

»Verdammt, Mrs. Lovechild –«

»Fluchen Sie nicht in diesem Büro, Sie Dreckskerl.«

»Gesäß und Nähgarn, Mrs. L., wenn er die Fotos hat –«

»Gesäß und Nähgarn?«

»Wenn er die Fotos hat und sie nicht rausgerückt hat, sollten Sie ihm eine Gehaltserhöhung geben. Mir auch, weil ich's ihm nämlich gesteckt hab'. Diese Fotos da von Klugman beim Ölwechsel werden mit diesem Versicherungsgerangel aufräumen wie –«

»Die Fotos, die er gemacht hat, waren von Arthur Hieronymous Blund, Handelsvertreter für die Needleman Farm Implements Corporation aus Urbana, Illinois. Es war das falsche Zimmer. Mr. Blund droht mit Anzeige.«

»Gibt's eine Mrs. Blund?«

»Wäre mir nicht bekannt. Ich hatte noch nie von ihm gehört, bis ich seinen Namen im Verhaftungsprotokoll sah.«

»Wenn ja, wird er keine Anzeige erstatten. Aller Wahrscheinlichkeit nach wird er's nicht mal dann tun, wenn nein. Er würd's vielleicht tun, wenn die Tante nicht ausgerechnet Tiffany heißen würde. Können Sie sich Richter Wapner vorstellen, wenn er den Namen hört?«

»Ich habe Sie nicht hereingerufen, um an einem Wie-nennen-wir-das-Kind-Buch mitzuarbeiten. Von jetzt an sind Chuck Waverly und alles unter diesem Dach, was Ohren hat, um Ihrem Scheißgequatsche zuzuhören, tabu.« Sie schnupperte. »Haben Sie getrunken?«

»Getrunken und gestunken.« Er zielte mit einem Streichholz auf seinen Mund und schaffte es beim zweiten Anlauf.

»Ich wußte es ja! Sie kommen hier sternhagelvoll aus irgendeiner Bar herein, hinkend –«

»Ich hab' mich auf einen Nagel gesetzt.«

»Nehmen Sie das Ding aus dem Mund«, sagte sie.

»Warum?«

»Weil ich Sie küssen will, darum.«

»Herr des Himmels, Lucille – ich meine, ach du dickes Ei, Mrs. Lovechild, ich hätt' ja nie geglaubt –« Er verfehlte das Streichholz und klemmte seine Nase zwischen Daumen und Zeigefinger. Sie wollte nicht abgehen.

»Schon gut. Der Drang ist vorüber. Der Grund, warum ich Sie küssen wollte, ist, daß Sie gerade gegen eine Vorschrift verstoßen haben. Ich wollte Ihnen eigentlich bis Freitag Zeit geben, aber nun hat Ihnen diese Alkoholgeschichte das Genick gebrochen, aber stellen Sie sich einfach vor, ich hätte Geburtstag. Ich habe davon geträumt, diese Worte auszusprechen: Sie sind gefeuert.«

»Ich kündige.«

»Nein, Sie sind gefeuert.«

»Kündige.«

»Gefeuert.«

»Ich sagte, ich kündige, bevor Sie sagten, Sie sind gefeuert.«

»Haben Sie nicht. Ich habe zuerst gesagt, Sie sind gefeuert.«

»Also gut, Sie sind eine häßliche alte Ziege.«

»Ich muß doch sehr bitten!«

»Tun Sie sich keinen Zwang an. Wenn ich ein Gesicht wie Sie hätte, würd' ich mir den Arsch rasieren und auf den Händen rumlaufen.«

Sie schaltete die Gegensprechanlage ein. »Anita, rufen Sie den Sicherheitsdienst.«

»Soll ich Ihnen sagen, daß sie den kleinen Scheißer umpusten sollen?«

»Sie sollen ihn lediglich rufen.«

»Sobald sie damit fertig ist, ihre Nägel zu lackieren«, sagte Ralph. »Die Jungs von der Sicherheit wissen sowieso schon, daß Sie eine häßliche alte Ziege sind. Ich wette, daß der arme alte Gus den Griffel weggelegt hat, bevor er rausgefunden hat, welches Ende er vögeln soll.«

»Ich werde veranlassen, daß man Ihnen den Abfindungsscheck in Ihre Wohnung schickt.«

»Behalten Sie's.«

Sie blinzelte. »Was behalten?«

»Die Mäuse. Die Penunze. Den Mammon. Die Beute. Den Zaster-Knaster. Den Stoff, aus dem die Träume sind.«

»Meinen Sie das Geld?«

»Klar, mein' ich das Geld. Geben Sie's 'nem plastischen Chirurgen. Ich kenn' einen in Ferndale, werd' Ihnen 'nen Termin für 'ne neue Gummel besorgen. Er verwendet diese kleinen Styroporstückchen, die's bei Osterizers gibt. Senkt die allgemeinen Betriebskosten.«

»Bestellen Sie den Sicherheitsdienst ab.« Sie schaltete die Gegensprechanlage mitten in Anitas enttäuschtem Grunzen aus. Dann setzte sie ihre Brille auf. »Seit wann interessieren Sie sich nicht mehr für Geld?«

»Seit ich einen besseren Job gekriegt habe. Dieser neue nutzt meine Talente.«

»Ist der Zirkus in der Stadt?«

Sein Grinsen schien Schlagseite zu haben. Er war betrunkener, als er gedacht hatte. »Wissen Sie noch, wie dieser Laster in Ihre Auffahrt fuhr und vierzig Gros Popeil Potato Smashers und sechs Dutzend Alben mit Slim Whitman Yodels Songs of Faith ablud?«

»Ich brauchte eine Woche, um sie von meinem vorderen Rasen zu entfernen. Woher wissen *Sie* das denn?« Erkenntnis dämmerte. »Sie Dreckskerl.«

»Ich dachte, es wär der erste April.«

»Es war Martin Luther Kings Geburtstag. Ich hatte gerade einen Oboisten der Detroiter Symphoniker zu Besuch. Er hat mir den Laufpaß gegeben. Es war nicht wegen der Potato Smashers.«

»Und wie war das, als Sie die Hand in Ihren Briefkasten steckten und mit einer Faustvoll lebender Köder rauskamen?«

»Etwas Derartiges ist mir nie passiert.«

»Erzähln Sie doch nix, das war doch erst letzten Monat.«

»Ich *habe* nicht einmal einen Briefkasten. Ich benutze das Postamt an der Ecke.«

»Scheiße. Da muß ich doch glatt die Adresse falsch verstanden haben.«

»Sagen Sie mir mal ganz ehrlich, Ralph: Warum hat Gus Sie eingestellt? Sie sind ein niederträchtiger, arbeitsscheuer Kerl, und jeder, mit dem Sie Kontakt haben, bekommt Unannehmlichkeiten. Mir ist noch nie zuvor eine solche Ausgeburt von menschlichem Abschaum untergekommen.«

»Gus und ich hatten 'ne Menge gemeinsam.«

»Was, zwei Ohren und die gleiche Schuhgröße?«

»Sie würden's doch nicht verstehen, Sie waren ja bloß mit ihm verheiratet. Sie haben ja nie die ganze Nacht mit ihm im Wagen vorm Haus von irgend so 'ner Blondine gesessen, Kaffee aus 'ner Thermosflasche getrunken, während der Ehemann von irgendwem drin war und mit ihr zwischen seidenen Laken Rambazamba gemacht hat. Warum hat er sich eigentlich Sie an Land gezogen?«

»Ich habe ihm gezeigt, welche Gabel man bei offiziellen Dinnerpartys benutzen muß und wie man eine weiße Fliege bindet. Ich habe ihn aus Polyester herausgeholt und einen Gentleman aus ihm gemacht.«

»Ich muß zugeben, daß er in den Tweedklamotten da verdammt schnieke aussah.«

»Er starb an Trichinose infolge des Tagesgerichts, das es dienstags im House of Pork gab«, sagte sie. »Ein Restaurant, das Sie empfohlen haben.«

»Jaja, hat mir leid getan, als sie das Lokal geschlossen haben. Sie haben mir in der Küche kostenlos was zu essen gegeben, weil ich ihnen Kundschaft geschickt hab'. Dienstags allerdings nicht.«

Sie straffte sich. »Viel Glück bei Ihrem neuen Job, Poteet. Das meine ich ernst. Ich würde nur ungern erleben, wenn Sie unten in der Perpetual Mission die ausgezeichnete Bettenkapazität in Anspruch nehmen müßten.«

»Wiedersehen, Lucy. Sagen Sie mir Bescheid, wenn Sie den Namen von diesem plastischen Knaben wollen. Wenn Sie sagen, daß ich Sie schicke, läßt er noch 'ne Elektrolyse springen.«

Anita las die *Cosmopolitan,* als er herauskam. Er beugte sich über den Schreibtisch, grapschte eine doppelte Handvoll ihres schäumenden Platinhaars und küßte sie mitten auf den Mund. Sie spuckte immer noch, als sich die Glastür keuchend hinter ihm schloß.

11. KAPITEL

Die St.-Balthazar-Kathedrale nahm einen ganzen Häuserblock an Detroits oberer Ostseite ein, ein gotischer Dinosaurier, der 1924 mit Automobilgeld erbaut worden war. Heute reckte sie vor dem Hintergrund leerstehender Läden, ausgeräumter Lagerhäuser und unfertiger, nie bewohnter und bereits baufälliger Sozialbauten vier durch Strebepfeiler gestützte und mit Wasserspeiern verzierte Türme in die Luft. Die Fassade des Gebäudes bot ein angemessenes Forum für jede am Ort vertretene Weltanschauung, deren Anhänger zumindest eine vierjährige Schulbildung genossen hatten: Friedenszeichen, Hakenkreuze, Davidsterne, arabische Halbmonde, lachende Buddhas, Teufelskultsymbole und alte Yoo-Hoo-Ankündigungen schmückten die Außenmauern aus rotbraunem Sandstein. Im Innern prangte in einer Scheibe des riesigen Bleiglasfensters über den Türen, das die Marienverkündigung darstellte, ein frischer Luftgewehreinschuß, der den linken oberen Schneidezahn des Engels fein säuberlich geschwärzt hatte.

Das widerhallende Innengewölbe enthielt vier Kirchenbankgruppen mit olivgrünen Läufern in den Gängen dazwischen, einen Balkon mit Balustrade, der um den Sockel des Kuppeldachs herumlief, und ein dreieinhalb Meter hohes Kruzifix mit einem bronzefarbenen Christus, der sich hinter dem Altar im Todeskampf wand, daß das Wachs nur so abblätterte. Zu seinen Füßen war ein elf- oder zwölfjähriger, weiß gewandeter Knabe damit beschäftigt, mit einem Zippo Kerzen anzuzünden.

Ralph nahm den nächstgelegenen Gang zum Altar. Er hätte nicht mehr Krach machen können, wenn er eine Aufziehente durch die Joe-Louis-Arena geschleift hätte.

»Hallo, Jungchen.« Die beiden Wörter polterten eine Weile in der Kuppel umher.

Der Knabe zündete weiter Kerzen an. »In Gottes Haus sollten Sie Ihr Haupt entblößen.«

Ralph nahm den Hut ab. »Wie heißt du, Jungchen?«

»Francis Xavier Dillinger.«

»Mist.«

»Das sagt jeder.«

»Wo ist 'n dein Boss, Frankie?«

»Dort oben am Kreuz.«

»Schon gut, schon gut. Ich mein' den Burschen, der diesen Laden hier schmeißt.«

»Monsignore Breame ist gestorben. Der heilige Petrus kam, während er schlief.«

»Monsignore Breame auch. Wo treibt sich der Bischof rum?«

»Im Pfarrhaus, nehme ich an.«

»Wo ist 'n das, da hinten?«

»In der Regel ist es dort zu finden.« Er zündete jetzt die letzte Reihe Kerzen an. Ralph konnte die Hitze spüren.

»Solltest du dafür nicht eins von diesen langen Streichhölzern benutzen?«

»Die gehen ständig aus. Hier drin zieht's ganz scheußlich.«

»Zeig mir, wo das Pfarrhaus ist.«

Der Knabe ließ das Zippo mit einem routinierten Schnipsen

zuschnappen, das man ihm nicht im Religionsunterricht beigebracht hatte, verbeugte sich vor dem großen Kruzifix und ging durch eine Tür im Hintergrund voran, die auf einen geplättelten, mit Tauben vollgestopften Hof führte.

Ralph war der einzige Mensch im Detroiter Stadtbezirk, der regelmäßig auf Tauben trat. Eine von ihnen protestierte lautstark und flatterte unter Hinterlegung eines hübschen Batzens in Ralphs Hut ein Stückchen weg. Fluchend schüttelte Ralph den Dreck heraus und setzte den Hut auf.

»Rauchste, Jungchen?«

»Nein, Sir.«

»Trinkste?«

»Nein, Sir.«

»Fluchste?«

»Nein, Sir!«

»Jungchen, dir fehlt 'n alter Herr.«

Der Knabe deutete auf eine kleinere Ausgabe der Kathedrale, die von Rosensträuchern umgeben war. Ralph ließ ihn stehen und drückte den Knopf neben der Eingangstür. Im Innern ertönte ein Glockenspiel. Die Glocken von St. Balthazar.

Als niemand auf das zweite Klingeln reagierte, versuchte er die Tür zu öffnen. Sie war verschlossen. Er blickte über die Schulter zurück, sah, daß der Ministrant in die Kathedrale zurückgegangen war, und versuchte es mit dem Zelluloidfenster seiner Brieftasche. Es war ein Einriegelschloß. Er gab auf und ging zur Rückseite herum, aber ein Blumengarten, umgeben von einer sechs Fuß hohen Steinmauer mit einem verschlossenen Eisentor, schnitt ihm den Weg ab. Soviel zu stets zugänglichen Kirchen.

Vielleicht döste Bischof Steelcase auf der Couch. Der alte Knabe war da hinaufgeklettert und erinnerte sich vielleicht nicht mehr an das Angebot der vergangenen Nacht, wenn sie nicht bald darüber redeten. Ralph versuchte, das bleiverglaste Erdgeschoßfenster an der einen Seite des kleinen Gebäudes zu öffnen, dann dessen Gegenstück auf der anderen Seite, das entweder die Heiligen Drei Könige auf ihrer Reise nach Bethlehem oder die Marx Brothers darstellte. Dieses war offen.

Ralph war noch nie in eine Kirche eingebrochen. Er begann an den Fingern die Gebote abzuzählen, konnte sich jedoch nicht erinnern, ob so etwas darin vorkam. Schließlich entschied er, daß Pfarrhäuser nicht zählten. Er hievte erst das eine Bein über den Fensterrahmen, dann das andere.

Als er sich in den dämmrigen Innenraum hinablassen wollte, gab irgend etwas unter seinen Füßen nach. Das Krachen machte weit mehr Lärm als eine Aufziehente. Er blieb wie angewurzelt auf dem Fensterrahmen sitzen.

Als nach einer vollen Minute niemand von irgendwoher angerannt gekommen war, nahm er an, daß die Steinmauern den Lärm geschluckt hatten, und ließ sich die restliche Strecke hinab. Irgend etwas knirschte. Er stand auf einer von einem Dutzend oder mehr 78er Schallplatten.

Er wunderte sich über den Musikgeschmack des Bischofs. Kniend las er die Etiketten: die Leitmelodie aus *Peer Gynt,* die *Eroica*-Symphonie, *Perdido, Die Zauberflöte.* Ralph stand auf Tschaikowsky. Ein Slim Whitman war nicht in der Sammlung. Ächzend erhob er sich.

Das Haus war eine Kombination aus Wohnung und Büro, mit einem engen Eingangsflur zum Aufhängen von Hüten und Mänteln (auf dem Garderobenständer hing weder das eine noch das andere), einem Salon mit Blick auf den Garten, einem kleinen Schlafzimmer, das mit Nachttisch, Leselampe und einem eindeutig diözesischen Einzelbett ausgestattet war, und zwei Büros, von denen das kleinere leerstand und wahrscheinlich jenes war, das Ralph benutzt hätte, wenn er auf das erste Arbeitsangebot des Bischofs eingegangen wäre. Bischof Steelcase hielt sich in keinem von beiden auf.

Das größere der beiden Büros war nach der männlichen Priestermode mit schwarzer Eiche getäfelt und hatte einen großen Schreibtisch aus Walnußholz mit einer gelbbraunen Lederplatte, die zu dem Sessel dahinter paßte. Die anderen Sessel in dem Büro waren mit robustem grünen Kunstleder bezogen und standen auf einem roten, ziemlich abgenutzten Orientteppich mit goldener Zierleiste. Es gab das obligate Holzkreuz an der Wand hinter dem Schreibtisch – kleiner und weit weniger alt als das im Arbeitszimmer des Bischofs – und eine Vitrine, bestückt mit gebundenen Büchern und Paperbacks, deren Themenpalette vom Leben der Heiligen bis zu *The Many Loves of Dobie Gillis* reichte. Ralph rief sich in Erinnerung, daß das Pfarrhaus von Monsignore Breame benutzt worden war, nicht vom Bischof, und daß seine Einrichtung den Geschmack des Erstgenannten widerspiegelte. (Er fragte sich, ob das schmale Lager den stattlichen Prälaten in Lyla Danes Himmelbett getrieben hatte.) Trotz alledem hing in dem Raum ein Aroma von frischem Tabakrauch, der jenem ausgeprägteren Duft ähnelte, der Steelcases Umgebung durchzog. Nun, *irgend jemand* mußte ja wohl in der Abwesenheit des Pfarrers die Leitung der Gemeinde übernehmen.

Ralph pflanzte seinen Hintern auf den gelbbraunen Ledersessel und durchsuchte in aller Ruhe den Schreibtisch. Er fand den üblichen Schubladenkram samt einem eselsohrigen Paperback voller Flannery-O'Connor-Geschichten über geisteskranke Katholiken und einen Totozettel der Detroit Tigers. Er fragte sich, was es mit Priestern und Baseball auf sich haben mochte. In der obersten Schublade stieß er auf eine schweinslederne Notizblockhülle, deren Ecken wie Gold aussahen. Die steckte er ein, samt Block und allem anderen.

Das war's. Kein Weihnachtskatalog von Frederick's of Hollywood, kein *Playboy, Penthouse, Gallery, Oui, Screw, Anal Lust, Blue Boy* oder *Balling Bovines,* keine jugendgefährdenden farbenprächtigen Spielkarten mit zweiundfünfzig originellen und lehrreichen Stellungen plus Joker, der seinen Reichsapfel und sein Zepter mißbrauchte; nicht einmal ein medizinischer Text mit Farbdrucken der weiblichen Fortpflanzungsorgane und aufklappbarer Klitoris. Entweder war der Monsignore mit Schreibtischen, in denen man Dinge verstecken konnte, vorsichtiger umgegangen als der normale verkappte Lustmolch, oder irgend jemand – Carpenter? – hatte ihn schon durchsucht und alles Belastende konfisziert.

Ralph gab dem Bischof eine halbe Stunde. Dann gab er ihm eine Dreiviertelstunde. Er las einige der O'Connor-Geschichten und lernte nichts daraus außer der Tatsache, daß einige Autoren wesentlich blutrünstiger waren als andere. Nachdem anderthalb Stunden vergangen waren, benutzte er das Telefon auf dem

Schreibtisch, um Steelcase zu Hause anzurufen. Es läutete viermal.

»Hier ist Philip Steelcase.«

»*Ich* bin hier, Euer Bischofheit«, sagte Ralph. »Wo, verdammt noch mal, sind Sie?«

». . . kann im Moment nicht ans Telefon kommen, wenn Sie jedoch auf den Piepton warten und Ihren Namen und Ihre Telefonnummer hinterlassen, werde ich Sie zurückrufen.«

Scheiße. Ralph wartete, wiederholte dann, was er gesagt hatte, und fügte hinzu: »Das wird Sie 'ne Stange Geld kosten.«

Er legte auf, stellte fest, daß er vergessen hatte, seinen Namen zu hinterlassen, und rief nochmals an. Mitten in der Aufzeichnung unterbrach jemand die Verbindung.

Als er wieder in der Kathedrale war, hatte Francis Xavier Dillinger sein Gewand abgelegt, um mit einer Bissell-Kehrmaschine über die olivgrünen Läufer zwischen den Kirchenbänken zu fahren. Der Junge trug Jeans, Turnschuhe und ein Sweatshirt mit dem Gesicht von Madonna auf der Vorderseite und ihrem Arsch auf der Rückseite.

»Den Bischof heute schon gesehen, Jungchen?«

»Nein, Sir.«

»Kommt jeden Tag her, ja?«

»Ich bin nicht jeden Tag da.«

»Wann biste denn da?«

»Meistens.«

»Um welche Zeit?«

»Ich hab' keine Uhr.«

Herr des Himmels, dachte Ralph und spähte anschließend unsicher in die Richtung des gewaltigen Kruzifixes hinter dem Altar. »Wann ungefähr?«

»Er ist immer da, wenn ich mittags herkomme, und er ist immer noch da, wenn ich nach ein paar Stunden weggehe.« Im Kuppelgewölbe ratternd, fuhr die Kehrmaschine auf und ab.

»Schreibste 'ne Nachricht auf?«

»Ich habe nichts zum Schreiben.«

Ralph hielt ihm eine Karte hin. »Sag ihm, daß ich hier war. Er kann mich zu Hause erreichen. Er kennt die Nummer.«

Der Junge hörte mit dem Kehren auf, um die Karte in die Uhrtasche seiner Jeans zu stecken. Dann fing er wieder an.

»Du bist beim falschen Orden, Jungchen«, sagte Ralph. »Es sind die Benediktiner, die das Schweigegelübde ablegen.«

»Ja, Sir.« Er fuhr Ralph mit der Kehrmaschine über die Füße.

Auf der Heimfahrt suchte Ralph Pfützen aus, in deren Nähe Fußgänger standen oder gingen, und lenkte den Riviera hindurch. Jedesmal, wenn er einen vollgespritzt hatte, feierte er mit einem Schluck aus dem Flachmann; mit zweien, wenn er zwei mit einem Guß erwischte. An einer Bushaltestelle verbuchte er vier Rentner, einen Briefträger und einen Hund, der sich an einer Reklamebank erleichterte, und leerte den Flachmann. Kleine Erfolgserlebnisse. Wenn er seinen Job für nichts und wieder nichts aufgegeben hatte, würde er Neal English beauftragen, den Film an beide Tageszeitungen und alle Fernsehsender zu schicken, und dann konnte Steelcase über seinem Frühstücksbrötchen und seinem Kaffee dem Vatikan Lebewohl sagen. Er hielt an einem Schnapsladen an, um sich von einem Mann an der Theke, der wie Muhammar al Gaddafi aussah, den Flachmann nachfüllen zu lassen, aber danach waren Pfützen schwer zu finden, und er mußte sich in der Sherman mit einem Penner zufriedengeben, der das Bad sowieso nötig hatte. Der Penner trug einen ganz ähnlichen Tirolerhut wie Ralph.

Als er sich seinem Haus näherte, entdeckte Ralph einen gelbbraunen Chrysler, der in der Ladezone parkte, und verringerte das Tempo, um ihn sich genauer ansehen zu können. Es kam durchaus vor, daß die Kunden des Pornobuchladens dort warteten, bis Streikposten mit Kameras oder Passanten, die sich als ihre Nachbarn entpuppen konnten, verschwanden, ehe sie hineingingen; aber die Gehsteige zu beiden Seiten waren menschenleer, und außerdem hing das GESCHLOSSEN-Schild immer noch unübersehbar im Schaufenster des toten Vinnie. Zwei Männer saßen auf den Vordersitzen. Gerade als Ralph vorbeizog, wandte der Mann am Steuer den Kopf, und Ralph sah O'Learys breites, versengtes Gesicht und seine zusammengekniffene und verbogene Nase eingerahmt im Fenster an der Fahrerseite.

Die Reifen des Riviera schnitten in den Asphalt, jaulten auf und schleuderten den Wagen in eine zweirädrige Kehrtwendung, die die Mülltonne an der Ecke umkippte. Das einsame Kleenexknäuel, das sich darin befand, blieb zwar dort, als die Tonne jedoch herumschlitterte, fegte sie die Orangenschalen, zerbrochenen Flaschen, Kondome aus zweiter Hand und WÄHLT DEN BÜRGERMEISTER WIEDER-Handzettel, die drumherum verstreut auf dem Gehsteig lagen, auf die Straße hinaus, wo der Chrysler, der die Verfolgung aufnahm, im feuchten Abfall die Bodenhaftung verlor, herumwirbelte und an einem Feuerhydranten am gegenüberliegenden Bordstein ein Rücklicht zerschmetterte. O'Leary setzte den Wagen zurück und preschte in Ralphs Kielwasser wieder vorwärts. Die Sirene ging los.

Ralph bog nochmals nach rechts ab, dann nach links, überfuhr eine rote Ampel und verfehlte knapp einen Neunachser, der gerade über die Kreuzung rollte. Der Laster bremste und brach aus, wodurch die Türen seines Anhängers aufsprangen und eine Ladung Porta-Nachttöpfe mitten auf die Michigan Avenue spuckten. Der gelbbraune Chrysler schwankte zwischen den hüpfenden Klos hin und her. Ralph raste eine Gasse hinunter und über einen nicht mehr benutzten Parkplatz, auf dem Gras durch Risse im Asphalt wuchs, und war plötzlich wieder auf dem Weg, den er Minuten zuvor in umgekehrter Richtung gekommen war, gejagt von dem Chrysler.

In diesem Augenblick fiel Ralph das alte Sprichwort ein, daß man auf dem Weg nach oben nett zu seinen Mitmenschen sein sollte.

Vier wütende Rentner drohten dem roten Riviera mit ihren Spazierstöcken und riefen ihm Obszönitäten nach, als er vorbeiflitzte. Ein Briefträger, dessen Uniform mit Dreck bespritzt war, langte in seinen Sack und fing an, Pakete zu werfen, von denen einige aufplatzten, als sie gegen Ralphs Heckscheibe prallten, und einen Schwall Civil-War-Schachspiele und Versandhaus-Toupets ausspuckten. Ein pudelnasser Hund schnappte nach den Hinterreifen des Riviera.

Ein patschnasser Penner, der einen ähnlichen Tirolerhut wie Ralph trug, setzte sich auf die freie Bank an der Bushaltestelle, trank aus einer in eine Papiertüte eingewickelten Flasche und beobachtete den Aufruhr.

Ralph versuchte es mit einer Ganovenwende am Ende des Blocks. Einer seiner Reifen blieb an der Bordsteinkante hängen und brachte den Wagen zum Schleudern. Der Hund, der sich plötzlich als Zielscheibe einer Fahrzeugjagd wiederfand, lief jaulend und schreiend mit eingekniffenem Schwanz und einem orangen Toupet auf dem Kopf die Straße hinunter. Ralph kämpfte mit dem Lenkrad, als der Riviera gegen den Bordstein knallte, abprallte, auf und über den gegenüberliegenden rumpelte und mit kreiselnden Vorderrädern auf einem Briefkasten zum Stillstand kam.

Der abrupte Stopp warf Ralph gegen den Türgriff an der Fahrerseite. Die Tür sprang auf, er taumelte auf den Gehsteig und erhaschte, als er hinfiel, einen Blick auf den Chrysler, der mitten auf der Straße stoppte. Während er benommen auf dem Rücken lag, trottete der Hund herbei, schnüffelte an ihm und hob das Bein.

»Penner«, sagte der Penner.

12. KAPITEL

»Ich wußte gar nicht, daß alte Leute solche Wörte kennen.«

»Wörter können Ihnen nicht weh tun«, sagte O'Leary zu Ralph. »Vor den Spazierstöcken müssen Sie sich in acht nehmen. Was haben Sie getan, Ihnen gesagt, daß Sie die Abgeordneten gegen die Gesundheitsfürsorge aufhetzen?«

Ralph antwortete nicht. Er saß in dem Chrysler mit O'Leary am Steuer. Der andere Mann, ein uniformierter Detroiter Polizist, hatte seinen Himmelfahrtsitz neben dem Fahrer gegen den Rücksitz eingetauscht. Ralph lehnte mit dem Hinterkopf an der Kopfstütze. Das Atmen tat immer noch weh, aber er glaubte nicht, daß er sich eine Rippe angeknackst oder gar gebrochen hatte. »Was ist mit meinem Wagen?«

»Ich habe einen Abschleppwagen bestellt. Ich werde Ihnen einen Zettel geben, damit Sie ihn aus dem Polizeidepot auslösen können. Ihn hat's längst nicht so schlimm erwischt wie den Briefkasten.«

»Dort, wo ich hingeh', werd' ich ihn wohl kaum brauchen.«

»Ann Arbor?«

»Schon gut, schon gut. Machen Sie sich nur lustig. Ich hab' ihn nicht abgemurkst.«

»Wen abgemurkst?«

Ralph stellte seinen Sitz vor. Sie fuhren auf dem John Lodge Freeway in nördlicher Richtung und passierten gerade die Wonder-Brotfabrik. »He, zum Polizeipräsidium geht's den andern Weg lang.«

»Schon immer so gewesen«, sagte O'Leary. »Genau wie das hier schon immer der Weg nach Ann Arbor gewesen ist. Na ja, sobald wir auf den Edsel Ford West kommen.«

»Was ist in Ann Arbor?«

»Später. Wen haben sie nicht abgemurkst?«

»Wer hat denn irgendwas davon gesagt, daß irgendwer abgemurkst wurde?«

»Sie, gerade eben. Sie sagten, ›ich hab' ihn nicht abgemurkst‹. Hat er doch, oder?« Er spähte über die Schulter zu dem Uniformierten auf dem Rücksitz.

»Genau das hat er gesagt, Sarge.«

»Nennen Sie mich nicht Sarge. Sie hören sich an wie Beetle Bailey. Also, wer wurde abgemurkst?« fragte er Ralph.

»Vergessen Sie, was ich gesagt hab'. Ich bin besoffen.«

»So riechen Sie auch. So fahren Sie auch. Wenn ich beim Verkehr wäre, würd' ich Sie festnehmen. Was sollte eigentlich diese Karnickeljagd, als Sie uns vor Ihrer Wohnung sahen?«

»Was hatten Sie vor meiner Wohnung zu suchen?«

»Sie zuerst.«

»Ich dachte, Sie wären der Gerichtsvollzieher. Von denen hab' ich nämlich die Schnauze voll.«

»Wer nicht?« O'Leary zog den Chrysler in einer Schleife auf den Westbound Ford Freeway. »Jemandem auf die Hühneraugen getreten, ja?«

»Dieses beschissene Gewerbe, in dem ich drin bin, ist mit Hühneraugen geradezu gepflastert. Was ist in Ann Arbor?«

»Sie meinen, das beschissene Gewerbe, in dem Sie drin *waren*. Wir haben bei Lovechild reingeschaut. Die Dame erzählte uns, Sie wären gefeuert worden.«

»Ich hab' gekündigt.«

»Sie sagte aber was anderes. Diese Frau haßt Sie wie die Pest. Was haben Sie gemacht, ihr Büro mit der Herrentoilette verwechselt?«

»Ich hab' ihr 'n paar Plattenalben geschickt.«

»Herrje, die müssen aber ganz schön schlecht gewesen sein.«

»Nicht, wenn Sie 'n Jodelfan sind. Was ist in Ann Arbor?«

»Da Sie nicht zu Hause waren, haben wir an die Tür Ihres Hauswirts geklopft. Er ist immer noch außer Haus oder vielleicht auch schon wieder. Haben Sie ihn gestern abend gesehen?«

»Nein.« Er sagte es zu schnell. »Nein, ich hab' ihn verpaßt. Vielleicht hat er's große Los gezogen.«

»Nicht ohne 'ne Hasenpfote und das stärkste Aphrodisiakum, das die Wissenschaft kennt. Er sieht genau aus wie dieser glatzköpfige Knabe, der früher in den Comic-strips war. Wie hieß er doch gleich?« O'Leary spähte nach hinten zu dem Uniformierten.

»Mich müssen Sie nicht anschaun, Sarge. Ich bin ein *Doonesbury*-Mann.«

»Nennen Sie mich nicht Sarge. Jedenfalls haben wir deswegen draußen auf Sie gewartet, Poteet. Sie möchten wohl gern wissen, was in Ann Arbor ist.«

»Sie können Gedanken lesen.«

»Die Verbrennungsstation der University of Michigan, die ist in Ann Arbor. Wo sie Lyla Dane hingeschickt haben.«

»Erinnere mich, daß Sie's mir erzählt haben.«

»Sie ist heute morgen aus dem Koma aufgewacht. Die Ärzte meinen, daß sie's schaffen wird. Das Dumme ist nur, daß sie mit keinem Cop reden will.«

»Ist mir schleierhaft, warum nicht. Sie kennt doch so viele.«

»Jedenfalls müssen wir rausfinden, wen sie so gegen sich aufgebracht hat, daß er sie in ihrer eigenen Wohnung frikassieren wollte. Sie ist die einzige, die uns das sagen kann, nur, daß sie nicht will.«

»Und warum soll ich dann hin? Oh, Scheiße.«

»Er hat's geschnallt«, teilte O'Leary dem Cop auf dem Rücksitz mit, der ein Grunzen von sich gab. »Irgendeine Ahnung, warum Sie mit Ihnen und mit niemandem sonst reden will?«

Ralph sagte: »Ich hab' eben ein Händchen für Weiber.«

»Das erklärt, warum Sie in dieser Penthauswohnung von Ihnen die Seide durchfurzen, weil Sie nämlich jeden zweiten Dienstag von der Gattin eines Vorstandsmitglieds von General Motors aufs Kreuz gelegt werden.«

»Vielleicht hat sein Mietglied mehr Vorstand«, bemerkte der Mann in Uniform.

O'Leary ignorierte ihn. »Ich weiß nicht, in welchem Verhältnis Sie zu ihr stehen, Poteet; Freund, Zuhälter, Lieblingsfreier, was auch immer, es spielt keine Rolle. Sie will mit Ihnen reden, das reicht. Wir brauchen Sie, um sie zu fragen, wer diese Explosion angezettelt hat.«

»Warum zum Teufel sollte ich?«

»Sagen wir einfach mal, wenn Sie nicht derjenige welcher sind, dann brauchen wir Sie nicht mehr mit der Frage zu belästigen, wo Sie in der vorletzten Nacht waren und mit wem.«

»Haben Sie deswegen Verstärkung mitgebracht?«

»Entschuldigen Sie meine beschissenen Manieren. Das ist Officer Mileaway. Officer Mileaway, das ist Ralph Poteet.«

»Erfreut«, sagte Ralph.

»Yeah.« Die Uniform sah sich die Gegend an.

»Ich habe Officer Mileaway mitgebracht, um Sie daran zu erinnern, wie es ist, wenn wir Sie belästigen.«

»Damit kann ich leben. Setzen Sie mich einfach da an der Ecke ab.«

O'Leary fuhr daran vorbei. »Aus reinem Spaß an der Freud hab' ich Sie mal durch den Computer laufen lassen. Die Informationen sprudelten nur so heraus. Sie haben mehr Zeit im Polizeipräsidium verbracht als ich. Überrascht mich, daß ich Sie noch nie dort gesehen habe.«

»Zuviel Qualm.« Ralph öffnete das Fenster, um Luft hereinzulassen. Der Brandstiftungsexperte hatte eine Zigarette zwischen den Fingern, und eine andere glimmte im Aschenbecher.

»Diese Anklage wegen öffentlicher Ruhestörung in der Livernois letztes Jahr war zum Piepen. Wie haben Sie's fertiggebracht, daß eine stinknormale Kamera unter Wasser in einem Jacuzzi funktioniert?«

»Klarsichtfolie. Ich war stolz auf diese Bilder. Ich hab' sie an *National Geographic* geschickt, aber die haben sie abgelehnt. Ich hab' ihnen erzählt, es wären Narwale.«

»Zu dumm, daß es seine eigene Frau war, und zwar mit der Bundessenator Coppersmith.«

»Leute in dem Alter sollten so 'n Schweinkram nicht in einem öffentlichen Schwimmbad tun.«

»Mit 'nem Hausfreund wär's wohl in Ordnung, was?«

Ralph holte ein Streichholz heraus. »Also bin ich ein paarmal mit dem Gesetz aneinandergeraten. Bringt der Job so mit sich.«

»Bonnie und Clyde sind auch ein paarmal mit dem Gesetz aneinandergeraten. Wenn Sie sich noch zwei Wochen länger im Haus aufhalten würden, wären Sie pensionsberechtigt. Was ich nicht kapieren kann, ist, warum Sie nicht entweder reich oder tot sind.«

»Zufall.«

»Glücklicher oder unglücklicher?«

»Hält sich die Waage. Bin ich festgenommen oder was? Wenn nicht, dann ist das hier nämlich eine Entführung.«

»Formaljuristisch ist es Nötigung. Aber das gilt für Privatleute. Für einen Burschen mit Ihrer Straflatte ist es eine nachmittägliche Spazierfahrt. Entspannen Sie sich, und genießen Sie.«

Ralph gab auf. Er konnte sowieso nirgendwohin außer nach Hause, und falls der Bischof anrief, konnte es ihm nicht schaden, wenn er ein bißchen schmorte. Ralph sah sich die große Plakatwand für Uniroyal-Reifen an, die vorüberglitt, und Jets, die auf dem Metro Airport landeten und starteten. Er hatte noch nie in einem Flugzeug gesessen. Einmal hätte er dazu Gelegenheit gehabt, aber er war zu spät gekommen, und die Maschine war ohne ihn abgeflogen, an Bord eine Ladung gestohlener Mikrochips für

Kolumbien im Austausch gegen 1200 Kilo hochwertigen Kokains. Auf dem Rückflug hatte ein Maschinenschaden den Flieger gezwungen, auf irgendeiner Winzinsel im Golf von Mexiko zu landen, wo Pilot und Kopilot auf der Stelle zu Anführern der Revolutionsregierung gewählt wurden. Zur Zeit erwog das U.S.-State Department, 300 Millionen Dollar als Militärhilfe an Präsident Ziggy Blumberg und Vizepräsident Oscar Torporino zu senden. Ralph hatte O'Leary, was die glücklichen Zufälle seines Lebens anbetraf, belogen. Er zog immer den kürzeren.

Innerhalb der Stadtgrenzen von Ann Arbor nahmen sie die Bundesstraßenausfahrt und parkten in einer Abschleppzone vor dem University of Michigan Medical Center. Eine Krankenschwester am Empfang teilte ihnen mit, daß die Patientin von der Intensivstation auf den zweiten Stock des Zentrums für Verbrennungen verlegt worden war. Dort führte sie ein junger Assistenzarzt im weißen Kittel mit einer frisch erblühten Akne auf dem Kinn zu einem Krankenzimmer am Ende des Korridors. Er zögerte.

»Äh, das da«, sagte er mit dem Finger zeigend, »verstößt gegen die Vorschriften. Selbst wenn dem nicht so wäre, meinen Sie nicht auch, daß es, äh, unpassend ist, wenn man bedenkt, warum diese Leute hier sind?«

O'Leary entschuldigte sich und ließ seine Zigarettenkippe in einen Gummibaumkübel fallen.

Vor der Tür zum Krankenzimmer zeigte er einem uniformierten Officer Marke und Ausweis, und die drei Neuankömmlinge traten ein. Der Raum war türkis gestrichen und mit vier Betten ausgestattet, von denen zwei mit Vorhängen umgeben waren. Das dritte war leer, und Lyla Dane lag im vierten.

Ralph hatte sich gefaßt gemacht auf – ja, auf was, das Phantom der Oper? Auf eine Menge Schrammen und nässende Wunden jedenfalls. Wie auch immer, abgesehen von den weißen Binden, die ihren Kopf wie eine Kettenpanzerkappe umschlossen, und einem unaufhörlich überraschten Ausdruck auf dem Gesicht, der von den abgesengten Augenbrauen herrührte, schien sie keinen Frontalschaden erlitten zu haben, denn ihr Gesicht war frei und zeigte keine Verletzungen. Ralph vermutete, daß sie im Augenblick der Explosion ihr Gesicht weggedreht hatte. Ihre Arme waren in Mull eingewickelt, und von einem führte ein Schlauch zu einer Flasche, die verkehrt herum in einem Gestell neben dem Bett aufgehängt war. Ihre Augen waren geschlossen.

O'Leary beugte sich über sie und flüsterte etwas, was Ralph nicht mitkriegte. Daraufhin öffneten sich ihre Augen, und sie nickte schwach. Als sich O'Leary wieder aufrichtete, nickte er Ralph zu. Ralph schlurfte widerstrebend vor. Er hätte gern gewußt, warum sie nach ihm gefragt hatte. Was konnte sie dem Mann zu sagen haben, der eigentlich von der Explosion, in die sie gelaufen war, in die Luft hätte gejagt werden sollen?

»Lemmi.«

Er beugte sich nach unten. »Was?«

»Lemmi ama.«

»Wie bitte?« Er nahm seinen Hut ab und brachte sein Ohr ganz nah an ihre Lippen.

»Leck mich.«

13. KAPITEL

»Leck mich?«

»Ich muß doch sehr bitten!« Eine streng dreinschauende Krankenschwester, die gerade an O'Leary vorbeiging, hielt inne und starrte ihn finster an.

»Red' mit 'nem Freund.« Als sie weitergegangen war, senkte er die Stimme. »Leck mich? Das hat sie gesagt, leck mich? Sie hat uns Sie die ganze Strecke herschleppen lassen, um ›leck mich‹ zu sagen?«

»Ich glaube nicht, daß Hallmark dafür 'ne Karte hat.«

Ralph hatte O'Leary die Wahrheit gesagt, weil er nicht sicher war, wieviel er und Officer Mileaway mitgehört hatten. Die drei standen im Flur vor dem Krankenzimmer, auf den sie der pickelige Assistenzarzt gescheucht hatte, nachdem Lyla Dane ihre Botschaft losgeworden und eingeschlafen war. »Vielleicht hat sie im Delirium geredet«, fügte Ralph hinzu.

»Das glaub' ich nicht. Ich werd' aus diesem total verdrehten Charisma, das Sie haben, nicht schlau. Die Leute überschlagen sich fast, um Ihnen zu sagen, was Sie für ein Drecksack sind. Wie kann ein einziger Mensch bloß so viele Feinde auf einem Haufen haben, bevor er sechzig ist?«

»Ich bin dreiundvierzig.«

»Im Ernst? Herrje, was haben Sie denn mit sich angestellt?«

»He, Sie sind ja auch nicht grade 'ne Zierde der Menschheit.«

O'Leary zündete sich eine Zigarette an und schnickte das Streichholz über die Schulter, wobei er nur knapp Officer Mileaways linkes Ohr verfehlte. »Also, noch mal ganz von vorn. Wo waren Sie vorgestern nacht?«

»Im Vinegaroon an der Cass von fünf bis halb neun. Ich bin in 'nen Ex-Saufwettstreit mit 'nem farbigen Kerl namens Arvil geraten. Hab' um 'nen halben Krug verloren.«

»Um was ging die Wette?«

»Verlierer mußte das Klogeld rausrücken.«

»Nichts wert. Sie hätten jederzeit zwischen halb neun und Sonnenaufgang in Lyla Danes Apartment gehen und den Schalter präparieren können. Wo noch?«

»Im Macedonian Room von kurz nach halb neun bis gegen zehn. So 'ne Tante hat mich mit ihrer Handtasche verdroschen, als ich ihr ins Damenklo gefolgt bin. Hab' mich ehrlich geirrt.«

»Wäre das erste Ehrliche, was Sie je getan hätten. Name?«

»Sie hat sich nicht vorgestellt. Auf ihrem Arsch war 'n Schmetterling tätowiert, falls das was hilft.«

»Welche Backe?«

»Beide. War 'n Mordsbrummer.«

»Sonst noch wer, der sich vielleicht an Sie erinnert?«

»Jeder in Hörweite des Damenklos.«

»Was ist mit dem Barmann?«

»Mordstyp namens Sam. Nein, warten Sie mal, das war in *Rauchende Colts*. Die haben diesen Western-total-Kabelkanal. Ich erinner' mich nicht mehr.«

»Wir werden den Laden überprüfen. Dann wo?«

»Florentino's, für etwa fünf Minuten.«

»Was kann man denn in fünf Minuten in einer Bar machen?«

»Von Tino rausgeschmissen werden, wenn man seine Zeche nicht bezahlen kann.«

»Weiter.«

»Illegaler Schuppen an der St. Antoine. Von draußen ist's ein Leseraum der Christian Science. Bin dort gegen Mitternacht weg. Die werden sich an mich erinnern. Ich war die einzige weiße Rosine in der Schachtel. Ich hab' Lucille Lovechild zu Hause angerufen, kurz bevor ich rausging, um mit 'nem Burschen namens Slade 'ne Wette zu klären.«

»Slade wie?«

Ralph zuckte die Achseln.

O'Leary sah Mileaway an. »Haben wir irgendwen in der Kartei namens Slade?«

»Die heißen *alle* Slade.«

»Gut. Nächstes Lokal.«

»Richard's an der John R. Richard erinnert sich an mich, außerdem so 'n Spinner namens Andy. Hab' ihm 'n Pepto-Bismol spendiert, und er wird Ihnen alles erzählen, was Sie wissen wollen.«

»Wann sind Sie da weg?«

»Gegen eins.«

»Wohin sind Sie dann?«

»Direkt nach Haus.«

»Und wer waren dann die beiden Typen, mit denen Mrs. Gelatto Sie um vier gesehen hat?«

Ralph verspürte plötzlich den Drang – äußerst ungewohnt –, die Wahrheit zu sagen. Bis jetzt konnte man ihm nur das Zurückhalten von Beweismaterial anlasten, jene Sorte von Anklagepunkten, die im Kuddelmuddel untergingen, sobald die Bullen einen Fall lösten. Möglicherweise gab es eine städtische Verordnung gegen unsachgemäße Entsorgung eines Monsignore; aber das könnte er ebenfalls abwimmeln. Daß Vinnie tot war, warf die Frage auf, wie gut sich die Fotos, die er gemacht hatte, für Versicherungszwecke eigneten. Die Tatsache, daß Carpenter (denn er war sicher, daß nur er es gewesen sein konnte) Vinnie erdrosselt hatte, als er hinter den Fotos her war, überzeugte ihn andererseits von deren Wert. Bei diesem Beinahezusammenstoß mit seiner Pflicht als guter Staatsbürger seufzte Ralph unwillkürlich.

»Ich erinnere mich nicht mehr«, sagte er.

»Heiliger Scheißdreck. Wieso?«

»Woher soll ich das denn wissen? Ich hab's vergessen.«

O'Leary zählte zu jenen Bullen, die auf zusammengefaltete Papierbögen Notizen kritzelten. Er staubte Asche von den seinen ab und faltete sie auseinander, bis er zu einem alten Abschnitt kam. »Gestern wußten Sie noch nicht mal, wo Sie die Nacht zuvor waren, und heute erinnern Sie sich an Orte, Uhrzeiten – Himmel noch mal, sogar an den Schmetterling auf dem Arsch von irgend so 'ner Tante –«

»Es könnte ein Schwammspinner gewesen sein.«

»– an alles, bloß nicht an die Namen von zwei Kerlen, die Ihnen mit einem Alibi aus einer Anklage wegen versuchten Mordes raushelfen könnten. Mordspech.«

»Wieso glauben Sie eigentlich, daß die Witwe Gelatto wirklich gesehen hat, was sie behauptet, gesehen zu haben? Die ist doch blind wie 'n Ellenbogen.«

»Kommen Sie schon, Poteet. Was sind das für Typen, Schwuchteln? Und Sie so 'ne Art Doppeldecker?«

»Seh' ich etwa bi aus?«

»Nein, aber mein Schwager auch nicht, und der ist letztes Jahr auf der Washington mitmarschiert. Sie hätten ihn in den Nachrichten sehen können, wie er den Punkt aufs zweite *i* in ›Alternativer Lebensstil‹ setzte.« Er schnickte seine Kippe in Richtung Gummibaum und verfehlte sein Ziel. Ein kleiner Rauchkringel stieg aus dem Teppich hoch. »Ich persönlich glaube nicht, daß Sie's getan haben. Sie könnten nicht mal 'ne Glühbirne auswechseln, ohne Ihren Schwanz zu rösten.«

»Danke, Sarge.«

»Nennen Sie mich nicht Sarge.«

Ralph setzte seinen Hut auf. »Wie ist die Trauerfeier gelaufen? Hab' ganz vergessen zu fragen.«

»Zu viele Kerzen. Diese Kathedralen sind die reinsten Feuerfallen.« O'Leary machte einem Medizinalassistenten Platz, der herbeigeeilt war, um einen Krug Wasser über dem schwelenden

Teppich zu leeren. »Aber es war hübsch, wie solche Sachen eben laufen. Meine Frau sagt, sie müßten einen Heiligen aus Monsignore Breame machen.«

»Ich glaube, dazu hat ihn schon jemand gemacht.«

»Was?«

»Ich sagte, vielleicht macht man ihn ja noch dazu«, sagte Ralph.

»Yeah. Im Tempel des Lukull. Nach dem Rosenkranz werden sie einen Sattelschlepper mieten müssen, um ihn zum Friedhof zu bringen. Er muß mit Ach und Krach in den Beichtstuhl gegangen sein.« Er steckte seine Notizen weg. »Oh, das lag auf dem Gehsteig, wo Sie aus Ihrem Wagen gefallen sind. Schätze, sie haben's fallen lassen.«

Ralph starrte auf den Gegenstand in O'Learys Hand. Es war der in Gold und Schweinsleder gebundene Notizblock aus dem Pfarrhaus von St. Balthazar. »Danke.« Er langte danach. O'Leary sah ihn sich genauer an.

»Ziemlich ausgefallen. Was hatte der in Ihrer Tasche zu suchen?«

»Geschenk von meiner Schwester.«

»Der in der Klapsmühle? Ich dachte, die machen da Topflappen und so Zeug.«

Ralph sagte nichts. O'Leary reichte ihm die Mappe.

»Sergeant O'Leary?«

Der Brandstiftungsexperte wandte sich der jungen Frau zu, die ihn angesprochen hatte. Ralph hatte sie – was nicht zu vermeiden gewesen war – schon aus den Augenwinkeln heraus gesehen, als sie etwas abseits von einer Gruppe von Medizinalassistenten und Krankenschwestern an einem Trinkbrunnen stand. Sie war etwa so groß wie Ralph und sehr proper, trug eine hellorangene Bluse, lohfarbene Hosen und hochhackige Sandalen, eine Brünette mit glatten, bis zur Taille herunterfallenden Haaren. Ihr Gesicht war frisch und hübsch und irgendwie vertraut, obwohl Ralph sicher war, sie noch nie zuvor gesehen zu haben. Sie sah wie ungefähr achtzehn aus. Als er erkannte, wer es war, wurden O'Learys Gesichtszüge so weich, wie sie für Ralph nie geworden wären.

»Ja, Miss Dane.«

»Eine der Schwestern sagte mir, daß Lyla bei Bewußtsein ist. Kann ich mit ihr sprechen?«

»Später vielleicht. Sie haben ihr gerade ein Beruhigungsmittel gegeben.«

»Das klingt vernünftig.« Sie verzog das Gesicht. Dann sah sie Ralph. »Hallo. Ich bin April Dane.«

»Lylas Schwester«, sagte O'Leary. »Sagen Sie Ralph Poteet guten Tag, einer der Nachbarn Ihrer Schwester.«

»Der Privatdetektiv. Ich habe die Polizisten schon von Ihnen sprechen hören.« Sie hielt ihm eine schlanke Hand hin.

Ralph ergriff sie. Sie war kühl und trocken, im Gegensatz zu seiner Stummelpfote. »Tja. Äh, ich wußte gar nicht, daß Lyla eine Schwester hat.«

»Das überrascht mich eigentlich nicht. Ich habe nicht mehr mit ihr gesprochen, seit ich klein war. Unsere Eltern legten einfach den Hörer auf, wenn sie anrief. Sie sind Wiedergeborene Christen.«

»Wollt' schon immer mal gern wissen, wie das funktioniert.«

»Ist ein bißchen wie neu tapezieren, nur lauter. Im Moment vermuten sie mich in meinem Einführungsseminar. Ich bin Erstsemester an der Michigan.«

»Wir wären dankbar, wenn Sie in Verbindung blieben«, sagte ihr O'Leary. »Vielleicht redet sie ja mit Ihnen, wenn sie wieder zu sich kommt.«

»Wahrscheinlich nicht. Wir sind uns fremd. Aber wenn Sie mich schon als nahe Verwandte aufgespürt haben, mußte ich ja wohl kommen.«

»Können wir Sie irgendwohin mitnehmen?«

»Ich wohne nur ein paar Schritte die Straße runter.« Sie richtete feuchtbraune Augen auf Ralph. »Mr. Poteet könnte mich ja begleiten.«

Ralph verfehlte das Streichholz, das er gerade zum Mund hob, und biß sich in den Daumen. Officer Mileaway schielte zu seinem Vorgesetzten, der an einer Wange herumnagte.

»Schnappen Sie sich ein Taxi?« fragte O'Leary Ralph.

»Kann sein.«

Ihre Haare hingen glatt herunter, als sie vor Ralph herging, der ein wenig zurückblieb. Ansonsten war das meiste an ihr in Bewegung. »Hören Sie«, sagte er, »ich hab' nicht viel Geld bei mir.«

»Ich könnte Ihnen was fürs Taxi leihen. Oh, Sie denken, ich bin wie Lyla.«

»Sind Sie's nicht?«

»Nein. Da draußen gibt's zuviel Krankheit und Stoff, und man wird verhaftet. Andererseits glaube ich, daß es eine elegante Art ist, sich seinen Lebensunterhalt zu verdienen.«

»Sie sind wohl nicht wiedergeboren.«

Sie verzog wieder das Gesicht. »Gott ist in Ordnung, wenn man keine Religion draus macht.«

»Genau das hab' ich auch zu meinem alten Herrn gesagt, kurz bevor er mir das Alte Testament an den Kopf geschmissen hat.«

»Er hat daraus zitiert?«

»Nein, er hat's wirklich geschmissen. Mein Kiefer war einen Monat lang verdrahtet.«

»War er wiedergeboren?«

»Nee. Sie haben's zwar versucht, aber es fehlten zu viele Teile.« Ralph drückte den Aufzugsknopf. »Er war Prediger.«

»Wie's scheint, sind wir beide Bibelsprößlinge.«

»Kann sein.«

»Ich wette, Sie mußten Ihre Hemden wie Beaver Cleaver bis zum Hals zugeknöpft tragen.«

»Und 'ne Mütze.«

»Kein Rendezvous, bis Sie sechzehn waren.«

»Danach auch nicht.«

»Vor jeder Mahlzeit beten?«

»Vor jeder, ausgenommen der letzten.«

Die Glocke ertönte. Als sich die Türen öffneten, hielt er sie für sie auf und folgte ihr in die Kabine.

»Sind Sie ein echter Privatdetektiv, wie Spenser?«

»Spenser ist nicht echt.« Sie fuhren nach unten.

»Nun, Sie müssen's ja wissen.«

»Wollen Sie etwa meine Knarre sehen?«

Ihre Augenbrauen gingen in die Höhe. Sie waren nur ein bißchen buschig, wie die von Brooke Shields. »Tragen Sie eine?«

»Wenn ich sie finden kann.«
»Was ist Ihre Spezialität?«
»Ich fotografiere.«
»Das versteh' ich nicht.«
»Dann werd' ich Sie nicht fotografieren.«
»Oh. *Die* Sorte Detektiv sind Sie.«
»Irgendwer muß es ja sein.«
»Suchen Sie nach vermißten Personen?«
»Wenn's sich rentiert.«

Der Aufzug landete. Sie gingen durchs Foyer hinaus. Die Sonne war hervorgekommen und wärmte den Gehsteig. Studentinnen, ohne Jacken und ohne BHs, schlenderten die Gehsteige entlang.

»Wie hoch ist Ihr Honorar?«

»Hängt vom Auftrag ab. Zweihundert pro Tag ist die Basis, Spesen extra.«

Eine Zeitlang sagte keiner von ihnen etwas. Sie führte ihn zu einem grau gestrichenen Queen-Anne-Haus, das mehr Schnickschnack zu bieten hatte als ein Schweizer Armeemesser, und er begleitete sie drei Treppen hinauf zu einem Turmzimmer mit Bruce Springsteen und etwas, das U 2 hieß, an den Wänden. Es enthielt ein Doppelbett, zwei Sessel und einen Arbeitstisch mit einer schwenkbaren Bogenlampe. Durch eine offene Tür war ein Badezimmer zu sehen, gegen das Ralphs Sardinenbüchse wie ein Flugzeughangar wirkte. Junge Leute finden sich mit vielem ab, stellte er fest. Er fühlte sich in seinem gefiederten Hut und dem bügelfreien Anzug unter der drei Meter hohen Decke fehl am Platze.

»Ich möchte, daß Sie diejenigen finden, die versucht haben, Lyla zu ermorden«, sagte April.

»Ah-ha.«

»Wir standen uns zwar nicht sehr nahe. Aber sie war – *ist* meine Schwester, und auch wenn ihr Leben nicht das Wahre war, es gehört ihr. Niemand hat das Recht, es ihr wegzunehmen. Soviel zumindest habe ich von unseren Eltern gelernt.«

»Ah-ha.«

»Ich weiß, daß die Polizei sich bemüht, aber die haben eine

Menge anderer Fälle. Sie waren ihr Nachbar. Vielleicht heißt das, daß Sie sich ein bißchen mehr Mühe geben.«

»Ah-ha.«

»Das Dumme ist nur, daß ich mir Ihr Honorar nicht leisten kann.«

»Ah-*ha*.«

»Vielleicht könnten wir zu einer Lösung kommen?«

»Ah-ha.«

Sie standen jetzt sehr nah beieinander; die Größe des Zimmers ließ kaum etwas anderes zu.

»Ich bin zwar nicht meine Schwester«, sagte sie, »aber ich hab' auch schon einiges erlebt. Sie wissen ja, wie das ist, wenn man endlich aus einem strengen Elternhaus rauskommt.« Sie langte nach seinem Hosenstall.

Ralph konnte sich nicht erinnern, ob er am Morgen eine frische Unterhose angezogen hatte.

14. KAPITEL

Ralphs Telefon läutete, als er kurz vor zwei Uhr morgens hereinwankte. Mit steifen Muskeln ließ er sich auf dem Bett nieder und hob den Hörer ab. »Yeah.«

»Ralph?«

»Yeah.«

»Hier ist Neal.«

»Yeah.«

»Alles in Ordnung? Du klingst, als wärst du tausend Jahre alt.«

»Was gibt's, Neal?«

»Ich versuch' schon die ganze Nacht, dich zu erreichen. Du hast dich nicht gemeldet.«

»Ich war beschäftigt.«

»Wenn du dich diesmal nicht gemeldet hättest, hätte ich diesen Film den Bullen geschickt. Hast du Erfolg gehabt?«

»Wobei?«

»Beim Bischof. Himmel noch mal. Hast du dich mit ihm wegen der Bilder geeinigt?«

»Bin noch dran.« Er verlagerte vorsichtig sein Gewicht auf der Matratze. Er fühlte sich, als habe man ihn mit einem Topfkratzer abgeschrubbt. Was, wenn er es sich recht überlegte, gar nicht so weit hergeholt war. Er fragte sich, woher die Tochter Wiedergeborener Christen so viele Verwendungsmöglichkeiten für Haushaltsgegenstände kannte.

»He, alles in Ordnung?« fragte Neal. »Wenn ich dich nicht besser kennen würde, könnte ich schwören, daß du schon was gedeichselt hast.«

»Vergiß es, Neal. Ich melde mich morgen.«

»Sei dir auch geraten. Wenn du vorhast, mich zu verladen, schneid' ich dir die Eier ab.«

»Laß den Quatsch.«

Er hatte sich gerade vollständig angezogen für ein paar Minuten auf dem Bett ausgestreckt, als das Telefon erneut läutete.

»Herrgott noch mal, Neal.«

»Wer ist Neal?« Es war O'Learys Stimme.

Ralph stöhnte. »Es ist Viertel nach zwei morgens!«

»Danke. Das ist jetzt das zehnte Mal, daß ich anzurufen versuche. Ich habe in allen Bars, von denen Sie mir gestern erzählt haben, Nachrichten hinterlassen. Was Florentino's angeht, hatten Sie recht. An Ihrer Stelle würde ich da nicht mehr hingehen.«

»Wie lautet die Anklage?«

»Mord, Freundchen. Sie haben mir was verheimlicht.«

Vinnie. Ralph setzte sich auf, ächzte, als seine wunden Muskeln reagierten, und tastete nach seinem Flachmann. Er war nicht in seiner Tasche. »Wo sind Sie, unten?«

»Teufel, nein. Warum sollte ich unten sein? Ich bin in Farmington Hills.«

»Farmington Hills?«

»Farmington Hills. Ist dieses Echo an Ihrem oder an meinem Ende?«

»Was gibt's in Farmington Hills?«

»'ne Menge neurotischer Hunde mit Namen, die länger sind

als meiner, und Häuser, die ich mir auch dann nicht leisten könnte, wenn man mich morgen zum Commissioner machen würde. Und einen toten Bischof.«

»Kein Scheiß, Steelcase?« Sofort bedauerte er, daß er das gesagt hatte.

An O'Learys Ende war es einen Moment still. »Für 'nen Baptisten kam das aber wie aus der Pistole geschossen.«

Ralph legte den Hörer in den Schoß und startete eine Expedition nach dem Flachmann. Er war aus seiner Anzugjacke herausgefallen und zwischen der Matratze und seinen Nieren eingeklemmt. Ein einziger Schluck war noch drin. Dann keiner mehr. Er wischte sich die Lippen am Laken ab, dann das Gesicht.

»Poteet, sind Sie noch dran?«

»Yeah. Woher soll ich denn über einen toten Bischof Bescheid wissen?«

»Zunächst mal, Sie wußten seinen Namen. Ich nicht, und meine Frau ist katholisch.«

»Ich bin eben ein gewiefter Detektiv.«

Wieder einen Moment Stille. »Sie haben wohl noch nie von Dale Carnegie gehört.«

»Warum rufen Sie mich an?«

»Die Mordkommission hat rumtelefoniert, um rauszufinden, wer ihn zuletzt lebend gesehen hat. Schließlich gerieten sie an diesen Ministranten mit Namen, warten Sie mal –«

Ralph schauderte.

»– Francis Xavier Dillinger«, fuhr O'Leary fort. »Er sagte, Seine Eminenz sei heute nicht im Pfarrhaus erschienen. Dafür aber jemand anderer, der ihn suchte. Er hinterließ seine Karte. Sind Sie noch dran?«

Ralph sagte nichts.

»Yeah, ich kann Sie atmen hören. Wie auch immer, in der Zentrale bleibt nichts geheim, besonders nicht die Fälle von allen anderen. Die vom Mord haben mich angerufen. Ich glaube, es wäre besser, wenn Sie herkämen.«

»Wieso? Eine Karte hat gar nichts zu sagen.«

»Weil der Detective, der den Fall bearbeitet, Sie nicht so gut kennt wie ich. Wahrscheinlich schickt er ein paar Uniformierte, die Ihnen so lange das Fell strammziehen, bis Sie bereit sind zu kommen. Verdammt verfassungswidrig, aber der Supreme Court hat noch mehr Rückendeckung als wir. Also, wann können wir Ausschau nach Ihrem freundlichen Antlitz halten?«

Bei Nacht besehen, gehörte das graue Steinhaus in einen alten *Universal*-Horrorfilm. Das Licht aus den Kutschlampen warf schaurige Schatten, und die Feuerdorne waren von obszönem Scharlachrot. Ralph bezahlte seinen Taxifahrer, der den Blick rasch über die in der Sackgasse geparkten Schwarzweißen und nicht gekennzeichneten Fahrzeuge schweifen ließ.

»Wieder 'n Bruch, wett' ich«, sagte er. »Soviel könnten Sie mir gar nicht zahlen, daß ich in einem von den Schuppen da wohnen wollt'.«

»In dem Fall geben Sie mir mein Trinkgeld wieder.«

Der Taxifahrer kurbelte sein Fenster hoch und versuchte Ralph über den Fuß zu fahren.

Ein uniformierter Officer ließ Ralph in den Vorsaal, wo der Brandstiftungsexperte ihn vor einem Pietà-Gobelin begrüßte. Die Madonna schien vor dem Rauch aus seiner Zigarette die Augen zuzukneifen. »Welcher Bus hat *Sie* denn überfahren?« fragte er Ralph.

»Langer Tag.«

»Ist das 'n Knutschfleck an Ihrem Hals, oder sind die Schnaken dieses Jahr so groß wie Küchenschaben?«

»Hab' ich in der Taxitür erwischt. Wo ist die Leiche?«

»Im Arbeitszimmer.« O'Leary rührte sich nicht vom Fleck.

»Wo ist das?«

Er grinste. »Yeah, hab' mir schon gedacht, daß Sie da drauf nicht reinfallen. Hier lang.«

Ralph folgte ihm den wurmstichigen Eichenkorridor entlang. Die Tür zum Arbeitszimmer, in dem eine Gruppe Uniformierter und Ziviler vor dem großen Schreibtisch aufeinander einredete, war offen. Einer von ihnen war ein Mann mit spitzem Gesicht und geschniegeltem Schnurrbart unter einem schmalkrempigen Hut mit Seidenband, halb so groß wie O'Leary. Er trug einen engen blauen Anzug und sah wie ein Gangster aus.

»Das ist Lieutenant Bustard«, sagte O'Leary.

»Irgendwelche Erkärungen?« Bustard hatte eine hohe, schneidende Stimme.

Ralph zuckte die Achseln.

»Lieutenant Bustard ist bei der Mordkommission«, sagte O'Leary. »Der Bischof ist da hinten.«

Ralph machte zwei Schritte vorwärts und spähte über den Schreibtisch. Der weißhaarige alte Mann lag auf seiner linken Seite auf dem Teppich, bekleidet mit derselben schwarzen Soutane, in der Ralph ihm begegnet war, oder einer, die genauso aussah. Dunkles Blut aus einem Loch zwischen seinen Augen hatten spinnwebartige Spuren über die Stirn und in die weichen Wellen über dem linken Ohr gezogen. Abgesehen von dem umgestürzten Drehstuhl, schien der Raum unberührt.

»Toter als Jesus«, sagte O'Leary. »Wir werden aber keine drei Tage warten müssen.«

»Es besteht kein Grund zur Blasphemie, Sergeant.«

»Ja, Sir, Lieutenant.«

Ein Asiate in den Dreißigern hockte neben dem Leichnam und verstaute Instrumente in einem schwarzen Metallkasten, der offen auf dem Teppich lag. Bustard sagte: »Wie lange, Doc?«

»Leichenstarre ist fortgeschritten. Sechs Stunden auf jeden Fall. Vielleicht länger. Sagen Sie mir, wann er zu Abend gegessen hat, und ich komme auf Sie zurück.« Er holte ein in Plastikfolie eingewickeltes Päckchen heraus, wickelte es auf und verzog das Gesicht. »Mag jemand Leberwurst?«

»Eintrittswinkel?«

»Nach unten, ungefähr zwanzig Grad. Keine Schmauchspuren. Mörder stand ungefähr drei Meter vor dem Schreibtisch. Vielleicht, wenn ich ein bißchen Senf hätte.«

Ralph sagte: »Ich glaube, ich hab' welchen auf meinem Schlips.«

»Fünfeinhalb Meter vom Schreibtisch zur Tür«, sagte Bustard. »Wir haben's ausgemessen. Steelcase ließ ihn zweieinhalb Meter ins Zimmer, ohne seinen Platz zu verlassen. Das bedeutet, daß er denjenigen welchen erwartet hatte.« Er wandte Ralph ein Paar kleine, blasse Augen zu.

»Ich kann nicht mal einen Büffelarsch aus drei Meter Entfernung treffen.«

»Besitzen Sie eine Schußwaffe?« fragte der Lieutenant.

»Wenn Sie's so nennen wollen. Ich hab' sie allerdings seit Wochen nicht mehr gesehen.«

Bustard machte einem der uniformierten Officer ein Zeichen, der einen mit einem Reißverschluß verschlossenen Beutel hochhielt, in dem ein kurzer schwarzer Revolver hing.

Ralph wurde es allmählich stickig unter seinen Kleidern. Er erkannte die neuen Griffe wieder. Carpenter hatte Ralphs Wohnung also doch nicht mit leeren Händen verlassen.

»Schußwaffe ist Schußwaffe«, sagte er.

»Kann's Ihnen nicht verdenken.« O'Leary klopfte Asche auf den Teppich. »Ich hab' auch mal so 'n Scheißding besessen, ich würd's auch nicht zugeben.«

»Das da schon bestäubt?« Bustard deutete auf das Telefon auf dem Schreibtisch. Einer der Zivilen bejahte. Er hob den Hörer ab und wählte. »Wir haben vor einer Stunde die Seriennummer abgerufen. Der Computer müßte mittlerweile eine Registrierung ausgespuckt haben.«

O'Leary sagte: »Das macht zwei tote Priester in zwei Tagen. Möchten Sie uns irgendwas mitteilen?«

»Sie sagten doch, Monsignore Breame hätte einen Herzinfarkt gehabt.«

»Noch ist er nicht unter der Erde.«

»Entzückend.« Der Asiate, der sein Sandwich auf dem Fußboden neben der Leiche verzehrte, fegte Krümel von seinem Hemd. »Es geht doch nichts über einen Eingriff an einer einbalsamierten Leiche achtundvierzig Stunden nach dem Tod, um die Ursache festzustellen. Hat jemand zufällig Salz dabei?«

»Dreckding.« Bustard knallte den Hörer auf die Gabel. »Der Computer ist im Eimer.«

Ralph sagte: »Ich möchte einen Einbruchsdiebstahl melden.«

15. KAPITEL

Sie steckten ihn in eine Zelle mit einem Hammermörder, einem Transvestitenpärchen, das angeklagt war, einen Zuhälter namens Chester in einen Mikrowellenherd gestopft zu haben, und einem Gebirgler, der auf seine Auslieferung nach Idaho wartete, wo er sich gegen Anklagen wegen Entführung, Sodomie und Viehhaltung in einer reinen Wohngegend verteidigen mußte.

Die Transvestiten blieben für sich, und der Hammermörder schien sich damit zufriedenzugeben, auf dem einzigen verfügbaren Feldbett zu sitzen und das Kissen mit dem Schuhabsatz zu bearbeiten, doch der Gebirgler faßte augenblicklich eine Zuneigung zu Ralph. Da er an die zwei Meter zehn maß, an die zweihundertfünfzig Kilo wog und obendrein einen schwarzen Vollbart hatte, der sich mit dem Haargekräusel im V-Ausschnitt seines Hemds verhedderte, verspürte Ralph keine Lust, seine freundschaftlichen Gefühle zu dämpfen. Sein Name war Warren.

»Ralphie«, sagte er und legte dabei einen Arm wie einen Schlagbaum um Ralphs Schultern, »machste Schafe?«

»Ich mache keine Schafe, ich mache höchstens Mist«, sagte Ralph mit einiger Verzweiflung.

»Bäng, bäng«, sagte der Hammermörder.

»Haste sein Gesicht gesehn, als ich ›Kochprogramm‹ eingetippt hab'?« sagte einer der Transvestiten.

»Nein, nein«, sagte Warren und nahm Ralph liebevoll in den Schwitzkasten. »Ob du Schafe *magst*?«

»Na ja, wie meinst 'n das?« Ralphs Antwort kam erstickt. »In schwerem Fett gebraten mit Minzgelee, oder um damit Tanzen zu gehen?«

»Bäng, bäng, *bäng*!« sagte der Hammermörder.

»Das war nichts verglichen damit, wie du ihm den Bratspieß in den Arsch gesteckt hast«, sagte der andere Transvestit.

»Schafe sind nämlich das, was wir in Idaho am meisten haben, nach Kartoffeln«, sagte Warren. »Da drüben servieren sie zu allem Kartoffeln. Wenn de Bratkartoffeln bestellst, geben sie dir 'ne Folienkartoffel dazu. Du kannst mit 'ner Kartoffel nix andres anfangen, als sie zu essen.«

»Das hab' ich auch schon gehört«, sagte Ralph.

»Schafe, ja; die sind was andres. Haste dich schon mal in 'ner hundekalten Nacht richtig eng um 'ne Wolldecke gekuschelt, Ralphie?«

»Bäng, bäng, bäng, *bäng*!« sagte der Hammermörder.

»Wir hätten trotzdem die Schlüssel nicht in seiner Tasche lassen dürfen«, sagte der erste Transvestit. »Man soll nämlich nie Metall in 'ne Mikrowelle tun.«

»Weshalb bist du drin, Ralphie?« fragte Warren.

»Sie sagen, daß ich 'nen Bischof umgebracht hab'.«

»Das ist schlimm. Einen Bischof. Wau.«

»Das kannst du laut sagen.«

»Du solltest dich an Schafe halten. Die verrecken so gut wie nie, und wenn doch, dann kannst se essen.«

»Bäng, bäng, bäng, bäng, *bäng*!« sagte der Hammermörder.

Warren erging sich gerade lautstark in Erinnerungen an ein Mutterschaf namens Margaret, als der Wärter kam. »Poteet.«

»Hier.« Ralph tauchte unter dem Arm des Gebirglers hervor und packte die Gitterstäbe.

Der Wärter schüttelte einen Schlüssel aus seinem Ring und steckte ihn ins Schloß. »Sie sind frei. Ihr Anwalt ist gekommen.«

»Welcher? Ich hab' drei angerufen.«

»Tauber alter Knabe in 'nem grünen Anzug. Sieht aus wie 'n Abtreiber. Ich glaube, den hatten wir schon ein- oder zweimal hier drin.«

»Oh. Doc Skinner.«

»He«, sagte einer der Transvestiten, als der Wärter die Tür hinter Ralph wieder verschloß. »Wann essen wir?«

»Stunde.«

»Wieso so lang? Habt ihr keine Mikrowelle?« Der andere Transvestit kicherte.

»Paß auf dich auf, Ralphie«, sagte Warren durch die Gitterstäbe. »Vergiß nicht, was ich gesagt hab'.«

»Werd' ich wohl kaum.«

Als Ralph den Wärter den Gang hinunter begleitete, nahm der

Gebirgler neben dem Mann mit dem Schuh auf dem Feldbett Platz.

»Stanley«, sagte er, »machste Schafe?«

»Bäng, bäng, bäng, bäng, bäng, *bäng*!« sagte der Hammermörder.

Lloyd Skinner wartete im Besucherraum auf Ralph, zusammen mit Sergeant O'Leary, Lieutenant Bustard und, hinter dem Schreibtisch, selbigem grauhaarigen Stellvertreter des Wayne County Sheriffs, der Ralph drei Stunden vorher eingebuchtet hatte. Der Stellvertreter leerte einen Papiersack mit Ralphs Wertsachen darin auf dem Schreibtisch aus und hakte sie auf einer Liste an einem Klemmbrett ab.

»Ein Aschenbecher aus Silber.«

»Hallo, Ralph.« Skinner nahm Ralphs Hand in seinen feuchtkalten Griff. Er war ein verhutzeltes braunes Männlein in den Siebzigern, noch kleiner als Bustard, mit dreckigen Fingernägeln und einem Hörgerät. Er wurde oft fälschlicherweise für einen nicht mehr zugelassenen Arzt gehalten, daher sein Spitzname.

»Huhu, Doc. Wie geht's Betty?«

»Ein Salzstreuer aus Kristall.«

»Sie haben den Anschluß verloren, Ralph. Betty ist schon zwei Ehefrauen her. Jetzt ist's Fredericka.«

»Waren Sie nicht schon mal mit 'ner Fredericka verheiratet?«

»Nein, Sie meinen Henrietta. Die jetzige ist Cheerleader.«

»Ein Notizblock in Lederhülle.«

»Im Ernst, Wayne State?«

»Fordson High. Sie wird im Januar achtzehn.«

»Dacht' ich mir doch, daß Sie erschöpft aussehen.«

»Elf Päckchen Sweet 'n' Low.«

»Was ist mit den beiden anderen Typen, die ich angerufen hab'?« fragte Ralph.

»Jack Scavarda wird wegen Nichtzahlung von Alimenten gesucht, und Herb Wassermann liegt auf der Intensivstation im Detroit General. Er war nicht bei Fat Phil Camarillos Vorverhandlung.«

»Eine Armbanduhr aus Gold.«

»Na, ich bin froh, daß *Sie* aufgetaucht sind, Doc. Danke fürs Loseisen.«

»Eine Armbanduhr aus Silber.«

»Danken Sie diesen beiden da. Ich fing gerade an, Haftbeschwerde einzulegen, als sie die Anklagepunkte fallenließen.«

»Eine Armbanduhr, Metall unbekannt.«

Ralph sah die beiden Zivilen an. O'Leary zuckte die Achseln und ließ seine Zigarettenkippe aufs Linoleum fallen. »Ist der Fall vom Lieutenant.«

»Ein Benzinsiphon aus Gummi.«

»Der ärztliche Leichenbeschauer siedelt Steelcases Tod irgendwo zwischen elf Uhr morgens und zwei an«, sagte Bustard und rückte dabei seinen Hut zurecht. »Sie waren um halb zwölf in Lucille Lovechilds Büro und wurden gefeuert –«

»Ich hab' gekündigt.«

»– und ein Ministrant in Saint Balthazar sagt, daß Sie von kurz vor zwölf bis nach halb zwei in der Kathedrale waren. Danach waren Sie mit Sergeant O'Leary in Ann Arbor. Nun, es ist kaum möglich, daß Sie zuerst um elf den Bischof in Farmington Hills umbrachten und dann mit Volldampf rechtzeitig in die City düsten, um –«

»Zu kündigen«, ergänzte Ralph.

»– aber dafür hätten Sie mehr Glück bei den Verkehrsampeln gebraucht, als ich jemals gehabt habe, von den Streifenwagen ganz zu schweigen. Abgesehen davon, daß Sie sich kleiden, wie mein Onkel es zu tun pflegte, haben wir keinen Grund, Sie festzuhalten.«

»Eine Sternzeichen-Krawatte, grün«, sagte der Deputy hinter dem Schreibtisch.

»Dann kann ich also gehen?«

»Zwei Streichholzschachteln vom Red's Lithuanian Grill and Topless Talent Emporium.«

»Sie könnten Ihrer Staatsbürgerpflicht genügen und uns erzählen, was Sie mit Steelcase zu schaffen hatten«, sagte Bustard.

»Drei falsche Vierteldollar-Münzen, zwei kanadische Pennys und ein Fünfzig-Cent-Stück mit Art Linkletters Bild auf beiden Seiten. Unterschreiben Sie hier.«

Ralph unterschrieb die Empfangsbescheinigung und verteilte die Gegenstände auf seine Taschen. »Ich wollte ihm mein Beileid dafür aussprechen, daß Monsignore Breame den Löffel abgegeben hat.«

»Biste so was wie 'n Zauberkünstler, Chef?« fragte der Deputy hinter dem Schreibtisch.

Bustard setzte seinen Hut ab, fuhr mit dem Finger um das lederne Schweißband und setzte ihn wieder auf. Abgesehen von einem säuberlichen Haarkranz war er so kahl wie Vinnie. »Kommen Sie schon, Poteet. Er wurde mit Ihrer Schußwaffe getötet.«

»Ich sagte schon, daß man sie aus meinem Apartment gestohlen hat.«

»Sprechen Sie lauter, Ralph.«

Ralph sah Doc Skinner an. »Ich dachte, es wäre Ihre Aufgabe, mir zu sagen, daß ich nichts sagen soll.«

»Nein, meine Batterien gehen gerade zu Ende.« Der Anwalt holte das Hörgerät aus seiner Brusttasche und knallte es gegen eine vertrocknete braune Palme.

O'Leary betrachtete finster ein frisches Brandloch in seiner Krawatte. »Wie's scheint, werden wir uns nicht mehr sehen, Poteet. Das Präsidium hat den Brandstiftungsfall Lyla Dane abgezogen und Lieutenant Bustard übertragen.«

»Ist sie denn nicht mehr am Leben?«

Bustard sagte: »Mordversuch schlägt auch in unser Fach. Außerdem besteht eine Verbindung zwischen dem, was mit ihr passierte, und dem, was mit dem Monsignore passierte, und dem, was mit dem Bischof passierte: Sie. Sie werden schon noch mit mir reden.«

»Nur über meine Leiche.«

»Wenn Ihnen das Leichenschauhaus lieber ist, bitte. Ich wollte gerade ein Vernehmungszimmer im Präsidium anbieten.«

»Lecken Sie mich, Lieutenant.«

»Sprechen Sie lauter, Ralph«, sagte Doc Skinner.

Ralph riß dem Anwalt das Hörgerät aus der Hand und rief: »Lecken Sie mich!«

»Oh. Keine Ursache. Ich werd' Ihnen 'ne Rechnung schicken.«

16. KAPITEL

Im Flur, der zum Ausgang des Wayne County Jail führte, begegnete Ralph einem bärtigen Mann in den Zwanzigern, der zerrissene Kleider trug und mit seinen Handschellen sowie den beiden Polizisten kämpfte, die ihn zu den Zellen eskortierten. Die Augen des Gefangenen waren glasig, und in seinem Bart hing Schaum. Normalerweise wäre all das nicht sonderlich beunruhigend gewesen, doch einer der Polizisten war der junge Mann, der zwei Morgen zuvor mit Ralph gesprochen hatte, während Ralph in Carpenters Kombi neben Monsignore Breame gesessen hatte.

Ralph drehte sich zur Wand, als wolle er dem ächzenden Trio Platz machen. Just als er das tat, traf sich sein Blick für einen kurzen Moment mit dem des Polizisten. Ralph sah Wiedererkennen darin aufflackern und dann Verwirrung, als der Mann ihn einzuordnen versuchte. Dann waren die drei vorüber.

Beinahe.

Denn gerade als sie auf Höhe von Ralph waren, befreite sich der Bärtige aus dem Griff seiner Eskorte. Seine gefesselten Hände, zu einer zehnfingrigen Faust geballt, fuhren hoch und trafen Ralphs Hinterkopf, stülpten ihm dabei den Hut über die Ohren und rammten sein Gesicht in die Schlackensteinwand. Ralph sah grelle Lichter und spürte, wie eine Reihe von Kapillaren in seiner Nase platzten.

Der zweite Polizist zog seinen ledernen Totschläger aus dem Gürtel und versetzte dem rasenden Gefangenen einen leichten Schlag hinters linke Ohr. Er sackte zusammen, und der Polizist fing ihn auf.

»Alles in Ordnung, Sir?« Der junge Polizist legte Ralph die Hand auf die Schulter.

Ralph verdeckte die untere Hälfte seines Gesichts, während Blut zwischen seinen Fingern durchsickerte, und täuschte eine hohe Singsangstimme vor. »O ja, Officer, mir geht es gut, sehr, sehr gut, danke.«

»Sie sehen aber nicht gut aus, Sir.«

»O ja, ich sehe immer so aus. Sehr, sehr gut. Danke, danke.«

Sich wie ein Irrer verbeugend, entfernte er sich rückwärts zum Ausgang.

»Warten Sie, Sir. Sind wir uns nicht schon mal begegnet?«

»O nein, ich wäre ganz, ganz sicher, wenn wir uns schon mal begegnet wären. Ganz sicher. Danke.«

Draußen lehnte er sich mit dem Rücken an die Tür und schneuzte sich die Nase in sein Taschentuch. Er war noch damit beschäftigt, sein Gesicht zu säubern, als ein blauer 63er Corvair mit einem rechten grünen Kotflügel an den Bordstein fuhr. Sein Fahrer lehnte sich über den Vordersitz und kurbelte das Fenster auf der Beifahrerseite herunter. »Ralph, alles in Ordnung?«

»O ja, mir geht es gut, sehr, sehr –« Er erkannte April Dane. Er senkte die Stimme. »Oh. Huhu. Mir geht's prima.«

»Bestimmt? Eine Minute lang hast du wie einer meiner Professoren geklungen.«

»Kleiner Scherz. Wie hast du rausgefunden, daß ich hier war?«

»Als du nicht ans Telefon gegangen bist, habe ich Sergeant O'Leary im Polizeipräsidium angerufen. Er sagte, du wärst verhaftet worden. Weswegen?«

»Spielt keine Rolle. Sie haben mich freigelassen. Kannst du mich mitnehmen?«

»Deswegen bin ich ja hier. Wohin?«

»In meine Wohnung.« Er sagte ihr, wie sie fahren mußte.

»O-*kay*!« sagte sie lasziv.

Er setzte sich auf den Beifahrersitz. Eine Feder brach, und seine Knie rammten sein Kinn. Seine Nase fing wieder zu bluten an. »Herr des Himmels.« Er fummelte nach seinem Taschentuch.

»Tut mir leid.« Sie fuhr auf die Straße. Es herrschte kein Verkehr; im Osten begann der Himmel gerade hell zu werden. »Als ich an der Michigan anfing, schrieb mir Lyla einen Brief und bot mir an, mir einen neuen Camaro zu kaufen. Unsere Eltern fanden den Brief und zerrissen ihn. Sie zahlen diese Karre immer noch ab. Alles übrige geht an die Kirche.«

»Ah-ha.« Er kippte seinen Kopf nach hinten und preßte das zusammengeballte Taschentuch an die Nasenlöcher.

»War schön letzte Nacht«, sagte sie.

»Meine Hormone brummen immer noch.«

Sie kicherte. Es hörte sich besser an als bei den Transvestiten.

»Wer hat dir dieses Zeug beigebracht, deine Schwester?«

»Nein, ich habe jahrelang nicht mit ihr gesprochen, und es gab nur diesen einen Brief. Daß ich wußte, womit sie sich ihren Lebensunterhalt verdiente, machte mich vermutlich neugierig. Du wärst überrascht, wie viele Jungs in der High-School bereit waren, meine Neugier befriedigen zu helfen.«

»Ich wette, daß ich's nicht wäre.«

»Hör mal, du hast doch nicht etwa irgendwelche Krankheiten oder so was, oder?«

»Nur meine Leber.«

Sie fuhren schweigend ein paar Blocks weiter. Die Reifen des Corvair zischten auf der nassen Fahrbahn.

»Du hattest vermutlich noch keine Gelegenheit, der Sache nachzugehen, um die ich gebeten habe«, sagte sie.

»Vielleicht muß ich das ja nicht, wenn du mit deiner Schwester sprichst.«

»Vielleicht. Sergeant O'Leary meint, daß du mehr über das, was passiert ist, wüßtest, als du sagst.«

»Da wohne ich.«

»Das ist ja ein Pornobuchladen.«

»Sagt jeder. Fahr da rein.«

»Auf den Behindertenplatz?«

»Wenn die diesen Monat nicht auf die Ausgabe von *Leather Lovers* warten können, sollen sie halt jemand schicken, der sie für sie abholt.«

In der Diele sagte sie: »Hier sollte mal jemand gründlich saubermachen. Eigentlich müßte sich dein Hauswirt drum kümmern.«

»Er war in letzter Zeit anderweitig beschäftigt.« Ralph schnupperte verstohlen, als sie an Vinnies Tür vorbeigingen. Noch kein Geruch. Er fragte sich, ob er den Thermostaten hätte niedriger stellen sollen.

Oben starrte April die Tür zu Ralphs Apartment an.

»Termiten«, sagte er, als er aufschloß.

Sie trat vor ihm ein und blieb in dem Gang stehen, den er zu seinem Schlafzimmer freigemacht hatte. Als sie nach dem Lichtschalter langte, sagte Ralph: »Nein!«, und legte seine Hand darüber. Er zog tief die Luft ein, kam zu dem Schluß, daß er kein Gas roch, und knipste den Schalter an. »Ist ein bißchen kompliziert«, erklärte er.

»Mein Zimmer zu Hause sah nie so aus. Du brauchst eine Frau.«

»Was bist du, ein Schimmelkäse?«

»Ich meine, zum Saubermachen. Die Bude sieht aus, als wäre sie durchwühlt worden.« Sie ging zum Schlafzimmer weiter und drehte das Licht an. »Wau.«

Er ging ihr nach. »Ich bin in Eile aufgestanden.«

»Sieht wie eins dieser Mordzimmer aus, die man in Kriminalzeitschriften sieht.«

»Könnte vermutlich mal ein bißchen Staubwischen gebrauchen.« Er hob ein aufgeschlitztes Kissen auf und stopfte es in eine Kommodenschublade, was eine Wolke von Federn aufwirbelte. »Was zu trinken?«

»Was hast du?«

Er hob die Decke auf dem Bett hoch, fand eine Flasche mit irgendeiner Flüssigkeit drin und hielt sie gegen das Licht. »Sieht wie Bourbon aus.«

»Nein, danke.« Ihr Ton veränderte sich, als sie sich zu ihm umwandte. »Das brauchen wir nicht.«

Ralphs Nase fing erneut zu bluten an.

Es war schon hell draußen, als Ralph auf allen vieren aus dem Bett krabbelte, sich mit Hilfe des Bettpfostens hochzog und nackt in das Sardinenbüchsenbad schlurfte. Dort zog er an der Lichtschnur und betrachtete sich im Spiegel über dem Waschbecken. Auf seiner Oberlippe war ein getrockneter Blutfleck – die Blutung hatte endlich aufgehört –, und seine Genitalien klebten am Bauch. Sie sahen deprimierend flach aus. Seine Zunge war blaß und sein Gesicht zungenfarbig. Er versuchte, seinen Pulsschlag zu zählen, konnte jedoch keine Lücken zwischen den Schlägen finden. Die alten Rohre rasselten, als er in ein verschmiertes Glas, das dort stand, Wasser laufen ließ. Er spritzte sich das Wasser ins

Gesicht, wusch sich dann oben und unten und schlich sich ins Schlafzimmer zurück.

Sein Zeh stieß gegen etwas Festes, und er stopfte sich eine Faust in den Mund, um nicht laut aufzuschreien. Er hatte eine Heidenangst davor, April aufzuwecken, die gleichmäßig atmend auf dem Rücken lag. Ihre Augen waren geschlossen, und das Laken war so weit heruntergezogen, daß es eine weiße Brust entblößte. Sie sah frisch und für eine weitere Runde bereit aus. Er fühlte sich, als hätte er die ganze Nacht Ambosse die Treppe rauf- und runtergeschleppt. Er hätte gern gewußt, ob sich Monsignore Breame genauso gefühlt hatte, und ob das eine Eigenart der Familie Dane war. Der Fluch des Hauses Dane. Er stöhnte in seine Faust.

Als der Schmerz nachließ, kniete er nieder und hob den Gegenstand auf, mit dem er zusammengestoßen war. Es war seine Anzugjacke. Vorsichtig holte er die Sachen aus den Taschen und legte sie behutsam auf das Telefonbord neben dem Bett. Als ihm der Platz ausging, belegte er auch das Fach darunter. Als letztes kam der Schweinsleder-und-Gold-Notizblock dran, den er aus Bischof Steelcases Schreibtisch im Pfarrhaus von Saint Balthazar genommen hatte.

Er ließ die Jacke wieder zu Boden fallen und drehte den Block zum Licht, das durch das Fenster fiel. Die ersten fünf Seiten enthielten Namen und Telefonnummern, in der zierlichen, gestochenen Handschrift des Bischofs aufgeschrieben. Ralph erkannte die Namen von einigen lokalen Vertretern der katholischen Kirche und von etlichen Kommunalpolitikern und Prominenten der Gegend wieder, alle anderen waren ihm jedoch unbekannt. Die restlichen Seiten waren leer. Die dritte Seite ebenfalls, abgesehen von einer einzelnen Telefonnummer mit einer Vorwahl, die Ralph nicht identifizieren konnte.

April seufzte, drehte sich herum und stellte dabei eine nackte Rückenlänge zur Schau.

Leise nahm Ralph den Telefonapparat und alles, was dazu gehörte, und trug ihn ins Bad. Die Schnur reichte nur knapp, die Tür ließ sich gerade noch schließen. Er stützte den Apparat mit seinem nackten Bauch an der Tür ab, nahm den Hörer ab und wählte die geheimnisvolle Nummer.

Während er darauf wartete, daß sich jemand meldete, kratzte er sich. Es gab keinen triftigen Grund, dort zu stehen und sich den Arsch zu verkühlen, um jemanden anzurufen, den er gar nicht kannte. Schließlich war er ja nicht einer jener Schnüffler auf Kreuzzug, der unbedingt dem Mord an einem Bischof und dem Beinahe-Mord an einer Nutte auf den Grund gehen mußte, ohne Rücksicht darauf, ob die Schwester der Nutte in seinem Bett lag. Es gab nicht den geringsten Grund, abgesehen von der Tatsache, daß der Bischof, der ermordet worden war, Ralphs Rechnungen für das nächste Jahrzehnt oder so hätte bezahlen sollen.

»Justizministerium.«

Es war eine typische Empfangsdamenstimme. Ralph sagte: »Das in Washington?«

»Sir, gibt es noch ein anderes?«

»Na ja, reden wir über den Bundesstaat oder den Ort mit den großen, weißen Gebäuden?«

»Sir, im Bundesstaat Washington gibt es kein Justizministerium. Dort gibt es Äpfel.«

»Auch gut. Verbinden Sie mich mit dem Meister.«

»Sir, meinen Sie den Generalstaatsanwalt?«

»Keinen Anwalt. Ich will den Obermacker.«

»Sir, ich sprach vom Generalstaatsanwalt der Vereinigten Staaten.«

Scheiße. »Na schön, wenn Sie keinen besseren haben.«

»Wen darf ich melden, Sir?«

»Sagen Sie ihm einfach, Detroit ist am Apparat. Miss?«

»Ja, Sir?«

»Haben Sie 'nen Bruder beim Detroit Police Department?«

»Nein, Sir. Mein Bruder ist bei den Washington Redskins. Warum fragen Sie?«

»Nur so 'n Verdacht.«

»Bleiben Sie dran, Sir.«

Ralph blieb dran. Einen Moment später meldete sich eine rauhe, Harvard-verbleite Stimme, die er vage aus Interviews in den Fernsehnachrichten kannte.

»Carpenter, ich sagte Ihnen doch, daß Sie mich niemals hier anrufen sollen.«

17. KAPITEL

Unmittelbar nachdem Ralph die Verbindung mit der größten Berühmtheit, mit der er vermutlich jemals telefonieren würde, abgebrochen hatte, öffnete April Dane die Badezimmertür, was zur Folge hatte, daß ihm der Telefonapparat auf den Fuß fiel. Als er mit dem Herumhüpfen fertig war, sagte sie: »Wichtiges Gespräch?«

»Nur das Wetter abgefragt. Herr des Himmels.« Er stützte seinen Fuß am Toilettendeckel ab und betupfte die drei verletzten Zehen mit Jodtinktur aus dem Medizinschrank.

»Als ich aufwachte und sah, daß du weg warst, hatte ich Angst, du hättest mich sitzenlassen. Dann sah ich die Schnur und folgte ihr hier herein.« Sie fing an zu kichern.

»Was ist denn da dran so komisch?« Er wackelte mit den Zehen. Sie schienen nicht gebrochen zu sein.

»Du. Wenn du nackt bist.«

Er stellte den Fuß auf den Boden und zog seinen Bauch ein. »Ich jogge nicht oder dergleichen. Ich hab' ein Auto.«

»Ich meinte den Hut.«

Er blickte zu ihm hoch. »Hab' wohl vergessen, ihn abzunehmen.«

»Ich mußte ihn einfach immerzu anstarren. Ich habe ständig darauf gewartet, daß er runterfällt, tat er aber nicht.«

»Scheiße.«

»Was ist los?«

»Ich hab' gesehen, wie du die Augen nach oben verdreht hast. Ich dachte, es wär' aus 'nem andern Grund.«

Sie packte ihn dort, wo er am griffigsten war, und zog ihn nahe zu sich heran. Auch sie war nackt. Ihr dunkles Haar war zersaust, und ihr Gesicht sah frisch aus ohne Make-up. Er konnte die Hitze spüren, die aus ihrem Körper strahlte, vielleicht kam sie aber auch aus seinem. Jeder Teil seines Körpers protestierte, nur jener nicht, den sie in der Hand hielt.

»Es war nicht *nur* der Hut«, sagte sie.

»Nein?«

»Ah-ah. Komm wieder ins Bett.«

»Ich muß arbeiten.«

»Damit kannst du erst anfangen, wenn ich deinen Honorarvorschuß abbezahlt habe.«

»Ich glaube, mittlerweile schulde ich *dir* Geld.«

»Also gut, dann zahl's ab.« Sie drückte zu.

»Was ist mit deiner Schwester?«

»Die soll sich ihren eigenen Schnüffler suchen. Dein Rüssel gehört mir, klar?«

»Klar.« Er biß die Zähne zusammen.

»Harter Rüssel.«

»Herr des Himmels.«

»Die Hitze.« Sie machte eine hydraulische Bewegung.

»Verdammt.«

Sie blickte an ihm herunter. »Hoppla.«

Daraufhin ließ er seinen Bauch heraus. Es hatte wenig Sinn, ihn noch länger einzuziehen.

»Hau ab, Ralph.«

Neal English saß im Cadillac Club an der West Lafayette in einer halbrunden, mit rotem Leder gepolsterten Nische unter einer eingerahmten Karikatur von Herve Villechaise. Das monolithische Gesicht des Versicherungsstatistikers, selbst reif für eine Karikatur, wurde von einem weißen Lätzchen mit einem roten Hummer drauf eingerahmt. Ein Exemplar der gleichen Spezies lag auf seinem Teller, und er war eifrig damit beschäftigt, es mit einem Holzhammer zu zerlegen. Farne, die sich zu dezenter klassischer Musik wiegten, schmückten den Raum.

»Das Mädchen in deinem Büro sagte, daß ich dich hier finden würde.« Ralph rutschte in die Nische.

»Wenn du das nächste Mal mit ihr sprichst, sag ihr, daß sie entlassen ist.«

»Kriegst du aus diesen Riesenküchenschaben da eigentlich was raus, oder mühst du dich nur gern ab?«

»Wie ich sehe, hat dich noch niemand umgebracht.« Neal zerschmetterte die Schädeldecke des Hummers und pickte mit einer Miniaturgabel das Hirn heraus.

»Deswegen bin ich ja hier.«
»Wenn ich diesen Hummer erledigt hab', bist du dran.«
»Du warst schon immer ein Scherzkeks, Neal.« Ralph gab dem Kellner, einem untersetzten Mann mit weißem Haar und rotem Gesicht, die Speisekarte zurück. »Haben Sie keine Burger?«
»Das Tartarsteak ist recht gut, Sir.«
»Okay, verbrennen Sie eins und klatschen Sie 'n Stück Velveta drauf. Nicht diesen Schweizer Scheiß.«
»Möchten Sie gerne etwas trinken?«
»Was ist vom Faß?«
»Wir haben eine reichliche Auswahl an Importbier.«
»Von dieser mexikanischen Pisse krieg' ich Dünnpfiff. Bringen Sie mir 'n Blatz im Krug. Ich hab' nämlich mal in 'ner Flasche ein Rattenhaar gefunden«, vertraute er Neal an. »Worauf warten Sie noch, Maurice, Ihr Trinkgeld?«
»Dürfte ich Ihren Hut nehmen, Sir?«
»Warum, friern Sie am Kopf?« Als sich der Kellner zurückgezogen hatte, zwinkerte Ralph Neal zu. »Was glaubst du, treibt er's mit dem Hilfskellner, oder treibt's der Hilfskellner mit ihm?«
»Allmächtiger, Ralph.«
»Die sind die einzigen Leute, die ein Tablett tragen können, ohne es fallen zu lassen. Steckt alles in den Hüften.« Er nahm einen Schluck von Neals Eiswasser. »Hör mal, bist du immer noch 'n As bei Computern?«
»Nie gewesen, so fängt's schon mal an.«
»Klar warste. Hab' doch erlebt, wie du Arnie auf Computer gehoben hast, als wir bei Great Lakes waren.«
»Ich habe ihm geholfen, seine Digitaluhr zu stellen.«
»Hast du 'nen Computer, da, wo du jetzt bist?«
»Ich mache bei einem Time-sharing mit, beim Bürosystem Kaypro.«
»Echt? Glückwunsch. Was ich wissen will, ist, ob du da, wo du jetzt bist, einen Computer hast?«
Neal brach dem Hummer das Genick. »Warum?«
»Ich will die Computerdatei im Justizministerium anzapfen.«
»Schon gut, behalt's für dich. Ich hatte sowieso nicht die Absicht, irgendwas für dich zu tun.«

»Nein, ich mein's ernst.«

»Sprichst du vom Justizministerium in Washington, D.C.?«

»Im Bundesstaat Washington gibt's keins. Ich hab' mich erkundigt.«

»Was willst du denn rausfinden?«

»Was Willard Newton für 'nen Grund haben könnte, eine Prostituierte und 'nen Bischof umzubringen, und was das mit 'nem toten Monsignore zu tun hat.«

»Willard Newton.«

»Selbiger.«

»Der Außenminister.«

»Nein, der Generalstaatsanwalt.«

»Das ist Gregory Tobin.«

»Ich denke, Gregory Tobin ist Gesundheit, Bildung und Soziales«, sagte Ralph.

»Nein, das ist Henry Wazuki.«

»Henry Wazuki ist der Placekicker für die Miami Dolphins.«

»*Deren* Datei kann ich anzapfen.«

Ralphs Tartarsteak kam auf einem großen Teller mit einer kunstvollen Garnierung aus Broccoli, Petersilie und einem nicht so leicht erkennbaren, blassen, runden Gemüse.

»Gehn diesem Laden die Fressalien aus?« fragte er den Kellner. »Zwischen Karotten und Zwiebeln könnt' ich ja mit 'nem Laster durchdüsen.«

»Dies sind keine Zwiebeln, Sir. Das ist Lauch.«

»Sag's nicht«, warnte Neal.

»Soll ich diesen Scheiß essen oder einrahmen lassen?«

»Sir, von mir aus können Sie ihn sich in den Arsch stecken.« Der Kellner entfernte sich.

»Gib ihm ja kein Trinkgeld«, befahl Ralph Neal. »Er hat mein Bier vergessen.«

»Wie kommst du auf die Idee, daß der Generalstaatsanwalt einen Grund haben könnte, jemanden umzubringen?«

»Als ich diese Nummer angerufen hab', die ich in Bischof Steelcases Notizbuch fand, und dieser Tante sagte, daß Detroit am Apparat wär', meldete sich Newton und sagte Carpenter zu mir.« Ralph sprach mit tartarsteakvollem Mund. »Carpenter ist derjenige, der das Apartment der Nutte in die Luft gesprengt hat. Von dem Bischof wirst du heut' abend in den Nachrichten hören.«

»Es war schon heute morgen im Radio. Die Bullen haben einen Verdächtigen in Gewahrsam.«

»Das war ich. Bei Sonnenaufgang haben sie mir 'nen Tritt versetzt. Also, was ist jetzt mit dem Computer?«

»Solche Dinger haben Sicherheitscodes. Da komm' ich nicht rein, selbst wenn ich wollte.«

»Klar kommste. Erst letzte Woche hab' ich was drüber gelesen, daß irgendein Knabe in Jersey die Leitungen im Pentagon angezapft und vierhundert Kisten mit Supermännern nach Teheran geschickt hat.«

»Ein ehrenwerter Grund, wenn damit die Zahl dieser armseligen Iraner dezimiert wird«, sagte Neal. »Schnapp dir den Knaben.«

»Das ist keine Gefälligkeit, das ist ein geschäftliches Angebot. Als sie den Bischof umgelegt haben, ist mit ihm auch die Einnahmequelle hopsgegangen. Bevor das passierte, hätten wir uns für den Rest des Lebens 'nen Tausender pro Monat teilen können.« Aus Gewohnheit halbierte er den Betrag. »Wenn Steelcase schon soviel zahlen wollte, um zu vertuschen, was mit dem Monsignore passiert ist, dann überleg' doch mal, was dann erst Newton springen lassen würde. Diese Armleuchter da in Washington wollen doch alle Präsident werden.«

»Warum sollte sich Newton dafür interessieren, wie ein Priester aus Detroit gestorben ist?«

»Genau das will ich ja rauskriegen. Es ist schwer, jemanden zu erpressen, wenn du nicht weißt, was du gegen ihn in der Hand hast.«

»Ich hab' eine bessere Idee. Warum geb' ich dir nicht einfach deine Fotos zurück? Ich habe kein Talent für krumme Touren. Ich bin dafür total ungeeignet.«

»Da könnte 'ne Million drin sein.«

»Dollar?«

»BMWs, verdammt noch mal. Schon mal gesehen, was ein Politiker der Telefongesellschaft zahlt?«

Neal schob seinen Teller weg. »Ich müßte das Gerät so programmieren, daß es solange Codes auswirft, bis es Zugriff hat.«

»Klar. Was auch immer.«

»Du hast mich nicht ausreden lassen. Bei meinem System kann ich das nicht machen. Dafür brauchst du einen Bürocomputer.«

Ralph kaute und dachte nach. »Wenn ich dir einen besorge, kannst du's dann machen?«

»Die findest du nicht bei Billigheimer und Söhne. Du mußt für einige Stunden ein System benutzen können, das dem neuesten Stand der Technik entspricht.«

»Beantworte die Frage.«

Neal seufzte. »Bevor du aufgekreuzt bist, war ich ein ehrlicher Mensch. Also schön, ich kann's machen.«

»Wußt' ich's doch. Von jetzt an heißt's du und ich, Kumpel, fifty-fifty. Genau wie in alten Zeiten.«

Neal starrte ihn unter seinen schweren Augenbrauen finster an. »Wenn du mich aufs Kreuz legst, verspeise ich deine Eier zum Frühstück. Ich hab' einen Kunden, der mir einen Gefallen schuldet. G. Gordon Liddy hat ihn rausgeschmissen, weil er ihm Angst eingejagt hat.«

»Freunde bescheiß' ich nie.« Ralph beendete seine Mahlzeit und erhob sich. »Vergiß nicht, was ich über das Trinkgeld gesagt hab'.«

18. KAPITEL

»Anita, rufen Sie den Sicherheitsdienst«, sagte Lucille Lovechild in die Gegensprechanlage. »Er ist wieder da.«

Ralph, der, den Hut in der Hand, vor ihrem Schreibtisch stand, sagte: »Ich bin nicht hier, um Stunk zu machen. Ich hab' meine Meinung über diese Abfindung geändert.«

»Bestellen Sie den Sicherheitsdienst wieder ab, Anita.«

»Gemein«, knatterte die Stimme der Empfangsdame. »Mich erst kirre machen und dann kneifen. Genau wie mein erster Mann.«

Lucille lehnte sich zurück, spielte mit ihrer Brille. Sie trug ein blaues Kostüm mit einer schmalen Krawatte, was sie wie Nixon aussehen ließ. »Was ist denn mit Ihrem neuen Job passiert?«

»Kleine Verzögerung. Der Boß ist gestorben.«

»Mein Beileid. War das bevor oder nachdem er vernünftig wurde und feststellte, wen er da eingestellt hatte?«

»Das Angebot steht immer noch. Ich brauch' bloß Betriebskapital, bis es abgesegnet ist. Ich hab' grade vierzig Piepen gelöhnt, um mein Auto auszulösen.«

»Wieviel haben wir Ihnen bezahlt?«

»Dreihundert die Woche.«

»Sagen wir hundertsechzig. Von denen wir fünfzehn abziehen.« Sie schaltete die Gegensprechanlage ein. »Anita, stellen Sie Poteet einen Scheck über zweihundertneunzig Dollar aus.«

»Was hat er getan, Ihnen seine gesamte Garderobe verkauft?«

»Sie sollen nur den Scheck ausstellen.«

Während sie warteten, setzte Ralph seinen Hut auf. »Wie läuft's denn so im Loch?«

»Falls Sie das Archiv meinen, ich habe es in einen Personalaufenthaltsraum umgewandelt. Alles ist im Computer gespeichert, und ich brauche keinen Platz mehr, wo ich Sie verstecken kann.«

»Was haben Sie da gesagt?«

Sie hob die Augenbrauen. »Ich brauche keinen Platz mehr, wo ich Sie verstecken kann.«

»Nein, davor.«

»Die Akten sind alle im Computer gespeichert. Warum?«

Er zuckte betont mit den Schultern. »Äh, was treibt Chuck Waverly eigentlich so?«

»Vergessen Sie Chuck Waverly. Er existiert für Sie nicht mehr. Ich hege die Hoffnung, aus diesem jungen Mann einen erstklassigen Privatdetektiv zu machen, und das letzte, was er braucht, ist, mit einem billigen Schnüffler wie Ihnen zu verkehren.« Sie sagte das mit einer gewissen Erregung.

Ralph holte ein Streichholz hervor. »Ich hatte recht mit Klugman, hä? Er hat wegen 'nem Weiberrock seine eigene Ladenkasse gemolken.«

»Ich diskutiere die Fälle dieser Firma nicht mit Außenstehenden. Danke, Anita.«

Die platinblonde Empfangsdame gab Lucille den Scheck und Ralph eine Ohrfeige. Es klang wie ein Pistolenschuß.

Er legte eine Hand an die Wange. »Sie haben einen Fussel hinten auf Ihrem Kleid.«

Sie knallte die Tür hinter sich zu.

Lucille unterschrieb den Scheck und hielt ihn ihm hin. »Passen Sie auf sich auf, Poteet. Es wird sich nämlich todsicher niemand anderes finden, der das tut.«

»Babys brauchen 'nen Aufpasser. Erwachsene brauchen Bares.« Er faltete den Scheck zusammen und steckte ihn in die Brusttasche.

»Das ist ihr Abgangstext.«

Im Empfang zögerte er. Der Rolidex, der die Privatadressen und Telefonnummern des Personals, auch die von Chuck Waverly, enthielt, war an Anitas linkem Ellenbogen deutlich zu sehen. Sie las wie üblich eine Zeitschrift.

»Anita, Ihre Nase glänzt.«

»Ralph, meine Finger jucken.« Sie blickte nicht auf.

»Nein, ehrlich. Sie sollten sich besser pudern gehen, oder was ihr Weiber sonst so macht.«

»Ich werde mir die Nase pudern, wenn meine Finger nicht mehr jucken.«

Ralph stieg, tief in Gedanken, auf dem Parkplatz in seinen Wagen, als ein nagelneuer gelber Golf in die Lücke neben ihm fuhr.

»Mr. Poteet?«

»Leck mich am Arsch.« Er knallte seine Tür zu. Dann öffnete er sie wieder. »Jungchen, sind Sie's?«

Chuck Waverly strahlte über das Dach des Volkswagens hinweg. Sein in der Nachmittagssonne feuerrot leuchtendes Haar lief den Karotten im Cadillac Club den Rang ab. »Hallo, Mr. Poteet. Ich hatte schon Angst, ich würde Sie nicht wiedersehen.«

»Wie war's im Kittchen, Jungchen?«

»Schlimmer, als ich erwartet hatte. Sie können sich ja nicht vorstellen, mit was die mich da zusammengesteckt haben.«

»Wenn's kein Gebirgler namens Warren war, haben Sie noch mal Schwein gehabt.«

»Ich wollte Ihnen für diesen Rat danken. Klugman war im Zimmer nebenan, als das Spektakel im Acre of Ecstasy losging. Er kriegte es mit der Angst zu tun und ließ seine Versicherungsforderung fallen. Mrs. Lovechild hat mir eine Prämie gezahlt.«

»Ich wette, daß sie das mit dem größten Vergnügen getan hat.«

»Sie führte sich auf, als ob ich sie ruinieren würde. Aber da sie sich ja diese Prämienregelung ausgedacht hat, konnte sie schlecht ablehnen. Außerdem hat sie in meine Personalakte einen Verweis wegen Zuwiderhandlung gegen die Firmenpolitik eingetragen.«

»Vergessen Sie's. Wenn Verweise Kugeln wären, wär' ich 'n Tennisschläger.«

»Ich hab' mich ja auch gar nicht beschwert. Mit der Prämie habe ich diesen Wagen angezahlt.«

Ralph hatte eine Eingebung. »Sie haben Ihre Prioritäten geordnet, Jungchen. Schön, daß ich Ihnen helfen konnte.« Er ließ den Riviera an. Als er den Kopf umdrehte, um rückwärts aus der Parklücke zu fahren, traf sein Blick den Waverlys, der jetzt neben dem Riviera stand und sich herunterbeugte. Überraschung heuchelnd, kurbelte er das Fenster runter. »Noch was, Jungchen?«

»Ich habe gerade nachgedacht.«

»Bringt nix. Außer Kopfschmerzen. Spucken Sie's aus.«

»Ich habe gedacht, wenn Sie irgendwann mal nicht allzu beschäftigt sind, könnte ich bei Ihnen ja vielleicht mal bei einem Fall mitmachen und mir ein paar Tips holen. Sie wissen schon, über Detektivarbeit.«

»Was für 'n Fall? Ich bin arbeitslos.«

»Nicht lange, wette ich.«

»Vergessen Sie's, Jungchen. Das kommt vom Gefängnisfraß. Dieser Salpeter wirkt oben wie unten.«

»Immerhin sind die besten Detektive ins Gefängnis gewandert. Lew Archer –«

»Ein Schlappschwanz. Den würden sie im County den blauen Hammer aufreißen. Jedenfalls war er nicht echt.«

»Das weiß ich. Ich dachte ja nur –«

»Ich weiß nicht, Jungchen.« Ralph kaute auf seinem Streichholz herum. »Könnt' sein, daß ich da grade an was arbeite, bei dem Sie helfen könnten.«

»Toll! Um was geht's?«

»Immer mit der Ruhe. Wär' so was ähnliches wie 'n Praktikum. Keine Bezahlung, nur Erfahrung.«

»Was soll ich tun?«

Ralph lächelte. »Kommen Sie an diesen Computer ran, mit dem Lucille ständig angibt?«

Ralphs Wohnung roch immer noch nach April Dane. Er konnte nicht sagen, ob es ein Parfüm war, das sie benutzte, oder nur ihr eigener Duft, aber er hing noch Stunden, nachdem sie sich ein Taxi nach Ann Arbor geschnappt hatte, in der Luft. Er öffnete das Fenster, um etwas von der modrigen Detroiter Luft hereinzulassen, an die er gewöhnt war, und rief in Neals Büro an.

»Hau ab, Ralph.«

»Woher willst du wissen, daß ich es bin?«

»Weil ich beschäftigt bin.«

»Hör zu, wir treffen Chuck Waverly heute abend um zehn bei Lovechild Confidential Inquiries.«

»Was ist ein Chuck Waverly?«

»Junger Spund bei Lovechild, der glaubt, daß ich den Mond anspucke. Ich hab' ihm nicht verraten, was wir rausfinden müssen, hab' nur gesagt, daß wir einen Sicherheitscode knacken müssen. Er sagt, das Bürogerät kann's schaffen. Er läßt uns nach Geschäftsschluß rein.«

»Was hast du ihm versprochen?«

»Praktische Ausbildung beim besten Privatdetektiv in Detroit.«

»Dem Kerl an der West Grand River?«

»Sehr komisch. Kannst du's schaffen?«

»Glaub' schon. Brauche ich einen schwarzen Rolli und eine von diesen ellenlangen Taschenlampen?«

»Nicht, wenn's beim Vordereingang reingeht. Das ist streng legal, kann ich dir versichern.«

»Weiß die Chefin Bescheid?«

»Würde die Dinge nur komplizieren.«

»Also brechen wir ein.«

»Verdammt noch mal, nein«, protestierte Ralph. »Das Jungchen hat 'nen Schlüssel. Aber zur Sicherheit gehen wir zum Hintereingang rein. Könnt' ja sein, daß die Bullen nicht wissen, daß wir uns da rechtmäßig aufhalten.«

»Ah-ha. Zehn Uhr hast du gesagt?«

»Zehn, wie bei zehnmal tausend macht eine Million.«

»Eher zehn bis lebenslänglich. Ich werd' da sein.« Neal legte auf.

Ralph verbrachte die nächste halbe Stunde damit, die Wohnung aufzuräumen. Er richtete umgekippte Stühle und Tische wieder auf, warf seine Hemden und Unterwäsche in die ihnen zustehenden Schubladen, legte die Kissen mit der aufgeschlitzten Seite nach unten wieder an ihren Platz. Als er damit fertig war, fehlten der Bude nur noch ein Scheuerlappen und ein Eimer Desinfektionsmittel, wie immer. Zum Schluß schüttete er die letzten Tropfen drei verschiedener Schnapssorten aus sechs Flaschen erst in ein Wasserglas und dann die Kehle hinunter. Er stopfte die leeren Flaschen in einen Plastikmüllbeutel zusammen mit den restlichen Trümmern, öffnete das Schlafzimmerfenster, peilte den Müllcontainer in der Gasse an und ließ ihn fallen. Er landete mit einem Knall, verdrängte dabei eine ähnliche Menge älteren Mülls und jagte zwei Katzen und einen Mann in einem verdreckten Sportsakko und einem Hut, der Ralphs ähnlich sah, auf die andere Seite. Dann ging er nach unten. Die letzten Tropfen hatten ihn erst richtig durstig gemacht.

»Tag, Mrs. Gelatto«, sagte er, als er den Treppenabsatz des ersten Stocks umrundete.

Die alte Frau, die am Fuß der Treppe stand, schaute nach oben, rückte ihre dicke Brille zurecht und zeigte mit einem rotknöcheligen Finger. »Das ist er!«

Dann sah Ralph den jungen, neben ihr stehenden Polizeibeamten, jenen, den er schon zweimal zuvor gesehen hatte. Vor ihnen hing die Tür zu der Wohnung offen, in der Ralph Vinnies Leiche versteckt hatte. Der Officer zog seinen Revolver aus dem Halfter.

»Keine Bewegung!«

Ralph hatte noch nie zuvor einen Polizisten diese Worte in Wirklichkeit sagen hören, außer im Fernsehen, wo der Officer sie vermutlich auch her hatte. Er fragte sich, ob es überhaupt Leute gab, die bewegungslos stehenblieben. Sein eigener Instinkt befahl ihm, es nicht zu tun. Er hatte sich bereits umgedreht und rannte jetzt die Treppe, die er gerade heruntergekommen war, wieder hinauf. Hinter ihm hörte er das Stampfen anderer Füße.

Auf seinem Stockwerk fischte er keuchend nach seinen Schlüsseln, sagte sich dann, zur Hölle damit, und trat durch das, was von der Tür übriggeblieben war, wodurch seine Nase erneut zu bluten anfing. Das Fenster, an dem er gestanden hatte, um den Müll abzuladen, war noch geöffnet. Ohne zu zögern, rannte er darauf zu, schwang sich über das Fensterbrett, blieb dort eine Sekunde lang sitzen, bis er auf dem Flur vor seiner Wohnung Schritte hörte, dann stieß er sich ab. Eine Sekunde lang war er in der Luft. Dann landete er, mit einem Stoß, der ihm die Knie ins Kinn bohrte, zwischen dem Kaffeesatz, den Bananenschalen, den zerquetschten Papierbechern und den fünf oder sechs sehr harten Schnapsflaschen, die er erst kurz zuvor hinausgeworfen hatte.

Als er den Hut von den Augen zurückschob, war sein Gesicht nur Zentimeter von dem des Mannes mit dem Tirolerhut und dem verdreckten Sakko entfernt, der offensichtlich gerade zum Müllcontainer zurückgekehrt war. Er hatte die sechste Flasche umgestülpt und rieb mit einem dreckverkrusteten Finger am Inneren des Flaschenhalses. Ralph erkannte in ihm den Penner wieder, den er gestern vollgespritzt hatte.

Der Mann nuckelte an dem Finger und verzog das Gesicht. »Diesen Scheiß *trinkst* du?« sagte er.

19. KAPITEL

Ralph konnte sein Glück nicht fassen. Obwohl er schwarz war, stimmte der Körperbau des Stadtstreichers mit seiner eigenen, leicht untersetzten Figur überein, und ihre Hüte waren die gleichen, nur daß an dem des Stadtstreichers die Feder fehlte und der Flor derart abgewetzt war, daß manche Stellen glänzten. Der einzige Mißton war das unter einer Schmutzpatina orange und grün karierte Sportsakko. Ralphs Anzugjacke war aus konservativerem schwarzen Polyester.

»Hast du Rollerskates oder was?« fragte Ralph. »Ich dachte immer, ihr Penner rührt euch nie vom Fleck.«

»Ich bin kein Penner«, sagte der Penner.

»Was denn dann, Miss Oktober?«

»Wenn diese Weihnachtsdekorationen da bei Hudson's aufgebaut werdn, gehör' ich zu den Obdachlosen.«

»Kannst du Auto fahren, Obdachlos?«

»Ist Carlos König von Spanien?«

»Heißt das, daß du Auto fahren kannst?«

»He, ich war nicht immer so. Ich war Jimmy Hoffas Leibwächter.«

»Obdachlos, wie würde es dir gefallen, auf die Schnelle zehn Mäuse zu verdienen?«

»Hat Gabriel Garcia Marquez den Nobelpreis gewonnen?«

»Laß mich raten. Du pennst in der Bibliothek.«

»Mann, du kannst mich jeden Dienstag zwischen Hinterindien und Istanbul finden. Das ist das Regal mit den großen Büchern; ich werf' 'n paar in der Gegend rum«, fügte er hinzu und lächelte dabei mit drei Zähnen, die nie miteinander bekannt gemacht worden waren.

Ralph hielt einen Zehn-Dollar-Schein hoch. »Als erstes tauschen wir die Jacken.«

Obdachlos runzelte nachdenklich die Stirn, stellte die leere Flasche hin und rieb einen von Ralphs Rockaufschlägen zwischen Daumen und Zeigefinger. »Ich hab' 'ne Schwäche für Wolle«, sagte er. »Aber okay.«

Sie vollzogen den Tausch. Ralph gab ihm den Geldschein und seine Schlüssel. »Vor dem Haus parkt ein roter Riviera. Steig ein und kratz die Kurve. Man wird dich verfolgen.«

»Bullen oder Mafia?«

»Bullen.«

»Okay. Mit der Cosa Nostra leg' ich mich nämlich ums Verrekken nicht an. Wo soll ich ihn abstellen?«

»Laß ihn irgendwo stehn. Ist sowieso nicht meiner, und der Besitzer hat andere Sorgen.« Ralph hörte Laufschritte in der Gassse. »Setz dich in Trab.«

»Wer'n die schießen?«

»Jimmy Hoffas Leibwächter sollte das nicht kümmern.«

»Damals hab' ich mich unter zwölf Hunnis die Woche ums Verrecken nicht vor 'ne Kugel gestellt.«

»Was soll ich dazu sagen? Der Marktpreis ist gefallen.«

Obdachlos zuckte die Achseln, bog seine Hutkrempe zurecht, schnickte eine Orangenschale von Ralphs Jacke und schwang sich über den Müllcontainer. Ralph hörte den Officer wieder »Keine Bewegung!« schreien und dann Galoppschritte. Ein Schuß ließ die Seiten des Müllcontainers klingen. Unter dem Echo hörte er weiteres Fußgetrappel, wahrscheinlich das des Officers.

Er blieb auch dann noch, wo er war, nachdem er gehört hatte, wie der Riviera mit dem gräßlichen Knirschen eines gequälten Anlassers angesprungen war, und danach das Kreischen von Gummi auf Asphalt, was darauf schließen ließ, daß Obdachlos die Flucht gelungen war; er war nicht sicher, ob der Officer Verstärkung angefordert hatte, um die Gasse zu beobachten. Er verbrachte die Zeit zwischen dem feuchten Kaffeesatz und den gebrauchten Kleenex in philosophische Gedanken vertieft. Das hier war nicht gerade das gemütliche Plätzchen, das er sich erhofft hatte.

Nach etwa zehn Minuten packte er den Rand des Müllcontainers und spähte darüber hinweg. Eine der abgemagerten Katzen, die er vorher verscheucht hatte, schleckte auf dem Boden eine leere Fleischschale aus Plastik ab. Ansonsten schien Ralph allein zu sein. Er kletterte raus. Die auffallende Jacke hatte bedrohlich zu jucken begonnen.

Nur um sicher zu sein, daß man ihn nicht sah, stieg er über den Zaun, der von der Gasse auf einen Parkplatz nebenan führte, trat in eine Seitenstraße hinaus und lief einige Blocks an den Seiten von Häusern entlang, die nicht für Publikumsbesichtigungen bestimmt waren. Die Luft war kalt geworden, und er wärmte sich an der Rechtmäßigkeit seines Tuns und an den Entlüftungsgebläsen, die Küchendünste aus Thai-Restaurants, Bar-Grills und Eßlokalen bliesen, die von Männern namens Mac und Buster geleitet wurden, deren Barrasabzeichen auf ihre Unterarme tätowiert waren. Schließlich kam er an der Michigan Avenue heraus, wo sechs Taxis an ihm vorüberfuhren, bevor ein kurzsichtiger Wiedergeborener Christ, der einen alten Checker fuhr, Mitleid mit dem Mann in Pennerklamotten hatte und anhielt.

»Laß mal deine Piepen sehen, Bruder.«

Ralph zog seine Brieftasche aus der Gesäßtasche und zeigte sie ihm. Der Taxifahrer linste auf das Foto, das einen der Hauptdarsteller aus *The Duke of Hazard* zeigte.

»Na schön, hopsen Sie rein, Mr. Wopat.«

Im Taxi spürte Ralph etwas in der rechten Seitentasche seiner Jacke, fand ein halb aufgegessenes Ding-Dong, das entweder in den Müllcontainer geworfen worden war oder Obdachlos gehörte oder beides, schnüffelte daran – seit dem Cadillac Club hatte er nichts mehr gegessen – und warf es schweren Herzens aus dem Fenster, als es sich als schimmelig erwies. Er ertappte den Fahrer dabei, wie er ihn durch den Rückspiegel anstarrte.

»Wohin, Tom?«

Ralph zögerte. Er mußte fünf Stunden in einer Stadt totschlagen, die ihn wegen Mordes suchte. »Ann Arbor«, sagte er. »Ich sag' Ihnen, wo's langgeht, wenn wir dort sind.«

»Das machen die Leute meistens, Bruder.«

Die Fahrt war denkwürdig. Der Fahrer versorgte Ralph mit einem detaillierten Bericht darüber, wie er zu Jesus gefunden hatte, und brachte es trotz Umgehung von Gotteslästerungen fertig, auf jeden Fahrer zu fluchen, der innerhalb seiner Sichtweite, die ungefähr 30 Zentimeter über die Haube des Checkers hinausreichte, die Spur wechselte. Es war, als würde man von einer frommen Mrs. Gelatto kutschiert. In Ann Arbor schossen sie volle zehn Sekunden, nachdem die Ampel auf Rot gesprungen war, über eine Kreuzung, vor den Augen einer Polizeistreife, die nur zwei Wagen hinter ihnen war. Durch das Heckfenster sah Ralph das Blaulicht angehen, doch dann röhrte das Taxi über einen steilen Hügel und schwenkte unten um eine Ecke, rumpelte dabei über den Bordstein und scheuchte eine Gruppe junger Männer in Studentenverbindungspullovern auseinander, die darauf warteten, die Straße überqueren zu können.

»Ich glaube, Sie haben ihn verloren«, sagte Ralph.

»Wen verloren, Bruder?«

»Jesus.«

»Ja, Bruder, ja.«

Drei schwerwiegende Verkehrsverstöße später und zwei Blocks von April Danes Apartment entfernt, forderte Ralph den Fahrer auf, an die Seite zu fahren, und stieg aus.

Der Fahrer nahm das Geld entgegen. »Alles Gute, Mr. Wopat. Ich weiß, daß Sie das Licht sehen werden.«

»Ist ein Wunder, daß *Sie's* gesehen haben.«

April öffnete die Tür in einem Bruce-Springsteen-Sweatshirt und abgeschnittenen Hosen. Sie war barfuß und hatte die Haare im Nacken zusammengebunden. Als sie Ralph erkannte, hellte sich ihr Gesicht auf. »Hallo!«

»Schon gut. Laß mich rein. Da unten ist 'n Campus-Bulle.«

Sie trat beiseite, und er fegte an ihr vorbei. »Steckst du in irgendwelchen Schwierigkeiten?« Sie schloß und verriegelte die Tür.

»Den üblichen. Hast du was zu trinken?«

»Nur Diät-Cola.«

»Soll das 'n Witz sein?«

»Ich trinke nicht. Ich könnte etwas holen gehen.«

»Lieber nicht. Könnte jemand mißtrauisch machen.« An der einen Seite des Fensters stehend, spähte er zwischen den Vorhängen nach draußen.

»Ralph, was ist los?«

»Wiener Würstchen gibt's in Zehner-Packs, so fängt's schon mal an, und in jeder Tüte sind nur acht Brötchen.«

»Das heißt?«

»Das heißt, du kannst machen, was du willst, du landest entweder bei zwei zusätzlichen Würstchen oder sechs zusätzlichen Brötchen. Da beißt keine Maus den Faden ab, und der Rest des Lebens ist genauso.«

»Ich kann dir was zurechtmachen, wenn du Hunger hast.«

»Nee, das Ding-Dong hat mir den Appetit verdorben.«

»Könntest du das wiederholen? Ich komme nämlich gerade aus dem Seminar, und mein Kopf ist immer noch voller Psychopathologie.«

»Meiner auch. Welche Zeit ist es? Meine Uhr ist voller Kaffeesatz.«

»Kurz nach sechs.«

Er stellte ihren tragbaren Fernseher an. Die Nachrichten waren voller Wahlkampagnen und anderen Naturkatastrophen. »Folgendes kommt gerade herein«, sagte der Sprecher.

»Ralph?«

»Scht.«

»Der Besitzer eines Pornobuchladens in der City wurde vor einer Stunde in seiner Wohnung tot aufgefunden. Allem Anschein nach wurde er erdrosselt. Vincenzo Capablanca. Alter einundfünfzig . . .«

April starrte auf die Live-Aufnahme von Ralphs Haus. »Ist das nicht –«

». . . eine Mieterin, die die Polizei anrief. Die Polizei verfolgte einen Verdächtigen aus dem Haus, der in einem roten Buick Riviera, neuestes Modell, flüchtete . . .«

»Ralph!«

». . . der Name des Verdächtigen wurde noch nicht bekanntgegeben. Wir melden uns wieder mit den neuesten Informationen über jenen Skandal, in den der demokratische Bundessenator Grover Greene und die Curling-Mädchenmannschaft aus Clawson verwickelt sind.« Das Gesicht des Sprechers wurde zu einer Nahaufnahme von Ed McMahon überblendet, der ein Paket Little-Soldier-Kondome in der Hand hielt. Ralph stellte den Apparat ab.

»Du hast es doch nicht getan, oder?« fragte April.

»Ich bin schon seit Monaten nicht mehr in Clawson gewesen.«

»Du weißt genau, was ich meine.«

»So 'n Mistkerl namens Carpenter hat ihn in meiner Wohnung abgemurkst. Die alte Dame von oben hat gesehn, wie ich die Leiche fortgeschafft hab'.«

»Heute?«

»Schon vor 'n paar Tagen. Ist nur nie zur Sprache gekommen.«

»Hat das irgend etwas mit meiner Schwester zu tun?«

»Hast du mit ihr gesprochen?«

»Nein. Jedesmal, wenn ich da bin, steht sie unter Beruhigungsmitteln. Es *hat* etwas mit ihr zu tun.«

Ralph kratzte sich unter dem linken Arm. »Hör mal, du hast wohl nicht zufällig 'ne Dose Fliegentod im Haus.«

»Nein. Antworte mir.«

»Lysol tät's auch.«

»Ralph!«

Er zuckte die Achseln. »Na schön. Dieser Monsignore hat im Bett deiner Schwester seinen Geist aufgegeben. Ich hab' für sie die Leiche beseitigt, und jetzt will dieser Carpenter, der für den Bischof arbeitet, mich abmurksen. Deine Schwester und mein Hauswirt sind ihm bloß in die Quere gekommen.«

»Wie lange weißt du das schon?«

»Seit ich rausgefunden hab', daß das, was deiner Schwester passiert ist, kein Unfall war. Verbrenn das, ja?« Er zog die Jacke aus und hielt sie ihr hin.

Sie nahm sie nicht. »Du wußtest die ganze Zeit Bescheid und hast kein Wort gesagt.«

»Es war zu kompliziert. Hör mal, ich würd's ja selbst verbrennen, ich kann bloß nicht rausgehn.«

»Was machst du, den Bischof erpressen?«

»Ich? Verdammt noch mal, nein.« Sie schaltete schneller, als er erwartet hatte.

Sie entriegelte die Tür und riß sie auf. »Scher dich raus hier.«

»Ich kann nicht.«

»Ich werde Vergewaltigung schreien.«

»Das wollt' ich letzte Nacht auch schreien, hatte bloß nicht genügend Luft.«

»Vergewaltigung!«

»Wenn ich rausgehe, werden sie mich wegen dem Mord an Vinnie schnappen.«

»Vergewaltigung!«

»Wenn O'Leary und Lieutenant Bustard das rausfinden, werden sie mir Lyla auch noch anhängen.«

Sie holte tief Luft.

»Okay, okay!« sagte er rasch. »Ich hab 'n bißchen die Hand aufgehalten, wer würd' das nicht? Jetzt ist der Bischof auch tot. Ich bin ziemlich sicher, daß ich weiß, wer Carpenter auf ihn, Vinnie und Lyla gehetzt hat, aber ich weiß nicht, warum. Ich kann das erst heut' abend rausfinden, und deswegen muß ich mich hier draußen verstecken.«

Der Campus-Polizist, den Ralph unten gesehen hatte, kam mit dem Revolver in der Hand an die Tür. Er hatte graues Haar und einen Bierwanst und ein Gesicht wie eine Doppelfaust. »Wer hat Vergewaltigung geschrien?«

»Ich«, sagte Ralph.

Der Officer hielt ihn in Schach. »Hat dieser Kerl was versucht, Miss?«

»April –«

»Sie sind still, Sie! Was ist damit, Miss? Wir werden diesen Kerl mit Big Cecil Norden ins County stecken. Der hat seit zwei Jahren keine Frau mehr gehabt.«

»Den sollten Sie mal diesem Warren im Wayne-Knast vorstellen.«

»Sie sind still, Sie! Miss?«

Sie zögerte, dann schüttelte sie den Kopf. »Hier hat niemand Vergewaltigung geschrien.«

»Sind Sie sicher? Für mich sieht er wie 'n Perverser aus.«

»Sie sind selbst auch nicht grad 'n Broderick Crawford, Jack.«

»Ich bin sicher. Danke fürs Nachschauen, Officer.«

»Keine Ursache.« Er steckte die Waffe weg. »Tut mir leid, Freund. Wir haben hier manchmal 'n paar Spinner.«

»Dann werden Sie ja wissen, was man damit macht.« Ralph hielt ihm die Jacke hin.

Der Officer ging, ohne sie zu nehmen. An April gewandt, sagte Ralph: »Das heißt, daß ich bis heut' abend bleiben muß.«

»Ich will wissen, wer meiner Schwester weh getan hat.«

»Sobald ich was weiß, steck' ich's dir.«

»Den Stecker dazu hast du ja.« Sie lächelte.

Ah-oh, dachte Ralph.

Sie nahm ihm die Jacke ab, öffnete das Fenster und schleuderte sie hinaus. Dann riß sie ihm den Hut vom Kopf und warf ihn hinterher.

»He!«

»Vergewaltigung«, flüsterte sie.

Auf dem Gehweg vor dem Haus setzte ein schütterbärtiger Mann in geflickten Hosen und einer dunklen, von Heftpflaster zusammengehaltenen Brille auf der Nase seinen abgestoßenen Cellokasten ab, hob die Jacke auf, begutachtete sie flüchtig und zog sie über. Dann nahm er den Cellokasten wieder auf und schlenderte, sich kratzend, davon. Den Hut ließ er liegen, wo er gelandet war. Er lag immer noch dort, als Ralph drei Stunden später herausgewankt kam.

20. KAPITEL

Aus dem Namen auf der Zulassung, der Muhammed Daktari lautete, war zu schließen, daß es sich bei dem Fahrer, den Ralph auf dem Rückweg nach Detroit ergatterte, weder um einen Wiedergeborenen Christen noch um sonst irgend etwas ähnliches handelte. Der Radiosender, den er hörte, spielte pausenlos Reggae, der Ralphs Kopf kontrapunktisch hämmern ließ, bis sie Romulus erreichten. Eine auf den neuesten Stand gebrachte Nachrichtenmeldung nannte Ralphs Namen und lieferte eine Beschreibung, die ihn tief deprimierte. Glücklicherweise hatte er die Geistesgegenwart besessen, von dem Moment an, als er das Taxi bestieg, sein Gesicht im Schatten zu halten.

Er stieg drei Häuserblocks von Lovechild Confidential Inquiries entfernt aus, gab mehr als den üblichen Vierteldollar Trinkgeld, damit der Fahrer keine Veranlassung hatte, sich an ihn zu erinnern, und legte den Rest der Strecke zu Fuß zurück. Es war eine bitterkalte Nacht, einer dieser an Gletschertemperaturen heranreichenden Abende, die Michigan auf halbem Weg zwischen der Triefhitze im August und den keimfreien Polarböen im Januar überfielen, und Ralph erwischte er in Hemdsärmeln. Erschwerend kam hinzu, daß er seine Wanderung in die Länge zog, indem er die Straße überquerte, sobald ein anderer Fußgänger auf seiner Seite auftauchte. Einmal bog eine Polizeistreife in seinen Straßenzug ein, und er kauerte sich hinter einer Hecke auf dem Vorderrasen einer Leichenhalle, keine zehn Minuten, nachdem der Hund von irgendwem an derselben Stelle eine Pause eingelegt hatte. Als er weiterging, lief seine Nase, und er stank zum Himmel, und dabei war noch nicht mal Samstagabend.

»Ralph!«

Der Name hallte von den Mauern des flachen Portals bis zu den Lovechild-Büros wider. Ralph hatte schon den halben Häuserblock im Sprinttempo zurückgelegt, als ihm aufging, daß es Neal English war, der ihn gerufen hatte. Er machte kehrt und stieg die Stufen zu der Tür hinauf. Die Hände in den Taschen eines hellen Mantels mit Pelzkragen vergraben, drückte sich Neal in den Schatten des Eingangs. Er sah wie eine Statue von Lincoln aus.

»Mann, du hast vielleicht Nerven. Sie haben die Bluthunde auf deine Spur gehetzt.«

»Ich glaub', einem bin ich grad entwischt.« Ralph kratzte seinen Absatz an der Kante der obersten Stufe ab.

»Dann warst du's also doch?«

»Verdammt noch mal, nein. Das war der Köter von irgendwem.«

»Ich meine deinen Hauswirt. Hast du diesen Monat deine Miete nicht bezahlt?«

»Carpenter war's.«

»Der besagte Carpenter, der den Bischof um die Ecke gebracht und versucht hat, die Nutte um die Ecke zu bringen?«

»Reicht einer von seiner Sorte denn nicht?«

»Was hat er, einen schlimmen Fall von Hämorrhoiden?«

»Er hat Vinnie abgemurkst, weil Vinnie und Carpenter zur gleichen Zeit in meiner Wohnung auftauchten, um nach dem Film zu suchen. Und Steelcase hat er meiner Meinung nach abgemurkst, weil Steelcase vorhatte, mich zu kaufen. Ich nehm' an, daß er sein eigenes Spielchen treibt oder mit Willard Newton unter einer Decke steckt.«

»Dem Außenminister?«

»Dem Generalstaatsanwalt. Herr des Himmels.«

»Der Typ in den Nachrichten sagte, daß eine Zeugin das letzte Mal, als ihn überhaupt jemand gesehen hat, dich mit Vinnie zusammen gesehen hat.«

»Das war Mrs. Gelatto. Die ist blind wie 'n Maulwurf. Da war Vinnie schon längst tot. Ich hab' ihn von meiner Bude in seine transportiert.«

»Das macht zwei Leichen in einer Woche. Trainierst du für den Posten des Leichenbeschauers?«

Ralph stampfte mit den Füßen. »Wo zum Teufel steckt Waverly mit diesem Schlüssel? Wir friern uns hier draußen noch die Eier ab.«

»Dir ist viel zu heiß, um zu frieren. Ich glaube, du hast grade einen neuen Rekord für Tief-in-der-Scheiße-Sitzen aufgestellt.«

Chuck Waverly stieß kurz darauf zu ihnen. Das rote Haar des jungen Detektivs war zerzaust, und die Kälte hatte seine Wangen gerötet. Er sah Howdy Doody, dem Herren der glücklichen Kühe, zum Verwechseln ähnlich.

»Mr. Poteet! Ich war nicht sicher, ob Sie auftauchen würden. Wußten Sie, daß die Polizei nach Ihnen sucht?«

»Carpenter war's.«

»Wer ist Carpenter?«

Neal sagte: »Carpenter ist derjenige, der den Bischof um die Ecke gebracht und versucht hat, die Nutte um die Ecke zu bringen.«

»Welche Nutte?«

»Ich weiß nur, daß es etwas mit Willard Newton zu tun hat.«

»Dem Botschafter in Norwegen?«

»Herr des Himmels«, sagte Ralph. »Öffnen Sie die verdammte Tür. Mein Arsch hat schon Eiszapfen.«

Waverly brachte einen Schlüssel zum Vorschein und schloß die Glastür auf, dann schnellte sein Arm vor Ralph, als dieser reinstürmen wollte. »Ich muß erst die Alarmanlage unschädlich machen.«

Ralph sah zu, wie er eine Reihe von Knöpfen auf einer Schalttafel an der Wand innerhalb der Tür drückte. »Ich wußte gar nicht, daß dieser Laden eine Alarmanlage hat.«

»Mrs. Lovechild hat sie einbauen lassen, gleich nachdem sie Sie gefeuert hat.«

»Ich habe gekündigt.«

»Wir können jetzt reingehen.«

Ralph und Neal folgten Waverly durch den verlassenen Empfangsbereich und einen der pastellfarbenen Flure entlang. Als der junge Mann nach einem Wandschalter langte, hielt Ralph ihn zurück.

»Ist schon in Ordnung«, sagte Waverly. »Ich habe die Erlaubnis, nach Dienstschluß herzukommen. Ist nicht so, als ob wir einbrächen.«

Neal starrte Ralph durch die Dunkelheit an. »Macht er uns was vor?«

»Das einzige, was Chuck jemals vorgemacht hat, ist sein Schlabberlätzchen als Baby; so eins mit kleinen Teddybären drauf. Na, los, Jungchen.« Er legte Waverly einen Arm um die Schultern. »Jetzt wollen Sie und ich und Neal mal 'n paar Muscheln knacken gehn.«

Der Computerraum war gesäumt mit Skalen und Reihen farbiger Schalttafeln, mit einem lagunenähnlichen Platz in der Mitte, wo eine Person bequem an einer Konsole mit Bildschirm und Tastatur sitzen konnte. Neal fegte an Waverly vorbei, als der junge Mann gerade das System erklärte, nahm den Stuhl in Beschlag und begann die Tastatur zu bearbeiten wie Lon Chaney die Orgel. Das schnelle Klacken, als seine Finger die Tasten anschlugen, erinnerte Ralph an das batteriebetriebene Gebiß, das er seiner Frau zum dritten Hochzeitstag geschenkt hatte.

»Eingangscode«, forderte Neal.

»Watson.« In den grünen Lichtschein des Bildschirms getaucht, wirkte Waverlys Gesicht bubihaft.

Neal tippte das Kennwort ein. Der Bildschirm blinkte Anweisungen, die Ralph nicht lesen konnte. Neals Finger zögerten nur kurz, dann flogen sie über die Tastatur.

»Sicherheitszugriff.«

»Marple.«

Weiteres Klackern. Die Buchstaben auf dem Bildschirm sahen für Ralph wie kleine Insekten aus; allerdings war sein intaktes Auge bei Dunkelheit auch nicht viel besser als sein Glasauge.

»Sekundärer Sicherheitszugriff. Mein Gott.«

»Spade«, sagte Waverly.

Neal hielt inne. »Wer hat dieses System programmiert?«

»Mrs. Lovechild.«

»Allmählich wird mir klar, warum sie sich für dieses Arbeitsgebiet entschieden hat.«

Ralph sagte: »Sie sieht sogar ein bißchen aus wie Bulldog Drummond.«

»Da wir grade von Hunden reden, hat hier vielleicht jemand einen Müllsack mit reingebracht?«

Ralph schaute auf seine Schuhe. »Verdammt noch mal, ich wette, daß ich auf dem ganzen Weg 'ne Scheißspur hinterlassen hab'.«

»Warum sollte es heute abend anders sein als sonst?« Neal gab den Code ein. »Okay, Buben und Mädels, hinter uns steht die geballte Ladung von sechs Meilen elektronischer Pasta. Und jetzt werden wir mal versuchen, die Datei des Justizministeriums anzuzapfen. Wenn wir Glück haben, hat der Sicherheitscode an deren Ende etwas mit Willard Newton, dem Justizministerium oder dem Büro des Generalstaatsanwaltes zu tun. Wenn nicht, dann hat irgendein Bürodackel die Straße einprogrammiert, in der das erste Mädchen, das er je gebumst hat, wohnte, und wir dürfen von Stund' an hier sitzen und alle Möglichkeiten durchspielen, bis die Tigers das nächstemal die Meisterschaftsspiele gewinnen. Fangen Sie mit dem Spitballing an.«

»Brauchen wir nicht«, sagte Waverly. »Das System hat ein Entschlüsselungssystem und Speichermodule voller aktueller Ereignisse, die auf den neuesten Stand bis zum ersten dieses Monats gebracht sind. Geben Sie irgendeins der drei Stichworte ein, die

Sie erwähnten, und es wird alle Kombinationen aufführen, schneller, als Sie lesen können.«

Neal pfiff. »Was hat Ihre Chefin gemacht, in der Lotterie gewonnen?«

»Sie hat ein Abzahlungskonto. Ich schätze, sie wird es ungefähr dann abgestottert haben, wenn jemand das System dem Smithonian Museum stiftet.«

»Schlägt meinen Kaypro um Längen.«

»Kaypro wird überschätzt. Sie können alle Besonderheiten dieses Jahres schon beim Apple vom vergangenen Jahr finden und von der Differenz eine Woche lang im London Chop House essen.«

»Jungs?« sagte Ralph.

»Ich hatte einen Apple. Deswegen bin ich ja auf Kaypro umgestiegen.«

»Da müssen Sie einen schlechten erwischt haben. Ich hab' meinen schon fast drei Jahre und mußte noch kein einziges Mal den Kundendienst rufen.«

»Jungs?«

»Was ich andauernd tun mußte«, sagte Neal. »Einmal ist eine Wolke vor der Sonne vorbeigezogen, und ich habe dreißig Seiten Versicherungsstatistiken in der Stratosphäre verloren.«

»Da müssen Sie was falsch gemacht haben. Bestimmt haben Sie versehentlich eine Löschtaste gedrückt.«

»Ich hatte nicht mal meine Hände auf der Tastatur.«

Ralph steckte zwei Finger in den Mund und blies. Der Pfiff, der dabei herauskam, war zwar nicht so schrill, wie er erhofft hatte, aber die beiden anderen hörten auf zu diskutieren und sahen ihn an.

»Dieser Scheiß ist ja faszinierend, ich meine echt«, sagte Ralph. »Mann, ich hab' nur vom Zuhören 'nen Steifen gekriegt. Aber genau in diesem Moment sitzt in Washington irgendein Kerl auf seinem fetten Hintern hinter 'nem großen Schreibtisch und zeichnet Steaks und Koteletts in mein Foto, und meinetwegen kannst du deinen Kaypro in seinen Apple stecken, so wurscht isses mir, wer von denen der größere ist. Könnten wir vielleicht weiterarbeiten?«

»An dir ist weder ein Steak noch ein Kotelett, Ralph. Du bist ein einziger Schmorarsch. Auf geht's.« Neal gab WILLARD NEWTON, U.S. GENERALSTAATSANWALT und JUSTIZMINISTERIUM ein, lehnte sich dann zurück und verschränkte die Arme.

»Der Computer in Washington wird's uns verraten, wenn wir den richtigen Code erwischt haben«, sagte Waverly.

Der Bildschirm wurde für einen Moment schwarz, dann begann er sich zu füllen. Ralph, der die jadegrünen Buchstaben immer noch nicht richtig lesen konnte, war wie hypnotisiert von dem kleinen Rechteck, das die Zeilen quer über den Bildschirm hinter sich herzog, von links nach rechts, von links nach rechts, Reihe um Reihe. Sobald es eine Zeile zur vollen Länge ausgezogen hatte, mußte es zurücklaufen und die nächste ausziehen. Er fühlte sich mit dem kleinen Rechteck seelenverwandt.

Als der Bildschirm voll war, wurde er wieder schwarz und begann von vorne, vermutlich mit neuen Codewörtern. Nach Ralphs Zählung füllte er sich in der ersten halben Stunde sechzehnmal. Wie oft er sich in der nächsten füllte, entzog sich seiner Kenntnis, denn bis diese vorüber war, war seine Aufmerksamkeit längst ermüdet. Moderne Detektivarbeit, fand er, war genauso interessant wie sich selbst an den Eiern zu kratzen, ohne auch nur annähernd die gleiche Befriedigung.

Nach einer Stunde und zwanzig Minuten hielt das kleine Rechteck an, als wolle es sich ausruhen, und blinkte.

»Ausgelutscht«, sagte Neal. »Irgendwelche anderen Vorschläge?«

»Versuchen Sie's mit ›Bundesregierung‹«, schlug Waverly vor.

»Ah-ah. Dann wären wir einen Monat lang hier.«

»›Carpenter‹«, sagte Ralph.

Der Bildschirm gab dreißig Sekunden lang Informationen preis.

Neal sagte: »Zehn Carpenters beim D.C. Bezirksbüro. Sechs Archivare, zwei davon Frauen, zwei Boten, ein Außendienstmitarbeiter und ein stellvertretender Bezirksdirektor.«

»Probier den Außendienstmitarbeiter.«

»Carpenter, Howard P.« Neal tippte den Namen ein, wartete. »Verstorben 3/10/87.«

»Scheiße. Probier den stellvertretenden Direktor.«

Er tat es. »Carpenter, James A. Geboren Camden, NJ 9/22/38, Vater –«

»Zu alt. Die Boten.«

Einer war Anfang Zwanzig. Der andere war schwarz.

»Ich dachte, die dürfen die Rassenzugehörigkeit in einer Personalakte nicht erwähnen.«

»Der Bewerber muß es nicht«, sagte Waverly. »Der Befrager kann's für statistische Zwecke.«

»Wer ist noch übrig?« fragte Ralph.

»Vier männliche Archivare, den Vornamen nach«, sagte Neal.

»Fahr sie ab.«

Von den vieren waren zwei schwarz. Der dritte, Vorname Morgan, war für sechs Monate auf Mutterschaftsurlaub. Alvin Carpenter, der letzte, paßte nach Rasse, Geschlecht, Alter und Körpergröße zu dem Carpenter, den Ralph kannte, aber nicht dem Gewicht nach.

»Er sieht aus, als wär' er krank gewesen. Frag mal, wo er im Moment steckt.«

Der Bildschirm veränderte sich. »Hier steht, daß er vorübergehend wieder nach Anchorage versetzt wurde.«

»Finte. Fütter Bischof Philip Steelcase ein, mal sehen, ob wir was Zusammenpassendes kriegen.«

»Anschlußstelle«, korrigierte Waverly.

»Stellen Sie sich doch selber an den Schluß, Sie kleiner Hosenscheißer. Was hab' ich Ihnen denn getan?«

»Computerterminologie, Mr. Poteet.«

»Oh.«

Neal sagte: »Der Computer sagt, daß er keinen Steelcase unter Freds Wasserträgern kennt.«

»Tarnung«, sagte Ralph.

»Wer käme denn auf die Idee, einen Archivar als Mordbuben einzusetzen?«

»Wer käme denn auf die Idee, einen nach Alaska zu schicken? Was hat er da zu archivieren? Polarbären? Der ist genauso wenig Archivar wie ich.«

»Mr. Poteet, Sie *sind* Archivar.«

»Nicht mehr, seit Lucy Loveapples mich gefeuert hat.«

Neal sagte: »Ich dachte, du hättest gekündigt.«

Ralph deutete auf den Bildschirm. »Wie kriegen wir dieses Ding dazu, alle Katzen aus dem Sack zu lassen?«

»Geben Sie ›Barabbas‹ ein«, sagte Waverly.

Neal sah ihn an. »Was ist denn das?«

»Das ist kein Was, sondern ein Wer. Barabbas war der Dieb, der mit Christus am Kreuz gestorben ist. Er ist der Schutzheilige der Diebe und heimlichen Machenschaften.«

Neal sah ihn weiter an.

»Ich meine, da wir doch über die Kirche reden.«

»Los, probier's aus«, sagte Ralph.

Waverly buchstabierte den Namen, und Neal gab ihn ein. Wieder veränderte sich der Bildschirm.

»Wohlan, wohlan«, sagte Neal.

»Wau«, sagte Waverly.

»Was?« fragte Ralph.

Neal lehnte sich zurück. »Sag mir bloß nicht, daß du *das* nicht lesen kannst.«

Ralph beugte sich vor und blinzelte. Neal hatte recht. Grün leuchtend und genau in der Mitte des Bildschirms stand das einzige Wort:

ABSOLUTION

21. KAPITEL

»Wie kamen Sie darauf, es mit ›Barabbas‹ zu probieren?« fragte Neal Waverly.

»Nur ein Gefühl. Da es mit der Kirche zu tun hatte, war es eine Möglichkeit. Es kann mehr als nur einen Sicherheitscode geben, hängt davon ab, wie viele Leute daran beteiligt sind; wenn ja, dann erhöhte das unsere Chancen, einen Einstieg zu finden.«

Ralph fragte: »Woher wissen Sie eigentlich über Barabbas Bescheid?«

»Ich hatte eine fromme Tante.«

»Ach ja? Ich seh' aber gar keine Narben.«

»Narben? Oh. Gütiger Himmel, nein. Tante Cora würde nicht mal einen Moskito erschlagen.«

»Dann war sie nicht besonders fromm. Und was hat nun ›Absolution‹ zu bedeuten?«

»Im katholischen Glauben –«

Ralph packte Waverly bei dessen Krawatte. »Seit Montag steck' ich bis zum Hals in Katholiken. Wenn ich noch ein einziges lausiges *mea culpa* von Ihnen hör', dann nehm' ich 'ne Letzte Ölung an Ihrem Gesicht vor. Was ich wissen will, ist, was ›Absolution‹ mit zwei toten Pfaffen, 'nem toten Hauswirt und 'ner Wienerwald-Brathure zu tun hat.«

»Schon gut«, sagte Waverly mit einer E.T.-Stimme. Er zitterte.

Neal sagte: »Du weißt ja wohl, daß das deiner Behauptung, du hättest Vinnie nicht erdrosselt, nicht gerade zuträglich ist.«

Ralph ließ los. »Tut mir leid, Jungchen. Seit Hiob hat keiner mehr so 'nen Tag erlebt wie ich.«

»Nichts passiert, Mr. Poteet.« Er stand schweratmend da.

»Stopf dem Ding da ›Absolution‹ in den Rachen und wart' ab, was es rausschmeißt«, forderte Ralph Neal auf.

»Du hast vielleicht eine Ausdrucksweise, Ralph.« Er tippte den Code ein. »Ah-oh.«

»Was?« Ralph konnte die Antwort nicht lesen.

»›Diese Datei Dringlichkeitsstufe Eins Vertraulich. Geben Sie zweiten Zugriffscode ein‹.«

»Ich werd's mal mit ›katholische Kirche‹ probieren.«

»Halt!« Waverly packte Neals Handgelenk, bevor er die Tasten berühren konnte. »Fragen Sie, ob die Datei eine Sicherung hat.«

»Was ist 'ne Sicherung?« fragte Ralph.

Neal sagte: »Das ist wie eine Alarmanlage für den Fall, daß jemand die Datei anzapfen will.« Er gab die Frage ein. »Ah-oh.«

»Sicherung?«

»Yeah.«

»Kannst du sie nicht umgehen?«

»Ich würd's nicht versuchen.«

»Warum denn nicht, verdammt noch mal?«

»Weil ich keine Möglichkeit habe zu erfahren, was für eine Sicherung das ist. Einige von denen sperren dich nicht nur aus, sondern melden auch deinen Einbruchsversuch und nehmen eine automatische Verfolgung auf. In einer Stunde könnten wir bis zu den Augenbrauen in Bullen stecken.«

»Scheiße«, sagte Ralph. »Es kommt noch soweit, daß 'n armer Schlucker keinen müden Dollar mehr ergaunern kann. Da könnten wir ja gleich in Rußland leben.«

»Nun, wir haben etwas erfahren«, sagte Neal.

»Und das wäre?«

»Du steckst noch tiefer in der Scheiße, als ich glaubte. Was hast du jetzt vor?«

»Rausfinden, was ›Absolution‹ ist, was denn sonst?«

Neal lachte. »Ich sehe jetzt schon die Schlagzeile vor mir: ›P. D. ermordet aufgefunden; suchte Abolution‹. «

»Scherzkeks.« Er sah Waverly an. »Also, Jungchen, haben Sie was über das Detektivgewerbe gelernt?«

»Es kann frustrierend sein, nicht wahr?«

»Es ist ein verdammtes Scheißspiel. Können Sie ›verdammtes Scheißspiel‹ sagen, Jungchen?«

Waverly reckte das Kinn. »Mrs. Lovechild mißbilligt Flüche. Sie sagt, daß sie ein Zeichen für mangelnde Erziehung sind.«

»Jungchen, ich hab' nie gewußt, wie man flucht, bis ich Gus Lovechild kennenlernte. Wie wollen Sie sich mit dem gemeinen Volk anfreunden, wenn Sie seine Sprache nicht sprechen?«

»Mrs. Lovechild sagt, daß ein Lovechild-Detektiv über der Masse stehen, sich nicht auf deren Niveau hinabbegeben sollte.«

»Wenn sie das nächste Mal so was sagt, dann sagen Sie ihr, daß sie sich zum Teufel scheren soll.«

Er errötete. »Sie würde mich rausschmeißen.«

Ralph sah zu Neal. »Was ist 'n das da auf seinem Gesicht?«

»Er wird rot. Man sollt's nicht für möglich halten.«

»Na, los, Jungchen. Haben Sie sich nicht schon mal irgendwann gewünscht, irgendwas zu sagen oder zu tun, was Goosy Lucys Höschen flattern lassen würde?«

»Nun ja.«

»Spucken Sie's aus. Ist gut für 'n Darm.«

»Nur wenn sie mit diesem gekräuselten Ding um den Hals zur Arbeit kommt. Damit sieht sie wie eine viktorianische Schildkröte aus.«

Ralph lachte. »Das erzählen Sie ihr mal.«

»Das brächte ich nicht fertig.«

»Müssen Sie aber. Sonst baut sich nämlich dieser ganze Mist immer weiter auf, bis er Ihnen zum Arsch rauskommt, und dann schleppen Sie für den Rest Ihres Lebens einen von diesen aufblasbaren Fahrradschläuchen mit sich rum.«

»Sie sollten besser auf ihn hören«, sagte Neal. »Ralph kennt seine Arschlöcher.«

»Danke, Mr. Poteet. Ich werd' dran denken.«

Neal stellte das System aus und stand auf. »Wohin gehst du von hier aus, Ralph?«

»Ich hab' ein Plätzchen, wo ich mich verkriechen kann. Kann mich einer nach Ann Arbor mitnehmen?«

»Das wirst du erst wissen, wenn du dich draußen hinstellst und den Daumen rausstreckst.«

»Na, komm schon, Neal.«

»Was ist mit deinem Auto passiert?«

»Ich hab's 'nem Penner geschenkt.«

»Ich wette, daß es nie den Unterschied erfahren wird.«

»Die Polizei hat es abgeschleppt«, sagte Waverly. »Ich habe es im Radio gehört. Sie haben es verlassen aufgefunden.«

»Was ist mit Ihnen, Jungchen? Ich wette, Sie sind ganz heiß drauf, jemanden auf 'ne Spritztour in diesem Golf mitzunehmen.«

Waverly runzelte die Stirn. »Ist das nicht —?«

»Beihilfe und Begünstigung nach einem Mord«, vollendete Neal. »Die Bekanntschaft mit Ralph ist eine Goldgrube für Erfahrungen, die man nur einmal im Leben machen kann.«

»Sie sollten sich stellen, Mr. Poteet. Je früher Sie das tun, desto früher werden Sie Ihren Namen reinwaschen.«

»Im Moment ist es nicht mein Name, den ich gewaschen habe möchte.«

»Laß den Jungen in Ruhe. Du hast sowieso schon einen Einbrecher aus ihm gemacht.«

Waverly langte nach dem Telefon neben der Tastatur. »Ich rufe Ihnen ein Taxi.«

»Sagen Sie denen, daß sie mich an der Ecke auflesen sollen.«

Zehn Minuten später stand Ralph an der Ecke, Hände in den Taschen vergraben und die Schultern gegen die Kälte hochgezogen. Neal war zuerst gegangen, und Waverly war zurückgeblieben, um die Alarmanlage wieder einzuschalten. Ralphs Gedanken beschäftigten sich mit Absolution, sicherlich zum ersten Mal.

Zwei helle Scheinwerfer bogen um die Ecke und wurden langsamer, blendeten ihn einen Augenblick. Er trat vor und packte den Türgriff des Taxis. In diesem Moment merkte er, daß der Griff gar nicht zu einem Taxi gehörte, sondern zu einem schwarzen Kombi, dessen Fahrer sein ausgemergeltes Märtyrergesicht samt Stoppelkopf aus dem Fenster streckte und sagte: »Steigen Sie ein.« Carpenters Hand umfaßte den Kolben einer schallgedämpften Automatik, die auf der Fensterbank ruhte.

22. KAPITEL

Soweit Ralph wußte, hatte er sich erst einmal einem echten Killer gegenübergesehen. Damals, als er noch Great Lakes Universal Life, Casualty, Auto and Paternity vertrat, hatte er sich gerade im Wohnzimmer einer Witwe aufgehalten, deren Ehemann an einer Atemwegstörung gestorben war, als die Polizei kam und sie verhaftete, weil sie ihn mit Zyankali gefüttert hatte. Ralph hatte mal irgendwo gelesen, daß man es an ihren Augen erkennen könnte, er hatte jedoch auf ihre Brüste gestarrt, und da seine Gedanken zu diesem Zeitpunkt ausschließlich mit der Tatsache beschäftigt waren, daß er gerade einen von ihr zubereiteten Highball getrunken hatte, hatte er nach der Verhaftung kaum von etwas anderem Notiz genommen. Seitdem hatte er keinen gemixten Drink mehr getrunken, da sie seiner Meinung nach alle mit Magenauspumpen und der Notaufnahme im Detroit Receiving verbunden waren. Genauer gesagt, war er zu dem Schluß gekommen, daß Autoren, die das mit den Augen behaupteten, wahrscheinlich keinen blassen Schimmer hatten.

Trotzdem konnte man es an Carpenters Augen erkennen; es gähnte wie offene Gräber hinter der riesigen schwarzen Iris seiner Augen.

Ralph hatte keine Ahnung, wie lange er dort stand und den Mann mit dem kurz geschorenen Kopf anstarrte, der ungefähr so aussah wie jene Gestalten, die Ralph auf Kreuzigungsgemälden gesehen hatte, und der am Steuer eines Fahrzeugs saß, dessen Ähnlichkeit mit einem Leichenwagen zu groß war, um rein zufällig zu sein. Lange genug jedenfalls, entschied er, um selbst Carpenters Geduld über Gebühr zu strapazieren, denn der machte eine jener Gesten, die man nur mit einer Waffe machen kann, und forderte Ralph erneut auf, in den Wagen zu steigen.

»Gute Nacht, Mr. Poteet.«

Ob es die plötzliche Ablenkung durch Chuck Waverlys jugendliche Stimme war oder die Helligkeit der Volkswagenscheinwerfer, als der Wagen aus der Gasse neben Lovechild Confidential Inquiries bog? Jedenfalls blinzelte Carpenter und wandte seine Aufmerksamkeit von Ralph ab. In diesem Augenblick setzte Ralph seine Körpermasse in Bewegung; er hastete den Gehsteig entlang, riß die Beifahrertür des Golf auf und zwängte sich auf den Sitz neben dem erschrockenen jungen Detektiv.

»Gib Gas, Jungchen.«

»Häh?«

Ächzend schwang Ralph ein Bein über den Kardantunnel und drückte seinen Fuß auf Waverlys Fuß auf dem Gaspedal. Der kleine Motor jaulte auf. Der Wagen rührte sich nicht von der Stelle.

»Nehmen Sie Ihren Fuß von der verdammten Kupplung.«

»Jawoll, Sir.«

Der Wagen machte einen Satz nach vorn und blieb mit abgewürgtem Motor stehen.

»Legen Sie den ersten Gang ein«, sagte Ralph ruhig.

Waverly trat auf die Kupplung und schaltete herunter, wobei er Ralph den Schalthebel in die Hoden knallte. Durch einen Schmerzschleier beobachtete Ralph, wie Carpenter aus der Fahrertür des schwarzen Kombis stürzte, die Automatik in der Hand.

»Lassen Sie den Wagen an«, sagte Ralph.

Der Motor sprang knirschend an.

»Los.«

Diesmal ließ Waverly die Kupplung sanft kommen, während er das Gaspedal drückte. Als er um den Kombi herumfuhr, stand Carpenter vor dem Golf, die Pistole nach Polizeimanier mit beiden Händen im Anschlag. Waverly schickte sich an abzubremsen, doch Ralph stampfte ihm wieder auf den Fuß, Reifen quietschten, Carpenter füllte die Windschutzscheibe. Im letzten Augenblick warf er sich dem Volkswagen aus dem Weg. Ralph stand auf Waverlys Fuß. Im rechten Außenspiegel sah er, wie Carpenter, der mit jeder Sekunde kleiner wurde, sich aufrappelte und zur offenen Tür des Kombis stürzte.

»Was schafft diese Karre?«

»Auf dem Tacho steht hundertsechzig.«

»Scheiß auf den Tacho.«

»Wohin fahren wir?«

»Irgendwohin, wo dieser Mistkerl hinter uns nicht hinfährt.«

Nach zwei Häuserblocks zog Ralph sein Bein wieder auf seine Seite der Konsole und pflegte seine Leiste. Waverly hielt das Steuer bei zehn und zwei Uhr, während er fuhr, und blinkte jedesmal, wenn er abbiegen wollte. Als er Anstalten traf, an einer roten Ampel zu halten, langte Ralph hinüber und versetzte ihm eine Kopfnuß. Der junge Mann verstand die Geste und schoß über die Kreuzung. Zum Glück herrschte kein Querverkehr.

Obwohl es noch früher Abend war, waren nicht viele Autos unterwegs. Als einige Häuserblocks hinter ihnen zwei Scheinwerfer auftauchten, wußte Ralph, daß sie zu Carpenter gehörten.

»Nehmen Sie die St. Antoine zur Woodward und fahren Sie auf die I-94 Richtung Westen«, sagte Ralph. »Und lassen Sie die Finger von diesem gottverdammten Blinker.«

»Jawoll, Sir, Sir?«

»Yeah?«

»Ist das der Mann, von dem Sie uns erzählt haben?«

»Nein, er ist meine Ex-Frau. Sie ist abgehaun und hat 'ne Geschlechtsumwandlung machen lassen, und jetzt ist sie hinter mir her wegen rückständiger Unterhaltszahlungen. Oh, Scheiße.«

Polizei-Blinklichter blitzten auf der Auffahrt zur Autobahn, wo ein Sattelschlepper wie der letzte Dinosaurier quer über der Einfahrt auf der Seite lag.

»Zischen Sie durch und nehmen Sie die Lodge Richtung Süden«, sagte Ralph. »Bißchen Tempo.« Die Scheinwerfer des Kombis waren einen Block näher herangekommen.

»Die Lodge ist Richtung Süden wegen Bauarbeiten gesperrt.«

»Verdammter Mist, hab' ich vergessen. Biegen Sie hier ab.«

Sie jagten eine Nebenstraße hinunter.

»Immer weiter abbiegen. Geschwindigkeitsmäßig schafft uns dieser Chromschlitten, aber diese Blechbüchse kann ihn noch bis nächsten Dienstag austricksen.«

Waverly war ein guter Fahrer, der scharfe Ecken nahm, ohne abzubremsen oder Fußgängern Schaden zuzufügen. Ralph sah Gegenden, in denen er seit Jahren nicht mehr gewesen war. So betrachtet, war die Stadt komisch: Anderthalb Millionen Menschen, und jeder einzelne von ihnen trampelte sich seinen eigenen kleinen Pfad und wich niemals davon ab. Carpenters Scheinwerfer waren schon lange aus dem Spiegel verschwunden.

»Ich glaube, wir haben ihn abgeschüttelt«, sagte Waverly.

»Hat vermutlich seine Scheinwerfer ausgemacht.« Während sie jedoch ihren Korkenzieherkurs beibehielten, kam Ralph zu der Überzeugung, daß sie ihren Verfolger weit hinter sich gelassen hatten. Er ließ das Handschuhfach aufschnappen. »Haben Sie 'ne Flasche hier drin?«

»Ich trinke nicht.«

»Die heutige Jugend.« Er schloß das Fach wieder und nahm einen Schluck aus seinem Flachmann, den er in seiner Gesäßtasche verstaut hatte, bevor er Obdachlos seine Jacke schenkte. Er nahm noch einen Schluck, steckte dann den Flachmann weg, rückte seinen Sitz zurecht und ließ sich in die Polster sinken. Einen Moment später kicherte er in sich hinein.

»Was ist denn so komisch, Mr. Poteet?«

»Nur diese Nutte da hinten an der Ecke.«

»Die mit dem Cowboyhut und den rasanten Stiefeln?«

»Texas-Annie. Sie ist schon länger da als die Straßenbeleuchtung. Einmal haben sie versucht, sie zu verscheuchen, aber sie rief die Historische Gesellschaft von Detroit an und ließ sich zu einer historischen Einrichtung erklären.«

»Tatsächlich?«

Ralph kicherte wieder. »Fahren Sie zu, Kato. Nehmen Sie die Jefferson zur Cadieux und von dort rauf auf die I-94, Richtung Westen.«

»Mr. Poteet?«

Ralph kam nur langsam zu sich. Er hatte geträumt, daß ihn der Gouverneur zum Schatzmeister des Bundesstaates ernannt hätte. »Stopfen Sie einfach die Tasche voll«, murmelte er. »Keine kleinen Scheine.«

»Mr. Poteet?«

Er merkte, daß sie angehalten hatten. Sich aufsetzend, sah er zu dem schwarzen Kombi, der gegenüber der I-94-Auffahrt parkte. »Verdammt und zugenäht.«

»Er muß gesehen haben, wie wir an der anderen abgebremst haben«, sagte Waverly. »Was sollen wir tun?«

»Nix wie weg!«

Waverly schleuderte den Golf in eine Spitzkehre, kam mit kreischenden Reifen wieder heraus und schwänzelte den Weg zurück, den sie gekommen waren. Im Spiegel strichen die Scheinwerfer des Kombis über die Straßenränder, als er wendete.

Die Cadeaux mündete in den Lake Shore Drive, eine Verlängerung der Jefferson. »Welche Richtung?« fragte Waverly.

»Suchen Sie sich eine aus. Himmel noch mal.«

Sie bogen nach links ab. Zu ihrer Rechten kräuselte sich die Tuscheoberfläche des nächtlichen Lake St. Clair unter einem gebrochenen gelben Mond, während zu ihrer Linken die vornehmen Wohngegenden von Grosse Pointe lichter und die Häuser größer wurden und weiter auseinander standen, umgeben von herrlichen, ausladenden Rasenflächen, die unter dekorativen Gaslaternen schwarz wirkten. Hinter ihnen schimmerte ein schwarzer Wagen mit abgeschalteten Scheinwerfern im Mondlicht, das vom Wasser widergespiegelt wurde.

»Biegen Sie da rein«, befahl Ralph.

Der angegebene Weg war eine geschwungene Auffahrt, die zwischen steinernen Torpfosten hindurch zu einem weißen, georgianischen Herrenhaus mit vollerleuchteten Fenstern führte. Waverly zögerte, ehe er abbog.

»Beeilung. Sieht wie 'ne Party aus. Selbst Carpenter würde in 'nem Haufen feiner Pinkel nichts unternehmen.«

Ein uniformierter Parkwächter in Waverlys Alter schritt eifrig von einer langen Veranda herunter, hielt inne, als der kleine Volkswagen hinter einer Reihe Bentlys, Jaguars und Eldorados voll in Sicht glitt, und beugte ein enttäuschtes Gesicht zum Fenster an Ralphs Seite hinab.

»Gehören Sie zum Bedienungspersonal?« fragte der Wächter.

Ralph schaute die Auffahrt hinunter, an deren Ende der schwarze Kombi gehalten hatte. »Yeah«, sagte er.

»Nehmen Sie 'n mit nach hinten.«

Hinter dem Haus parkten sie neben einem weißen Lieferwagen, auf dessen Seiten in eleganter Schrift MARTY'S PARTIES gepinselt war. Ein schwarzes Dienstmädchen mit weiß eingefaßter Brille ließ sie zur Hintertür herein. »Zur Küche geht's da lang.«

Die Küche war so groß wie ein Tanzsaal, alles aus rostfreiem Stahl und überall Männer und Frauen in weißen Schürzen und Livreen. Die Luft roch nach Radicchio und Anchovies und anderen kleinen eßbaren Kuriositäten, die von den Reichen bevorzugt wurden. Ein hochgewachsener Mann mit schwindendem Haaransatz, in einen schwarzen Cut mit weißer, gestärkter Hemdbrust gewandet, musterte Ralph und Waverly mit Raubvogelaugen von oben bis unten.

»Hat es einen Unfall gegeben?« fragte er.

Ralph sagte: »Wir sehen immer so aus. Was sollen wir tun, Chef?«

»Zunächst einmal wünsche ich nicht, daß Sie mich Chef nennen.« Der Lange riß einen Kleiderschrank auf und nahm zwei kurze, goldene Jacketts heraus, die dort auf Bügeln hingen. »Ziehen Sie die an. Dann nehmen Sie zwei dieser Tabletts mit Kanapees und servieren sie im Salon. Gehen Sie durch die Schwingtür und biegen Sie rechts ab. Sie wissen ja wohl, wo rechts ist.«

»Ich richt' mich nach meinem Schwanz. Und was benutzen Sie?«

Der Lange seufzte. »Mein Vater bat mich inständig, bei ihm ins Essiggeschäft einzusteigen. Und ich sagte, ich möchte mit Menschen arbeiten.«

Ralphs Jackett war in den Ärmeln zu lang und wollte sich um die Taille herum nicht schließen lassen. Er gab's auf und griff sich eins der Silbertabletts, die auf einer Anrichte aus rostfreiem Stahl aufgereiht waren. »Was ist 'n das für 'n Ringelpietz?«

»Die Jahresversammlung der V.E.N.A.P.B.Z. und T. Hat man euch Burschen denn nicht informiert?«

»Klingt wie 'n feuchter Furz. Was heißt 'n das?« Ralph steuerte auf die Schwingtür zu.

»Die Vereinigung nordamerikanischer Pit-Bull-Züchter und Trainer.«

Chuck Waverly fing Ralphs Tablett auf. Das Jackett des jungen Mannes hing an seiner schlanken Figur wie ein nasser Sack, und nun klebte ein Kanapee wie eine Entenmuschel an einem der Revers.

»Ungeschickter Idiot!« sagte der Lange. »Springen Sie für jemand Qualifizierten ein?«

Ralph sagte: »'tschuldigung. Was machen diese Knaben denn, kommen zusammen und reden über ihre Hunde oder so?«

»Selbstverständlich nicht. Es ist eine Hundeschau.«

»Damit wir uns richtig verstehen. Sie schicken uns mit Fressalien in der Hand in einen Raum voller Pit-Bullterrier.«

»Es hat schon seit zwei Jahren keinen Zwischenfall mehr gegeben.«

»Und was ist vor zwei Jahren passiert?«

Der Lange machte eine Geste übertriebener Ungeduld. »›Wir brauchen nichts zu fürchten außer der Furcht selbst.‹ Franklin Delano Roosevelt.«

Ralph drückte dem Langen sein Tablett in die Hände. »›Leck mich am Arsch, Tony.‹ Lydon LaRouche.«

»Was ist mit Carpenter?« fragte Waverly.

»Soll *er* doch den Kappes reintragen.«

»Kanapees«, korrigierte der Lange. »Werden Sie Ihre Arbeit nun tun oder nicht? Wenn die Antwort nein lautet, stehen Sie im Weg, und ich werde Sie bitten müssen zu gehen.«

»Dürfen wir die Jacketts behalten?«

»Hinaus! Hinaus mit Ihnen.«

»Schon gut, schon gut. Gib das Schappi her. Ihr Schlappis habt eben keinen Sinn für Humor.«

Der Lange gab ihm das Tablett. »Es besteht wirklich kein Grund zur Sorge. Pit-Bullterrier sind sehr artig, solange sie keine Furcht riechen.«

Ralph sagte: »Wo kommt der Wind her?«

23. KAPITEL

Zwanzig Minuten später taumelten Ralph und Waverly, die Hosenbeine zerrissen und die goldenen Jacketts zerfetzt, in die Küche und schoben die Tür vor dem Knurren und Scharren auf der anderen Seite zu. Ralph vermißte seinen linken Schuh.

»Was ist passiert?« wollte der kahl werdende Lange im schwarzen Cut wissen.

Ralph überließ es Waverly, die Tür geschlossen zu halten, stemmte eine Schulter gegen den großen Hirnholztisch in der Mitte des Raums und begann zu schieben. »Helft mir mal, dieses Ding vor die Tür zu kriegen.«

Der Lange machte eine Handbewegung, und zwei livrierte Diener gingen mit Händen und Schultern zu Werke. Als die Tür blockiert war, sackten Waverly und Ralph erschöpft dagegen. Der Lärm auf der anderen Seite war furchterregend.

»Das warn diese verdammten Rumkugeln«, erklärte Ralph. »Die machen jedesmal das gleiche.«

»Sie sollten sie servieren, nicht essen«, sagte der Lange. »Machen was?«

Waverly sagte: »Er machte Katzengeräusche.«

»Katzengeräusche?«

»Sie wissen schon, miauen und fauchen. Es war die beste Imitation, die diese Hunde je gehört haben.«

»Pit-Bullterrier haben eben keinen Sinn für Humor«, sagte Ralph.

Der Lange starrte das Bedienungspersonal finster an. »Wer ist für diese Idioten verantwortlich?«

Alle schwiegen.

»Das ist eine Katastrophe. So etwas ist bei der Jahresversammlung der V.E.N.A.P.B.Z. und T. noch nie passiert.«

»Und was war vor zwei Jahren?« fragte Ralph.

»Das war gar nichts. Mrs. Chubwallader wurde von Prinz Albert in den Pool gejagt. Ein wirklich erstklassiges Tier, aber er konnte den Geruch von Giorgio nicht ausstehen.«

»Dabei dürfte es sich wohl um *Mr.* Crumwallader handeln.«

»*Chub*wallader. Giorgio ist ein Parfum. Mrs. Chubwallader ist schon seit siebenundvierzig Jahren verwitwet. Ihr gehört dieses Haus. Das sollten Sie eigentlich wissen. Wo sind die Kopien Ihrer Arbeitsaufträge?«

»Ich glaube, die hat Prinz Albert verspeist.«

»Was Sie nicht sagen. Das wird mir Collier's Domestics noch büßen.«

»Was ist 'n das, 'n Hundezwinger?«

»Collier's Domestics ist Ihr Arbeitgeber. Oder vielleicht auch nicht. Wer sind Sie?«

Ralph rappelte sich hoch und versuchte, nicht schief auf seinem schuhlosen Fuß zu stehen. »Ich bin Bruce Wayne, und das hier ist Dick Grayson. Wir sind vom Tierschutzamt. Wir kriegten 'nen Tip, daß ihr Leutchen euer Pit-Bullterrierfassungsvermögen überschreitet, und da sind wir getarnt hergekommen, um rauszufinden, was da dran ist. Hab' ich nicht recht, Jungchen?« Er knuffte Waverly, der hochschreckte.

»Platz! Ich meine, ja, Sir.«

»*Welches* Pit-Bullterrierfassungsvermögen?« Der Lange runzelte die Braue.

»Stadtverordnung von Grosse Pointe Nummer X-X-Ei-Ei-Ei,

Absatz B: ›Kein Haushalt darf pro Quadratmeter mehr als einen Pit-Bullterrier halten.‹ Weil die nämlich im Gedränge stinksauer werden. Das können Sie selbst nachlesen.«

»Und was haben Sie herausgefunden?«

»Diesmal sind Sie noch mal mit 'nem blauen Auge davongekommen. Also dann, wir müssen unsern Bericht abgeben. Gehn wir, Jungchen.«

Der Lange machte wieder eine Handbewegung. Einer vom Küchenpersonal, ein großer Schwarzer mit Schürze und Küchenchefmütze und einem Hackbeil in der Hand, baute sich vor der Hintertür auf. »Wo sind Ihre Ausweise?« fragte der Lange.

»Man wünscht Ausweise.«

Waverly grinste matt. Er schien kurz vor einem hysterischen Anfall zu sein.

»Was gibt's da zu lachen?« fragte der Lange.

»Wir Jungs vom Pit-Bullterriersonderkommando lassen unsere Marken im Büro, wenn wir getarnt losziehen. Man will ja schließlich die Hunde nicht scheu machen, indem man was Glänzendes aufblitzen läßt.«

»Das klingt einleuchtend.«

»Ach nee? Ich meine, na, klar doch.« Ralph drohte mit dem Finger. »Nicht vergessen, was ich gesagt hab'. Ein Hund pro Quadratmeter, nicht mehr.«

»Einen Augenblick noch.«

Ralph hielt vor dem Mann mit dem Hackbeil inne. Er und Waverly stützten sich gegenseitig.

Der Lange rang die Hände, eine Geste, die Ralph tatsächlich noch nie bei jemandem gesehen hatte. »Was ist mit denen da?«

Als er *denen* sagte, warf sich etwas Schweres auf der anderen Seite gegen die Schwingtür, daß sich die Kanten verbogen. Ein Kupferkessel fiel scheppernd von der Wand.

»Werft ihnen 'ne Jungfrau zum Fraß vor.« Ralph rammte dem Schwarzen seinen Absatz in den Spann. Als dieser sich nach Luft schnappend bückte, gab ihm Ralph einen Schubs, packte Waverlys Arm und hastete hinaus.

Von dem Kombi war nichts zu sehen. Ralph verfrachtete Waverly auf den Beifahrersitz, denn der junge Mann war nicht in der

Verfassung zu fahren, und schlüpfte hinters Steuer. Das Gaspedal unter seinem bestrumpften Fuß fühlte sich kalt an. Als er den Schlüssel herumdrehte, berührte etwas gleich Kaltes den Unterteil seines Schädels.«

Hinter ihm sagte Carpenter: »Fahren Sie los.«

Waverly lachte.

»Halt's Maul, Jungchen«, sagte Ralph. Das Lachen hörte auf. »Wie schafft's 'ne Bohnenstange wie Sie, sich in diesen Kinderrücksitz zu knautschen?« fragte Ralph.

»Sie sollen einfach losfahren.«

»Kenn mich bei diesen ausländischen Dingern nicht so gut aus.«

Der Hahn klickte zurück. »Dann lernen Sie's.«

Ralph ließ den Motor an. »Wohin?«

»Geradewegs zur Hölle, wenn Sie dieses Ding nicht sofort in Gang setzen.«

Ralph drückte das Gaspedal und ließ die Kupplung los. Der kleine Wagen schoß vorwärts, rumpelte drei Stufen hoch, fand Bodenhaftung auf der rückwärtigen Veranda und riß die Küchentür aus dem Rahmen, als er hineinraste. Der Lange, der Schwarze mit dem Hackbeil und das übrige Küchen- und Bedienungspersonal spritzten auseinander. Der Volkswagen krachte an den Hirnholztisch und blieb mit abgewürgtem Motor stehen. Carpenter drängte sich in den Rücken von Ralphs Sitz und fiel auf den Wagenboden.

Waverly lag ausgestreckt auf dem Beifahrersitz, nachdem er sich selbst betäubt hatte, als seine Schädeldecke gegen die Windschutzscheibe knallte. Ralph ließ ihn, wo er war, taumelte aus dem Wagen und zog sich ächzend auf den Hirnholztisch vor der Schwingtür. Carpenter schälte sich hinter ihm heraus, die Pistole in der Hand.

Einen kurzen Moment herrscht Ruhe, nachdem Ralph die Schwingtür aufgestoßen hatte. Dann schoß der erste Pit-Bullterrier durch die Öffnung, krallte nach einem Ansatzpunkt und sprang über den Hirnholztisch. Ein weiterer flog über ihn hinweg, und innerhalb von dreißig Sekunden hatte sich ein halbes Dutzend Hunde knurrend und wutschäumend Zutritt zur Küche verschafft, und fünf weitere kämpften darum, an die Reihe zu kommen. Starke, stämmige, muskelbepackte Bestien mit spitzen Ohren und haubitzenförmigen Schnauzen, die in der Farbe zwischen Weiß und Rostbraun und im Temperament zwischen eiskalter Blutgier und zügelloser Wut variierten. Sie erinnerten Ralph ein wenig an seinen Vater.

Was Ralph betraf, so hatte er sich nach dem Aufstoßen der Tür mit beiden Händen an deren Oberkante geklammert und war mit ihr in den kurzen Flur vor der Küche geschwebt. Er teilte ihn mit einer Reihe aufgeregter Hundebesitzer und einem sehr alten Pit-Bullterrier, der ihm zuvor als Kaiser Maximilian vorgestellt worden war. Zu fett und zu alt, um sich an der Hatz zu beteiligen, lag Maximilian, das mit weißen Barthaaren besetzte Kinn auf die Pfoten gebettet, mitten auf dem Fußboden und nagte lustlos am Bein eines Louis-IV-Beistelltischs.

»Nixon. Richard Milhouse Nixon!« rief eine dralle Frau mit blaugetöntem Haar und Doppelkinn. »Hinter was kann dieser Hund denn bloß her sein?«

»Wahrscheinlich hinter einem neuen Namen«, sagte Ralph.

Mitten in dem Tumult hinter sich hörte er einen lauten Knall, vermochte jedoch nicht zu sagen, ob er von Carpenters Automatik herrührte oder von einer Autotür, als sich Carpenter gegen die Hunde abschottete. Er verspürte ein flüchtiges Schuldgefühl, daß er Chuck Waverly zurückgelassen hatte; aber auf diese Weise sammelten junge Leute nun mal ihre Erfahrungen, und ohnedies war Ralph keine Haut so lieb und wert wie seine eigene. Auf seinem Weg durch den Salon bediente er sich mit einer Handvoll Rumkugeln und spülte sie mit Brandy aus einem verlassenen Kognakschwenker runter. Kraftstoff.

24. KAPITEL

April Dane öffnete die Tür ihrer Wohnung in zwei Handtücher gehüllt. Zum Verhängnis für Ralphs unberechenbare Libido war das eine, das sie um den Körper geschlungen hatte, nicht größer als jenes, das sie wie einen Turban auf dem Kopf trug. Ralphs Körper reagierte sofort. April blickte nach unten und lächelte. »Froh, mich zu sehen?«

Er brachte ein verschlagenes Grinsen zustande, denn ein anderes besaß er nicht. »Wie, glaubst du, hab' ich wohl den Summer gedrückt?«

»Was ist mit deinem linken Schuh passiert?« Ihr Blick war über seine zerrissenen Hosen weiter nach unten geschnellt; das Jackett hatte er weggeschmissen, bevor er ein Taxi herbeiwinkte.

»Ich komme grade von einer Pit-Bullterrierversammlung.«

»Schon gut, ich will's gar nicht wissen.«

»Nein, echt.«

»Was hast du auf einer Pit-Bullterrierversammlung gemacht?«

»Mir in die Hosen gemacht und die Beine untern Arm genommen. Kann ich reinkommen?«

»Mit einem derartigen Spruch auf den Lippen, wer könnte da widerstehen?« Sie trat beiseite und schloß die Tür hinter ihm. Sie roch nach frischer Seife und warmer Haut.

»Machst du dich zum Ausgehen fertig?«

»Nein, habe nur vorm Schlafengehen geduscht.«

»Du willst mich veräppeln.«

»Wäschst du dich nie, bevor du ins Bett gehst?«

»Warum Seife verschwenden, wenn ja doch niemand an dir schnuppert?«

Sie trat auf ihn zu und schlang die Arme um seinen Hals. Feuchtigkeitströpfchen glitzerten auf ihren nackten Schultern. »Du darfst an mir schnuppern.«

»Ich bin nicht in der Stimmung.«

»Dein Mund sagt nein, nein, nein, aber . . .« Sie bumste ihn an.

»Dein *Ein*-Knopf klemmt, stimmt's?«

»Mal sehen, was passiert, wenn wir deinen reindrücken.«
»Herr des Himmels.«

Einige Zeit später lag Ralph atemringend in Aprils Bett. April, den Kopf auf seiner Brust und einen nackten Schenkel um seine Leiste geschlungen, schnarchte anmutig. Er hätte gern seinen Puls gezählt, befürchtete jedoch, sie aufzuwecken. Lyla, die Professionelle, konnte unmöglich wie ihre Schwester, die Amateuse, sein, das war ihm jetzt klar, sonst würde sie nämlich nicht in einem so lausigen Haus wie Ralphs wohnen.

Während er im Dunkeln lag und darauf wartete, daß sein Blut zur Ruhe kam, dachte er darüber nach, wie es Chuck Waverly mit den Hunden und Carpenter ergangen sein mochte. Daß er sich überhaupt Gedanken machte, beunruhigte ihn mehr. Der alte Ralph täte das nicht, aber selbst er konnte nicht über einen längeren Zeitraum hinweg bis zum Schwanz in toten Hauswirten und Geistlichen stecken und als der Alte aus der Sache herauskommen.

Das Telefon klingelte. Er zuckte zusammen.

April, die immer noch schlief, gab einen katzenhaften Protestlaut von sich und kuschelte ihren Kopf noch tiefer in die ergrauenden Haare auf Ralphs Brust. Er wußte, daß es die Polizei war, die anrief; Scherereien hatten ihr spezielles Läuten. Sie waren seiner Spur von Grosse Pointe bis hierher gefolgt. Er fragte sich, ob es strafbar war, sich für einen Beamten vom Tierschutzamt auszugeben, und ob es noch von Bedeutung war, sobald sie ihn nicht mehr für den Mord an Vinnie und die Verwüstung einer Grosse-Pointe-Küche belangten.

»Das Telefon klingelt«, sagte er.

April schlief weiter.

Je öfter es klingelte, desto brüchiger wurde sein fester Entschluß, das Klingeln zu ignorieren. Er wünschte, er hätte ein Streichholz. Schließlich befreite er sich aus der Umarmung des nackten Mädchens und tapste, nicht minder nackt, zu der niedrigen Frisierkommode, auf der das Telefon stand.

»Poteet?«

Er spürte, wie seine Schmuckstücke schrumpften. Er hatte die

Grabesstimme sofort erkannt. Er knallte den Hörer auf. Nach einer Pause fing es wieder zu klingeln an.

»Geh ran, ja?« murmelte April.

Ralph stand in einer Schweißpfütze auf dem Fußboden. Der Lärm hörte sich wie das Glockengebimmel bei seiner eigenen Beerdigung an. Er mußte ihn unterbinden.

»Legen Sie nicht wieder auf«, sagte Carpenter.

»Wie haben Sie mich aufgestöbert?«

»Das ist unwichtig.«

»Was haben Sie getan, das Jungchen kaltgemacht?«

»Falls Sie Ihren jungen Freund meinen, der ist im Detroit General und kriegt eine Staupespritze. Er ist in den Knöchel gebissen worden.«

»Wonach hat er denn geschmeckt?«

»Lassen Sie sich deswegen keine grauen Haare wachsen. Ich möchte mit Ihnen reden.«

»Wer ist Ihr Dolmetscher, Smith und Wesson?«

»Keine Waffen. Ich werde mich mit Ihnen treffen, wo immer Sie wollen, vorausgesetzt, daß es noch heute abend ist.«

»Haben Sie das auch dem Bischof gesagt?«

»Über den Bischof möchte ich ebenfalls mit Ihnen reden.«

»Dann reden Sie.«

»Nicht am Telefon.«

Ralph sagte: »Da Sie mich nicht sehen können, werd' ich Ihnen verraten, was ich grad mache. Ich hab' den Hörer in der einen Hand, und mit einem Finger der anderen zeig' ich zur Decke, und ich frag' nicht, ob ich mal aufs Klo darf. Ist das deutlich genug, oder soll ich Ihnen ein Foto schicken?«

»Gerade über Fotos will ich mit Ihnen reden.«

»Kein Interesse. Was muß ich denn noch tun, Ihnen vom Dach des Renaissance Center den nackten Arsch zeigen?«

»Ich zahle Ihnen tausend Dollar, wenn Sie sich mit mir treffen.«

Ralph kratzte sich am Po. Die Geste spornte sein Denkvermögen an. »Bar auf die Hand?«

»Große oder kleine Scheine?«

»Machen Sie kleine draus. Ich hab' 'ne Schwäche für hübsche, fette Brieftaschen.«

»Werden Sie sich mit mir treffen?«

»Die Tausend sind bloß fürs Reden, klar? Für 'nen lumpigen Riesen rück' ich nämlich ums Verrecken keine Fotos raus.«

»Nur fürs Reden.«

»Irgendwer wird erfahren, wo ich bin. Wenn ich mich nicht bis zu 'ner bestimmten Zeit melde, gehn die Fotos an die Bullen.«

»Wann und wo wollen Sie sich mit mir treffen?«

»Ich weiß bloß den Ort«, sagte Ralph.

Nachdem er Carpenter Anweisungen erteilt hatte, legte Ralph auf und rief Neal English an.

»Hallo. Mein Gott.«

»Völlig daneben«, sagte Ralph.

»Es ist fast Mitternacht!«

»Danke. Bevor du sagst, hau ab, möcht' ich, daß du dir die Kissenfussel aus den Ohren popelst und zuhörst. Ich hab' grad mit Carpenter gesprochen.«

»Wieso? Willst du abnehmen?«

»Nicht mit den Carpenters, du Arschloch. Carpenter. Der Archivar, der rumrennt und Leute unter EXITUS archiviert, schnakkelt's?«

Zögern am anderen Ende. »Hör mal, wenn du irgendwo blutend rumliegst, dann ruf' neun-eins-eins an. Ich muß morgen früh zur Arbeit.«

»Das Gespräch fand telefonisch statt. Ich treff' ihn in einer Stunde, um über die Fotos zu reden.«

»Was für Fotos?«

»Der Pimmel vom Ungeheuer von Loch Ness, Schwachkopf. Was für Fotos hast du denn gedacht?«

»Ach so, der Monsignore. Die hatte ich fast vergessen. Was zahlt er?«

»Weiß ich noch nicht. Er will bloß drüber reden.«

»Was bezahlt er fürs Reden?«

»Wie kommste denn drauf, daß er bezahlt?«

»Er bringt Leute um, und du machst dir vor Schiß fast in die Hose. Aber du würdest deinen rechten Daumen für 'nen Appel und 'n Ei verhökern. Wieviel?«

»Fünfhundert.«

»Daß ich nicht lache.«

»Also gut, sieben-fünfzig.«

»Ich krieg' die Hälfte.«

»Klar doch, Neal. Einen Partner würd' ich nie verladen.«

»*Ex*-Partner. Und ich bin von dir schon so oft verladen worden, daß ich pfeife, wenn ich furze. Wann meldest du dich?«

»Sagen wir drei Uhr.«

»Sagen wir sieben. Ich hab' dir ja gesagt, ich muß morgen früh zur Arbeit.«

»Bis dahin könnt' ich tot sein.«

»Um sieben wärst du auch nicht toter als um drei. Wo findet das Treffen statt?«

»Richard's. Du kennst Richard.«

»Hat er immer noch diesen verdammten Hund?«

»Yeah.«

»Nimm lieber 'ne Dose Tannenduft mit.« Neal legte auf.

Als Ralph den Hörer auflegte, kicherte April. Sie war jetzt hellwach. »Ziehst du dich immer so an, wenn du telefonierst?«

Er blickte an sich herunter. »Da fällt mir was ein. Hast du vielleicht irgendwelche Schuhe in meiner Größe?«

25. KAPITEL

Ralph nahm seinen Hut ab, um den Gestank wegzufächeln. »Richard, ich dachte, du wolltest diesem Köter keinen Kohl mehr füttern.«

»Hab's versucht. Er will nichts andres fressen.« Während der einarmige schwarze Barmann sprach, streckte sich Coleman, der Dobermann, auf seiner Decke hinter der Bar und ließ in beide Richtungen Gas entweichen. Richard drückte eine Zigarettenkippe aus, die in einem Aschenbecher auf der Bar schwelte. »Kannst nicht vorsichtig genug sein. Sag mal, ich hab' gehört, daß du gesucht wirst.«

»Willst du mich ausliefern?«

»Was mich betrifft, so ist diese Bar die Schweiz. Das Übliche?«

»Mach Gin draus, pur. Da drüben hin.« Ralph deutete zu der Nische, die von Coleman am weitesten entfernt war – er hatte für einen Abend die Nase voll von Hunden, geblähten oder sonstigen –, und schlurfte in Aprils rosanen Plüschpantoffeln, die ihm zu klein waren, in diese Richtung.

»Hübsche Schuhe.«

»Leck mich.«

Außer Ralph waren nur drei Gäste in der Bar: Andy, der Schwachsinnige, der in seiner Stammnische Pepto-Bismol soff und in seiner Vorkriegsausgabe des *TV-Guide* herumkritzelte, und zwei späte Teenager mit orangen und magentafarbenen Haaren, die sich einen Tisch neben der Tür teilten und über grünen Drinks mit gelben Blumen schlüpfrige Geschichten austauschten.

»Nicht viel los hier«, sagte Ralph, als Richard Ralphs Gin an seinen Tisch brachte. »Kommt jetzt nicht irgendwann die zweite Nachtschicht von der *News* raus?«

»Die Schreiberlinge kommen nicht mehr oft her. Sagen, das Lokal wär' zu verräuchert.«

»Du willst mich wohl verscheißern.«

Richard zuckte die Achseln.

»Was ist mit der Vier-bis-Mitternacht unten in der Getriebefabrik?«

»Ausschließlich Club-Soda und Spinatkuchen in der Capistrano Lounge.«

»Herr des Himmels.«

»Find' dich damit ab, Ralph. In 'ner Kristallwelt bist du der Pappbecher.«

Ralph leerte die Hälfte seines Gins. Eins der Mädchen hinterlegte aus einer Rolle von der Größe einer Bowlingkugel Geld für ihre Drinks, und die beiden gingen. »Haste immer noch diese Abgesägte hinterm Tresen?« fragte Ralph Richard.

»Ist's nicht wert, daß du dich erschießt.«

»Ich will ja auch nicht mich erschießen.«

»Das kommt aufs selbe raus. Ich muß trotzdem das Blut aufwischen.« Er schlug mit dem Barlappen nach einer Küchenschabe auf dem Tisch. »Biste sonst noch in Schwierigkeiten, außer denen, von denen ich weiß?«

Ralph lachte, nahm seinen Hut ab, fuhr sich mit den Fingern durch das schütter werdende Haar und setzte den Hut wieder auf. »Vor 'n paar Tagen war die Welt noch nicht so beschissen. Ich bin zur Arbeit gegangen, wurde vom Boss angebrüllt, hab' den Tag damit zugebracht, 'nen Job zu machen, den auch 'n Schimpanse machen könnt', wenn die Bezahlung stimmen würde, bin nach Haus gegangen in eine Wohnung von der Größe eines Nabelknopfs und bin umgekippt. Eines Morgens bin ich ans Telefon gegangen. Seitdem hat man mich betäubt, gejagt, hopsgenommen, gefickt, mit Schießeisen aufgespießt, fast gebraten und den Hunden zum Fraß vorgeworfen. Ich hab' keinen Job mehr. Ich werd' wegen Mord gesucht, darum kann ich nicht nach Haus. Ich hab' 'ne Verabredung mit 'nem Killer. Ich besitz' nicht mal 'n Paar Schuhe. Mein Leben ist immer beschissen gewesen, aber in letzter Zeit ist Blut drin. Wie kommst du drauf, daß ich in Schwierigkeiten bin?«

»Du beschwerst dich, weil du gefickt worden bist?«

Er seufzte. »Richard, du bist 'n hundsmiserabler Barmann. Du hörst nie zu. Kannste mir mal verraten, warum ich immer noch herkomm'?«

»Weil de aus jeder anderen Bar im weiteren Umkreis der Stadt rausgeschmissen worden bist. Willste Nachschub?«

»Was ich will, ist die Abgesägte. Wenn du sie mir schon nicht geben willst, dann möcht' ich, daß du wenigstens neben ihr stehst und diesen Typen im Auge behältst, mit dem ich mich treffe. Kannst ihn nicht übersehen. Er sieht aus wie Vincent Price mit AIDS.«

Richard kratzte sich an seinem Stumpf. »In meiner Bar dealst du nicht mit Drogen.«

»Wie lange kennst du mich schon?«

»Soll ich etwa deine Schuldenlatte checken?«

»Keine Drogen. Keine weiße Sklaverei.«

Der Barmann grinste. »Mann, *weiß* ist okay. Mach mir nur kein Blut auf 'n Boden.« Er kehrte zur Bar zurück.

Ralph hielt sich an seinem restlichen Gin fest. Er hätte ihn gern ausgetrunken und noch einen bestellt, wollte aber lieber einen klaren Kopf behalten. Er wünschte, sein Revolver wäre nicht in Polizeigewahrsam. Noch mehr wünschte er sich, daß das nächste Mal, wenn eine Nutte einen Priester tot in ihrem Bett fand, sie jeden x-beliebigen anrief, nur ihn nicht. Er sah zu, wie die Küchenschabe, die Richard verbannt hatte, ihren verbeulten Körper wieder über den Tisch schleppte und sich mühselig an Ralphs Glas hochangelte. Ihre Flügel waren gebrochen, und zwei ihrer Beine funktionierten nicht mehr. Ralph ließ sie bis zum Rand kommen, dann schnickte er sie mit dem Zeigefinger weg, schlug nach ihr, als sie auf der Oberkante des gegenüberliegenden Sitzes landete, und drückte sie platt. Soweit war es mit ihm schließlich noch nicht gekommen, daß er sich mit Insekten seelenverwandt gefühlt hätte.

»Poteet.«

Er stieß sein Glas um, fing es jedoch gerade noch auf, bevor auch nur ein Tropfen danebenging. Er hatte nicht bemerkt, wie Carpenter von der Straße hereingekommen war und sich auf dem anderen Platz niedergelassen hatte. In dem besagten schwarzen, bis zum Hals zugeknöpften Mantel sah er ausgemergelter denn je aus; der Schabe nicht unähnlich, die in zerquetschtem Zustand genau hinter seinem Kopf lag. Seine Ohren standen leicht ab, und seine Haut hatte einen Gelbschimmer. Ralph bemerkte, daß seine Hände aufgerissen waren und bluteten.

»So übel sind Sie gar nicht zugerichtet.« Ralph, um Lässigkeit bemüht, nahm sein Glas in die Hand und schwenkte es. Ein Tropfen flog ihm ins intakte Auge und brannte dort.

»Pit-Bullterrier werden überschätzt. Ein erwachsener Mensch in guter Verfassung kann mit ihnen in fast jeder Menge fertigwerden, wenn er die Nerven behält. Ihr Freund hat das nicht getan, aber er wird wieder in Ordnung kommen. Ich bin bei ihm geblieben, bis die Ambulanz kam.«

Ralph rieb sich das Auge. »Ich wußte gar nicht, daß ihr Ausputzer so menschenfreundlich seid.«

»Ausputzer?«

»Lassen wir den Quatsch. Wie haben Sie mich gefunden?«

»Ich habe alle Taxiunternehmen angerufen und eine Belohnung für den Fahrer ausgesetzt, der sich daran erinnert, etwa um die Zeit, als Sie die Villa verließen, in der Nähe des Lake Shore Drive einen Fahrgast aufgelesen zu haben. Sie hätten ihn nicht direkt vor der Wohnung halten lassen sollen, in der Sie abgestiegen sind.«

»Ich hatte keine Lust, ewig und drei Tage mit nur einem Schuh rumzulatschen. Was haben Sie gemacht, in jeder Wohnung in dem Haus angerufen?«

»Glücklicherweise haben Sie sich schon bei meinem dritten Versuch gemeldet.«

Die tiefen Töne Carpenters ließen Ralph frösteln; sie klangen wie Erdklumpen, die auf einen Sargdeckel fielen. Er nippte an seinem Gin. »Wo ist der Riese?«

Der hagere Mann zog einen langen Umschlag aus der Innenseite seines Mantels, hob die Klappe und zeigte Ralph das darinsteckende Notenbündel. Als Ralph danach langte, zog er ihn zurück. Ralph sank auf seinen Platz zurück.

»Sie wollen reden, also reden Sie«, sagte er. »Soll ich Ihnen einen Drink bestellen? In Alaska ist es um diese Jahreszeit bestimmt kalt.«

»Durchaus möglich. Aber warum sollte mich das interessieren?«

»Wie Sie wollen, Alvin. Was dagegen, wenn ich Sie Alvin nenne?«

»Wer ist Alvin?«

Alles an diesem Mann ließ Ralphs Weichteile schrumpfen. Er stärkte sich mit einem weiteren kleinen Schluck, setzte sein verschlagenes Grinsen auf. »Ich sagte, keinen Quatsch mehr. Ich weiß alles über Sie, Alvin. Sie sind Archivar fürs Justizministerium und sollten eigentlich in Anchorage sein. Aber irgendwo muß 'n Kunstschütze schließlich sein, und er kann ja schlecht ›Berufskiller‹ in seine Einkommensteuererklärung schreiben.«

»Mein Vorname ist Peter. Jemanden namens Alvin habe ich nie gekannt. Und ich arbeite nicht fürs Justizministerium.«

»Dann eben CIA. Was spielt's denn für 'n Profikiller schon für 'ne Rolle, wer seine Rechnungen bezahlt oder welcher Name auf 'm Scheck steht?«

»Ich arbeite nicht für die CIA. Ich habe überhaupt nichts mit der Regierung zu tun.«

»Freischaffender Künstler?«

Carpenter langte wieder in seinen Mantel. »Richard!« rief Ralph und tauchte unter den Tisch.

Da unten war das Leben friedlich. Er sah, daß das Linoleum Risse hatte, und daß siebenundvierzig Kaugummikauer die Unterseite des Tisches als Parkplatz benutzt hatten.

»Poteet?«

Carpenters Gesichtszüge waren verkehrt herum betrachtet nicht minder nervenaufreibend. Ralph konnte nirgendwo anders hin. Vorsichtig kroch er ins Freie. Andy leerte in seiner Nische sein Pepto-Bismol bei einem Artikel über Mary Tyler Moore. Richard las hinter dem Tresen die Kleinanzeigen in der *Free Press.* Eine Waffe war nicht in Sicht. Ralph setzte sich wieder.

»Was hatte das denn zu bedeuten?« fragte Carpenter.

»Ich dachte, Sie wollten an dieses Ding da.«

»Meinen Sie das hier?« Carpenter zog die Automatik.

Diesmal blieb Ralph solange unter dem Tisch, bis sich der hagere Mann zu ihm gesellte. Als er sich hinhockte, reichte er ihm die Waffe. Ralph drehte sie um. Sie war aus blauem Plastik, eine Spritzpistole.

»Was hatten Sie vor, sie mir in die Nase schieben und mich zu ertränken versuchen?«

»Ich mag Waffen nicht. Um die Wahrheit zu sagen, sie jagen mir Angst ein. Ich habe sie vorher nur benutzt, weil man schwer aus Ihnen schlau wird.«

»Sie haben Angst vor Schießeisen?«

»Entsetzliche Angst.«

»Sie sollten sich nach einer anderen Branche umsehen.«

»Ich bin kein Berufskiller.«

»Was zum Teufel sind Sie dann?«

»Wenn Sie eine Minute stillsitzen würden, zeige ich's Ihnen.« Wieder langte er in seinen Mantel. Diesmal brachte er eine braune Ledermappe zum Vorschein und öffnete sie vor Ralphs Nase. Sie enthielt eine eindrucksvolle Karte, die Peter Paul Carpenter als Korrespondenten der *Washington Post* auswies.

26. KAPITEL

»Wo ist Alvin?« fragte Ralph einen Moment später.

»In Alaska, nehme ich an.« Carpenter steckte die Mappe weg. »Wer hat Ihnen diese Information gegeben?«

»Ein Scheißcomputer.«

Richard kam herüber und ging in die Hocke, um die beiden Männer unter dem Tisch betrachten zu können. »Was darf ich den Herrschaften bringen? Gin? Scotch? Bohnerwachs?«

Ralph und Carpenter krochen hervor und setzten sich wieder. »Dasselbe noch mal«, sagte Ralph. Zu Carpenter: »Sie?«

»Ich trinke nicht.«

»Dann sind Sie kein Reporter!«

»Nicht so laut.« Carpenter bestellte eine Cola. Als Richard ging: »Reden wir oder reden wir nicht? Wenn nicht, ich kann die Tausend brauchen.«

»Wer hat den Bischof erschossen?« fragte Ralph.

»Dasselbe wollte ich Sie fragen.«

»Wer hat Vinnie erdrosselt?«

»Dasselbe wollte ich Sie fragen.«

»Wer hat Lyla Dane verbrannt?«

»Dasselbe wollte –«

Ralph hob die Spritzpistole. »Was *wissen* Sie?«

»Dasselbe wollte ich Sie fragen.«

Ihre Drinks kamen. Ralph wartete, bis Richard wieder hinter dem Tresen war. »Erst mal muß ich ein paar Dinge wissen. Ich glaub', das hab' ich verdient.«

»Schießen Sie los.«

»Führen Sie mich nicht in Versuchung.« Er legte die Spritzpistole hin. »Ich hab' 'ne Telefonnummer angerufen, die ich im Pfarrhaus von Saint Balthazar gefunden hab'. Willard Newton meldete sich. Wissen Sie, wer das ist?«

»Der U.S.-Generalstaatsanwalt.«

»Sie sind der erste, der das richtig hingekriegt hat.«

»Das will ich auch hoffen. Er ist schließlich derjenige, über den die *Post* Recherchen anstellt.«

»Recherchen wegen was?«

»Bevor ich das verrate, muß ich noch eine Menge mehr von Ihnen erfahren.«

»Als er feststellte, daß ich aus Detroit anrief, sagte er: ›Carpenter, ich habe Ihnen doch gesagt, daß Sie nie hier anrufen sollen.‹ Welcher Carpenter war das nun, Alvin oder Paul.«

»Peter.«

»Wer ist Peter?«

»*Ich* bin Peter.«

»Ich dachte, Sie wärn Paul.«

»Paul ist mein zweiter Vorname.«

»Ich hatte nie einen.«

»Isaac«, sagte Carpenter.

»Was?«

»Ralph Isaac Poteet. Ich habe mich über Sie informiert. Warum schämen Sie sich dieses Namens?«

»Es ist nicht der Name, es sind die Initialen.« Ralph trank. »Sie haben für Willard Newton gearbeitet, nicht für Bischof Steelcase.«

»Ich arbeite für die *Washington Post.* Ich stelle Recherchen über Willard Newton an.«

»Recherchen wegen was?«

»Was haben Sie mit Lyla Dane zu tun?« fragte Carpenter.

»Wir sind Nachbarn. Sie rief mich an, damit ich Monsignore Breame aus ihrem Bett rausschaffe.«

»Aber erst, nachdem Sie Fotos gemacht haben.«

»Das war meine Idee. Nutten haben keine Phantasie. Sie haben die Leiche zwar für Bischof Steelcase abgeholt, aber Sie arbeiten gar nicht für ihn.«

»Richtig. Ich bin Reporter.«

»Was für einer?«

»Recherchen.«

»Recherchen weswegen?«

»Das hatten wir schon zweimal.« Carpenter schlug mit dem geldscheingefüllten Umschlag leicht an den Rand seines Glases. »Wo sind die Fotos?«

»Fotos haben Sie keine gekauft. Das Geld da ist fürs Reden.«

Carpenter schnickte den Umschlag in die Mitte des Tisches. Als Ralph danach griff, stellte Carpenter sein Glas darauf. Ralph lehnte sich wieder zurück.

»Schaun wir mal, was wir haben«, sagte er. »Sie arbeiten nicht für Willard Newton, aber er glaubt, daß Sie's tun. Sie haben nicht für den Bischof gearbeitet, aber er glaubte, daß Sie's tun. Deswegen haben Sie die Leiche abgeholt. Aber Sie haben Lyla Danes Wohnung nicht präpariert, damit sie ihr um die Ohren fliegt.«

»Soweit richtig.«

»Wer hat mich beim Bischof betäubt, Sie oder Steelcase?«

»Ich. Auf seine Anweisung.«

»Sie haben meine Taschen durchsucht und mich auf dem Mt.-Elliott-Friedhof abgesetzt?«

»Ja.«

»Sie sind losgezogen, um meine Wohnung zu filzen, überraschten Vinnie bei der gleichen Beschäftigung und drehten ihm die Luft ab?«

»Nein. Das war jemand anderes.«

»Wer?«

»Vielleicht sollte ich dieses Geld behalten«, sagte Carpenter. »Ich habe mehr dafür geleistet als Sie. Haben Sie wirklich Fotos gemacht, oder war das ein Bluff, um den Bischof zu erpressen?«

»Ich hab' sie gemacht. Aber für 'nen lumpigen Riesen rück' ich sie nicht raus.«

»Machen Sie damit, was Sie wollen. Sie sind nur am Rande von Interesse.«

»Na schön, dann nehm' ich jetzt nur meinen Umschlag und bin schon unterwegs.« Ralph streckte die Hand aus.

»Warum haben Sie's so eilig?«

»Ich trinke gern, und ich jogge nicht. Ich hab' schätzungsweise noch zwanzig Jahre zu leben, wenn ich vorher nicht erschossen werd', und ich hab' bestimmt nicht vor, sie hier zu verbringen, mit dem Gestank von Richards Scheißköter in der Nase.«

»Also das ist das. Ich dachte schon, der Wind würde von Washington heraufblasen.«

»Kleiner, für jemanden, der fürs Reden bezahlt, sind Sie aber nicht sehr gesprächig.«

»Ich bezahle, um Fragen zu stellen, nicht um sie zu beantworten.« Carpenter nippte an seiner Cola und starrte in Andys Richtung. »Sieht der für Sie wie ein Regierungsmitglied aus?«

»Der Vizepräsident, ein bißchen. Um den Arsch rum.«

»Die lesen auch ständig.«

»Was heißt Absolution?«

Carpenter starrte ihn an. »Wie haben Sie von Absolution erfahren?«

Ralph spürte, wie sein Grinsen zurückkehrte. Er lehnte sich zurück und ließ einen Wacholderrülpser los.

»Na schön. Ich habe mich überzeugt, daß Sie etwas zum Tauschen haben.« Der Reporter rutschte auf seinem Platz hin und her. »Sie erinnern sich doch an Abscam.«

»Diese Sache, wo all diese Demokraten dabei erwischt wurden, wie sie ihre Fingerchen im Burnus von so 'nem Kameltreiber stekken hatten.«

»Ziemlich nah dran. In diesem Fall haben FBI-Agenten, die sich als arabische Staatsangehörige ausgaben, eine Anzahl von Kongreßmitgliedern dazu bewegt, Schmiergelder anzunehmen, damit sie bei Handelsdebatten zu ihren Gunsten stimmen. Die Transaktionen wurden auf Video aufgezeichnet und vor Gericht als Beweismittel eingesetzt.«

»Ich muß mir unbedingt eine von denen ihren Kameras beschaffen«, sinnierte Ralph.

»Absolution ist der Codename für eine ähnliche Operation des Justizministeriums, die schiefging.«

»Was haben sie gemacht, keine Bettücher mehr gehabt?«

»Diese Sache hier war ausgeklügelter, hatte andere Ziele. Zu dem Schurkenstück gehörte, Außenagenten in Priesterroben zu stecken und sie in die Beichtstühle jener katholischen Gemeinden zu setzen, von denen man glaubte, daß ihnen hochgestellte Persönlichkeiten im organisierten Verbrechen angehörten. Geplant war, sie mit Hilfe versteckter Überwachungsgeräte so zu leimen, daß sie sich selbst bezichtigten.«

»Das haben Sie doch erfunden.«

»Wir sind ziemlich sicher, daß Willard Newton es getan hat. Es war seine Lieblingsintrige.«

»Vor Gericht würde das nicht standhalten.«

»Deswegen wurde der Plan ja auch vor einem Jahr aufgegeben. Außerdem war es vom Public-Relations-Standpunkt her gesehen eine Katastrophe, Kirche und Staat und das alles in einen Topf zu werfen. Ganz zu schweigen von der Tatsache, daß ein großer Prozentsatz der neueren Generation von Gangsterbossen Protestanten sind.«

»Eine königliche Stümperei.«

»Eine demokratische, genauer gesagt. Mit kleinem *d*.«

»Und was gibt's jetzt zu meckern?«

»Es geht nichts über ein bürokratisches Geheimnis. Wir hatten einen Informanten, dessen Gewissen schließlich die Oberhand gewann. Er nahm mit unserem Detroiter Büro Kontakt auf, und die gaben die Information an Washington weiter.«

»Steelcase?«

»Kaum. Wir nehmen an, daß er derjenige war, der in Panik geriet und Newton anrief, als er von der Recherche Wind bekam. Ich glaube nicht, daß ich Ihnen den Namen unseres Informanten gerade jetzt verraten werde.«

Ralph kaute als Ersatz für ein Streichholz auf seinem Rührstäbchen herum. »Was hat Newton getan?«

»Etwas, was er nicht hätte tun sollen.«

»Aha.«

»Im nächsten Monat findet die Wahl statt. Falls Newton mit einer schwachsinnigen illegalen Operation, die die Steuerzahler Millionen kostet, in Zusammenhang steht, dann wird er mit Sicherheit mehr anrichten, als nur seinen Job zu verlieren. Er wird das jetzige Ministerium und seine gesamte Partei mit hineinreißen. Daher hat er einen Killer angeheuert, um den Informanten auszuschalten.«

»Sie.«

»Das glaubt er jedenfalls. Die Regierung hat keine Handhabe gegen die *Post*, Poteet; wir haben sorgfältig getarnte Leute an einigen wirkungsvollen Stellen. Unser Mann im Justizministerium hat Newtons Bestellung zu uns umgeleitet. Ich habe die Aufgabe, den Killer zu mimen. Ich möchte lieber nicht sagen, warum.«

»Nicht nötig«, sagte Ralph.

Carpenter war feierlich. »Willard Newton hat die im Ersten Zusatzartikel zur Verfassung verankerten Rechte eines jeden Beichtenden verletzt, der in eine jener Kabinen geht, weil er erwartet, jemandem sein Herz ausschütten zu können, den er für einen Priester hält. Deswegen sind die Pilgerväter nicht hierhergekommen. Um weniger verfassungsmäßig zu sprechen, ich hatte kaum mit meinen Recherchen begonnen, als jemand Monsignore Breame ermordete.«

Ralph hatte Richard gerade wegen einer neuen Runde Zeichen geben wollen. Er ließ seine Hand sinken.

»Breame war unser Informant«, sagte Carpenter. »Sie haben doch nicht ernsthaft angenommen, daß er starb, als er gerade eine billige Prostituierte bumste, oder?«

Ralph sagte: »Um auf so 'nen Gedanken zu kommen, muß man schon ganz schön fies sein.«

27. KAPITEL

Richard brachte Ralphs dritten Gin herüber. »Letzte Bestellung, meine Herren. Ich muß schließen und Coleman zum Scheißen rausbringen.«

»Dazu wird er nicht in der Lage sein«, sagte Ralph. »Er hat schon sein ganzes Gas hier drin verbraucht.«

Carpenter sagte: »Für mich nichts, danke.«

Richard betrachtete ihn prüfend. »Fühlen Sie sich wohl, Mister?«

»Mir geht's gut. Warum?«

»Ralph sagt, Sie hätten AIDS.«

»Hab' ich überhaupt nicht. Du hörst nie zu. Ich hab' gesagt, daß er *aussieht*, als hätte er's.«

»Ich habe einen überaktiven Stoffwechsel.« Carpenter wartete, bis sie wieder allein waren. »Monsignore Breame hatte ein Herzleiden, was bei einem Mann mit seinen Gewichtsproblemen kaum verwunderlich ist. Eine Überdosis Digitalis hätte einen sehr überzeugenden Herzinfarkt zur Folge gehabt.«

»Soll das heißen, daß *Lyla* ihn um die Ecke gebracht hat?« Ralph war skeptisch.

»Sie hatte zweifellos die Gelegenheit dazu.«

»Wieso dann dieser Rahmen? Sie hätten ihm das Teufelszeug doch auch im Pfarrhaus oder sonstwo unterjubeln können. Warum Stunk machen?« Hinter dem Tresen wählte Coleman genau diesen unglücklichen Moment, um seinen eigenen zu machen.

»Unser Kirchenredakteur hat ein paar Nachforschungen angestellt. Der Vatikan begann sich für die Detroiter Erzdiözese zu interessieren. Vielleicht hat Monsignore Breame ja mehr als nur einen Telefonanruf getätigt. Den Monsignore zu töten und das Ganze so zu arrangieren, daß es aussieht, als sei er im Amt gestorben, wäre jedenfalls eine Möglichkeit, einer päpstlichen Ermittlung vorzubeugen. Sie könnten sogar bei der Vertuschung geholfen haben.«

»Lyla hat es auf gar keinen Fall getan. Sie rief mich an, damit ich ihn aus ihrem Bett raushole.«

»Wahrscheinlich hat sie die Nerven verloren. So eine Situation setzt ein Mädchen, das anschaffen geht, ganz schön unter Druck. Als Sie also den Bischof anriefen und ihm von Breame berichteten, hatte er gar keine andere Wahl, als erwartungsgemäß zu reagieren und dafür zu sorgen, daß die Leiche beseitigt wurde. Das würde auch erklären, warum am gleichen Morgen ein Mordanschlag auf sie verübt wurde.«

»Ich dachte, die Sprengladung hätte mir gegolten.«

»Nein, wer immer für den Ablauf verantwortlich zeichnete, hätte gewußt, daß die Prostituierte, die sie für die Rolle engagiert hatten, allein lebte. Was ihr passierte, war ihr Lohn dafür, daß sie alle Pläne über den Haufen warf.«

»Herr des Himmels, da bin ich aber erleichtert.«

»Warum? Sie sind das nächste logische Ziel.«

»Schon, aber ich hab' Fotos.«

Carpenter lächelte. Der Ausdruck verwandelte seine leichenhaften Gesichtszüge wie eine Blase in einer Flasche Formaldehyd.

»Sie vergessen, daß die *wollten,* daß die scheinbaren Umstände des Todes von Monsignore Breame herauskamen.«

»Oh, yeah.« Ralphs Hochstimmung löste sich allmählich in Wohlgefallen auf. »Und wer ist nun der Mörder?«

»Ich hatte gehofft, daß Sie mir das verraten könnten.«

»He, ich dachte, das wären Sie.«

»Er versteht sein Handwerk, wer's auch sein mag. Vorausgesetzt, daß wir's nur mit einem zu tun haben, was wir hoffen wollen, dann reichen seine Methoden von künstlich herbeigeführtem Herzinfarkt über Brandstiftung und Erdrosseln bis Erschießen. Allroundpraktiker auf diesem Niveau findet man nicht allzu häufig.«

»Gut zu wissen. Ich würd' mich nämlich nur höchst ungern von 'nem Amateur außer Gefecht setzen lassen. Haben Sie denn keine Dateien?«

Carpenter nickte. »Beeindruckende sogar. Wenn er sowohl ein korrupter Staatsbeamter als auch ein Killer ist, dann ist er drin.«

»Soll das heißen, Sie haben nichts?«

»Wenn wir etwas hätten, meinen Sie, daß ich dann hier wäre?«

Ralph trank. Allmählich verlor er sein Vertrauen in die stärkende Wirkung billigen Alkohols. »Was machen wir jetzt?«

»Was meinen Sie mit *wir,* Bleichgesicht?«

»He, Sie brauchen mich.«

»Wofür? Sie wissen doch offensichtlich noch weniger als ich. Aber dieses Risiko bin ich ja eingegangen, als ich dieses Treffen vorschlug. Hier.« Er nahm den geldscheingefüllten Umschlag und schnickte ihn zu Ralph. »Wenn ich Sie wäre, würde ich in ein Flugticket investieren. Sagen Sie Alvin guten Tag, wenn Sie nach Anchorage kommen.« Er machte Anstalten, sich zu erheben. Ralph packte ihn am Ärmel.

»Also schön, Sie kriegen die Fotos.«

Carpenter setzte sich wieder. »Wo sind sie?«

»Bei einem Freund.«

»Das dürfte Neal English sein.« Das Formaldehyd bildete eine weitere Blase. »Ich sagte doch, ich habe mich über Sie informiert.«

»Wie kommen Sie drauf, daß es nicht irgendein anderer Freund ist?«

»Sie haben keine anderen Freunde. Selbst bei Neal English ist die Bezeichnung übertrieben. Wie schnell können Sie sie beschaffen?«

»So schnell, wie ich von seiner Wohnung zurückkomme.«

»Gut. Bis dahin behalte ich das hier.« Carpenter riß ihm den Umschlag aus der Hand. Ralph gab einen Laut von sich, als hätte man ihm die Leber herausgerissen.

»Was krieg' ich, wenn Sie die Fotos haben? Den Riesen hab' ich mir schon damit verdient, daß ich hier aufgetaucht bin.«

»Wir können für Schutz sorgen.«

»Was, irgend 'nen beknackten Bodyguard?«

»Ich dachte eigentlich eher daran, unseren Einfluß bei der hiesigen Polizei geltend zu machen, damit man Sie als unentbehrlichen Zeugen inhaftiert.«

»In den *Knast*? Scheiß drauf. Das kann ich haben, indem ich hier rausgeh' und mich stelle.«

»Und ein Messer zwischen die Rippen kriegen, während Sie im Kittchen sitzen. Wer einen Bischof und einen Monsignore ermordet, dürfte auch nicht davor zurückschrecken, irgendeinem Süchtigen Heroin zuzustecken, damit er einen arbeitslosen Detektiv umbringt. Der Status eines unentbehrlichen Zeugen wird Ihnen eine Einzelzelle und eine Wache rund um die Uhr verschaffen.«

»Na schön, ich spiel' doch meine Trumpfkarte nicht für Knastfraß aus. Wenn Reden schon 'nen Tausender wert ist, dann müssen diese Fotos da fünfe wert sein.«

»In Ihren Träumen. Wie ich bereits sagte, die Fotos sind bestenfalls nebensächlich.«

»Daß ich nicht lache. Fünf Riesen ist der Preis.«

Richard erschien an ihrem Tisch mit Coleman an der Leine. Ralph hätte schwören können, daß sein Drink gerann. Er machte eine Handbewegung, daß er verstanden habe, und der Barmann führte den Hund zu Tür, um zu warten.

»Ich kann Ihnen fünfhundert geben«, sagte Carpenter. »Ich habe mein momentanes Spesenkonto überzogen.«

»Fünftausend.«

»Sechs-fünfzig.«

»Okay.«

»Okay?«

Ralph zuckte die Achseln. »Vor dieser Woche waren hundert das Höchste, was ich jemals gekriegt hab'. Ein Mann sollte wissen, wann er die Nase vorn hat.«

»Sechs-fünfzig also. Wo wollen wir uns treffen?«

»Geben Sie mir 'ne Nummer, wo ich Sie erreichen kann, und ich werd' Sie aus Neals Bank anrufen. Da hat er die Fotos nämlich deponiert.«

Carpenter gab ihm die Nummer des Autotelefons in seinem Kombi. Ralph lieh sich den Kuli des Reporters aus, um sie auf eine Manschette zu schreiben.

»Ich werde zuerst rausgehen«, sagte Carpenter. »Es ist besser, wenn uns nicht zu viele Leute zusammen sehen.«

»Ich hatte mal 'ne Frau, die dachte genauso. Äh, ich brauch' Bares, um über die Runden zu kommen. Diese Taxis ziehn einem das letzte Hemd aus.«

Der Reporter nahm den Umschlag heraus und zählte Ralph fünf Zehn-Dollar-Scheine in die Hand.

»Ist das alles?«

Er gab ihm noch einen Zehner. »Fürs Trinkgeld.«

»Arbeiten Sie *bestimmt* nicht für die Regierung?«

»Meinen Kuli«, sagte Carpenter.

»Häh? Oh.« Ralph nahm ihn aus seiner Hemdtasche.

»Behalten Sie ihn.«

Carpenter ging. Ralph war immer noch dabei, den richtigen Zeitpunkt für seinen Abgang zu planen, als Lieutenant Bustard und ein uniformierter Officer, den Ralph noch nie gesehen hatte, mit gezogenen Waffen aus der Herrentoilette kamen.

In seinem schmalkrempigen Hut und einem engen, marineblauen Mantel sah der Zivile wie immer wie ein Gangster aus. Sein spitzes Gesicht wirkte im roten Licht der Budweiser-Reklame im Fenster gerötet, der geschniegelte Schnurrbart wie angeklebt.

»Nehmen Sie die Stellung ein, Verbrecher«, sagte er. »Sie sind verhaftet wegen des Verdachts der Tötung, und weil Sie allgemein ein Kotzbrocken sind.«

Als Ralph von dem Uniformierten gefilzt wurde, sagte Richard: »Tut mir leid, Mann. Ich hab' ne Schanklizenz, die ich nicht aufs Spiel setzen kann.«

»Übernimm dich nicht.« Ralph ließ sich von dem Uniformierten die Handschellen anlegen. »Sal das Nilpferd wird erfreut sein zu hören, daß du für diesen kleinen Rotschopf aus Ferndale die Samstagnachteinnahmen eingesackt hast.«

»Gehen wir, Killer«, sagte Bustard.

»Was ist mit meinen Rechten?«

»Sieht 'n bißchen rosaner aus als Ihr linker, aber ich bin kein Experte für Damenpantoffeln. Ist nicht Ihre Farbe.«

Ralph übte das Recht aus zu schweigen.

Der Vernehmungsraum war ein wenig größer als das Bad in Ralphs Wohnung und enthielt einen gelben Bibliothekstisch aus Eiche mit einem kurzen Bein und drei nicht zusammenpassenden Stühlen. Ralph nahm auf einem Platz, rieb sich seine gerade erst gefesselten Gelenke und beobachtete, wie die ungeschickteste Spinne, die er je gesehen hatte, versuchte, in einer Ecke der Decke ein Netz zu spinnen. Sie fiel ständig herunter.

Er hatte zehn Minuten dort gesessen, als Lieutenant Bustard hereinkam. Bustard hatte seinen Hut nicht auf, wodurch ein bleicher, kahler Schädel entblößt wurde, dessen dunkler Haarkranz genau dort endete, wo der Hut begonnen hatte. Ohne ihn wirkte er kleiner, ein Bonsai-Bulle an der Untergrenze der geforderten Mindesthöhe. Ralph sah zu, wie er sein blaues Nadelstreifenjakkett ablegte und sorgfältig über die Lehne des einen unbesetzten Stuhls drapierte. Alles, was der Lieutenant trug, war maßstabsgetreu gefertigt, angefangen bei seinem augenwimperbreiten Oberlippenbärtchen über die kleine, enge Weste bis zu dem grazil wirkenden Revolver mit Perlmuttgriff in seinem Gürtelhalfter. Als er damit fertig war, die Nähte an seinem Jackett glattzuziehen, holte er einen schmalen Kassettenrecorder aus der Westentasche und stellte ihn in die Tischmitte, ohne ihn einzuschalten.

»Bequem?« fragte er freundlich; zumindest so freundlich, wie er es in Anbetracht des Umstands, daß seine Stimme den hundescheuen Ralph an das Gekläff eines Terriers erinnerte, vermochte.

»Meine Unterhose spannt. Danke der Nachfrage.«

Bustard formte ein Lächeln, winzig und verkniffen. »Garantiert nicht so schlimm wie die Schlinge, in der Sie stecken.«

Ralph sagte nichts. Er konnte seinen Blick nicht von der gleichgewichtsgestörten Spinne wenden. Sie schwankte an der Kante ihres Netzes, direkt über Bustards Glatze.

»Wer war der Mann, mit dem Sie in der Bar gesprochen haben?« fragte der Lieutenant.

»Meine Anstandsdame.«

»Für einen, der stumm ist, haben Sie ein loses Mundwerk, Poteet.«

»Das macht die Unterhose.« Es kam ihm vor, als habe man ihm einen Stein reingestopft.

»In Jackson wird man das in Ordnung bringen. Die geben Ihnen diese stabile Baumwollunterwäsche, die zu dem Drillich gehört. Waren Sie schon mal drin? Im Zuchthaus, nicht bloß im Gefängnis?«

»Meine Mutter nahm mich früher immer mit, wenn sie ihren Bruder in Joilet besuchte.«

»Weswegen saß er?«

»Er hat sich in 'nen Bullen verliebt.«

Bustard strich über beide Seiten seines Schnurrbarts. Die Spinne über seinem Kopf hing jetzt an einem Bein und zappelte verzweifelt mit den anderen, um das Gleichgewicht zu erlangen. »Nun denn, Sie werden einen Geschmack davon bekommen, wie es auf der falschen Seite der Gitterstäbe ist. Sie waren die letzte Person, die mit Ihrem Hauswirt gesehen wurde, kurz bevor er verschwand.«

Ralph fühlte sich ein wenig erleichtert. Sie waren nicht draufgekommen, daß Vinnie zu dem Zeitpunkt schon tot war. »Das beweist rein gar nichts.«

»Wir haben Ihre Bude gefilzt. Die Jungs vom Labor haben ein paar Fasern gefunden, die in Vinnies Hals eingegraben waren. Sie paßten zu einer Krawatte, die wir in Ihrem Schrank gefunden haben.«

»Vinnie hat sich ständig meinen Krempel ausgeborgt, manchmal auch, wenn ich nicht zu Hause war. Sie könnten von früher stammen.«

»Normalerweise bindet sich ein Mann eine Krawatte nicht um den nackten Hals.«

»Wer sagt denn, daß Vinnie normal war?«

Bustard legte einen anderen Gang ein. »Bleiben Sie bei dieser Geschichte, daß Ihre Waffe gestohlen wurde, bevor Bischof Steelcase damit getötet wurde?«

»Klar.« Ralph beobachtete die Spinne.

Gerade als sie an dem Netz den Halt verlor, beugte sich der Lieutenant vor und stellte den Kassettenrecorder an. Die Spinne landete auf der Rundung seiner Schulter, rutschte und fiel zu Boden.

Der Lautsprecher des Rekorders klang blechern, doch Ralph erkannte seine eigene Stimme wieder.

»*Ich* bin hier, Euer Bischofheit«, hörte er sich sagen. »Wo, verdammt noch mal, sind Sie? Das wird Sie 'ne Stange Geld kosten.«

Ralph sagte: »Wer ist 'n das?«

»Wir haben uns gefragt, warum in Steelcases Anrufbeantworter kein Band war«, sagte Bustard. »Gestern kam es dann mit der Post ins Polizeipräsidium.«

»Wollen Sie damit sagen, daß ich das bin?«

»Wir wissen, daß Sie im Pfarrhaus waren; Sie haben dem Ministranten Ihre Karte gegeben. Sie hatten Geschäfte mit dem Bischof, aber er tauchte nicht auf, daher gingen Sie zu ihm nach Hause und erschossen ihn. Danke, daß Sie Ihre Drohung auf Band gesprochen haben, Poteet. Nicht viele Mörder sind so entgegenkommend.«

»Das war überhaupt keine Drohung!«

»Was sonst, Telefonwerbung?«

»Das war der Mörder, der das geschickt hat! Als ich noch mal anrief, um meinen Namen zu hinterlassen, hat jemand am andern Ende den Hörer aufgelegt. Da war der Mörder dran. Er hat das Band geklaut und an Sie geschickt, um mir den Mord anzuhängen.«

»Sie riefen nochmals an, um Ihren *Namen* zu hinterlassen?«

»He, wer wußte das?«

Bustard zog heftig die Spitzen seiner Weste herunter. »Das Band wurde vom Postamt an der Fort abgeschickt; fiel durch den Schlitz. Wir haben Fingerabdrücke gemacht, aber sie gehören alle zu den Postbeamten, die den Umschlag befördert haben. Kein Absender, versteht sich. Wozu auch? Eine Stimmaufzeichnung wird ja beweisen, daß Sie die Nachricht hinterlassen haben.«

»Sie wissen ja nicht mal, wann ich sie hinterlassen habe.«

»Klar weiß ich das. Sie haben es mir ja gerade gesagt.«

»Er will mich loswerden. Er könnt' mich wie die andern umbringen, aber es ist ja viel einfacher, mich hinter Schloß und Riegel zu bringen.«

»Wer ist er?«

»Weiß ich nicht.«

»Sind Ihnen endlich die Lügen ausgegangen?«

Ralph sagte: »Scheiße.«

»Sie haben die Klemme, in der Sie stecken, gerade beim Namen genannt, Poteet.« Bustard tippte auf den Recorder. »Wir haben zwei Mordwaffen und eine eindeutige Drohung direkt bis zu Ihnen zurückverfolgt. Sie sehen sogar wie jemand aus, der ins Gefängnis gehört. Ich wette, daß Sie nicht mal einen Leumundszeugen auftreiben könnten, dessen Aussage die gesetzgebende Körperschaft in Michigan nicht dazu veranlaßte, extra für Sie die Todesstrafe wiedereinzuführen. Ich bin schon seit siebenundzwanzig Jahren bei der Polizei, und ich habe noch *nie* einen Fall bearbeitet, der so hieb- und stichfest war wie dieser. Ich werde die Abschriften binden lassen und meinen Schwiegereltern zu Weihnachten schenken.«

Er sprach nicht weiter. Nach langem Schweigen zog er den Stuhl, der Ralph gegenüberstand, zurück, setzte sich und legte seine Unterarme auf den Tisch. Die Neonlampen reflektierten Heiligenscheine von seiner Glatze.

»Sagen Sie's«, sagte er.

»Was sagen?«

»Alles. Welche Geschäfte hatten Sie mit dem Bischof laufen, und was hatte das mit dem Mord an Vinnie Capablanca und dem

Mordversuch an Lyla Dane zu tun? Es ist ganz sicher nicht so, daß Sie sich nicht noch in eine schlimmere Klemme reden könnten.«

Ralph schielte zu der Spinne, die bewegungslos auf dem Boden lag, wohin sie gefallen war. Na ja, wenigstens war's keine Küchenschabe. Er holte tief Luft und ließ sie langsam entweichen. »Kann ich 'n Streichholz haben?«

28. KAPITEL

Man hatte ein Tonbandgerät hereingebracht, das nun den Platz des Taschenkassettengeräts einnahm. Lieutenant Bustard und Sergeant O'Leary, der Brandstiftungsexperte, saßen vornübergebeugt zu beiden Seiten davon, die Hände auf dem Tisch und das Kinn auf den Händen, und lauschten Ralphs Stimme, die aus dem Lautsprecher leierte. Sie hatten seine Aussage noch einmal ganz von vorn aufnehmen müssen, nachdem der Sergeant eine glühende Zigarettenkippe auf das Band geschnickt hatte. Der Raum roch immer noch nach verbranntem Plastik.

Bustard stellte das Gerät ab. »Was für eine ausgemachte Pferdekacke.«

»Monsignore Breame«, sagte O'Leary. »Er hat meinem Jungen das Baseballspielen beigebracht. Der Junge kann mit seinem Arsch immer noch keinen Effetball treffen.«

»Wir haben einen widerlichen Schnüffler – nein, überprüfen Sie das, er hat ja nicht mal Arbeit, was ihn erst recht zum Widerling macht –, der behauptet, daß er einen toten Bischof und den Verteidigungsminister hineinziehen kann –«

»Den Generalstaatsanwalt«, verbesserte Ralph.

»Warum nicht gleich den Präsidenten?«

»Nur indirekt.«

»Allmächtiger.« Bustard schlug mit der Faust auf die Rückspultaste auf dem Tonband.

»Was haben Sie mit dem Band vor?« fragte O'Leary.

»Es löschen. Oder Sie und eine Ihrer gottverdammten Kippen lang genug damit allein lassen und Strom sparen. Wenn das hier vor den Polizeichef geht, werd' ich spätestens am Abend vor Allerheiligen auf der Cass den Verkehr regeln.«

»Lassen Sie uns dranbleiben.«

»Das ist nicht Ihr Fall, Sergeant. Ich habe Sie lediglich aus Gefälligkeit hinzugezogen, weil Sie bei der Dane-Sache dabei waren.«

O'Leary blickte wieder zu Ralph. »Wie können wir mit diesem Carpenter Kontakt aufnehmen?«

»Keinen blassen Schimmer.« Ralph legte eine Hand über die Telefonnummer auf seiner Manschette.

»Wir könnten wenigstens die *Post* anrufen«, sagte der Sergeant zu Bustard, »sie fragen, ob ein Carpenter für sie arbeitet.«

»Nur wenn dieses Arschloch die Gebühren löhnt.«

»Das dauert doch nur eine Minute.«

Der Rückspulvorgang ging zu Ende. Bustard stellte das Gerät wieder ab. »Gehen Sie in eine Telefonzelle. Die Internen schnüffeln in diesem Monat in den Rechnungen herum.«

O'Leary ging hinaus, eine Aschenspur hinter sich herziehend.

Ralph brach das Schweigen. »Ein Cheeseburger wär' jetzt genau das richtige.«

»Fressen Sie das verdammte Streichholz«, sagte Bustard.

Die Spinne war zu ihrem Netz zurückgekehrt, um weiter zu spinnen und zu schwanken.

O'Leary kam zurück. Seine Wangen und die eingekniffene Nase waren von der Oktoberkälte gerötet. »Sie haben noch nie von jemandem namens Carpenter gehört.«

»Ha!«

»Er arbeitet getarnt«, sagte Ralph. »Wahrscheinlich ist's ein Deckname.«

»Erzählen Sie das dem Blockwart, Poteet. Sie wandern immer tiefer ins Gefängnis wegen Mord ersten Grades.«

»Und was für ein Motiv hab' ich?«

»Vielleicht befinden Sie sich ja auf einem Feldzug, um jeden umzulegen, der besser ist als Sie. Wir werden den Geschworenen erzählen, daß wir die menschliche Rasse gerettet haben.«

»Die Frau, mit der ich gesprochen habe, hat mir wie aus der Pistole geschossen geantwortet«, sagte O'Leary.

»Ja und?«

»Normalerweise müssen sie sich erst erkundigen. Die *Post* beschäftigt eine Menge Leute.«

»Das ist eben ein flotter Laden. Sie sind zu sehr an die lahmarschige Art gewöhnt, mit der wir hier die Dinge handhaben.«

»He, Sie haben mich doch geschnappt.«

Bustard grinste Ralph boshaft an. »Das war fast genauso schwer, wie sich in einem Bordell einen Tripper einzufangen. Ich wußte, wenn wir Ihre Lieblingswasserlöcher lange genug überwachen, würden Sie zum Vorschein kommen.«

O'Leary sagte: »Vielleicht haben ja alle bei der Zeitung Anweisung, die Existenz gewisser Reporter zu leugnen. Sie wissen schon, für den Fall, daß jemand mißtrauisch wird und der Sache nachgeht.«

»Sie haben mal wieder die Wiederholungen von *Lou Grant* gesehen. Holen Sie jemanden, der diesen räudigen Hund im County einbuchtet. Ich will, daß dieser Raum desinfiziert wird.«

»Verkabeln wir ihn doch ein bißchen, mal sehen, was er für ein Programm sendet.«

»›Verkabeln wir ihn doch ein bißchen.‹« Der Lieutenant klang noch gehässiger als sonst. »Sind Sie etwa an Radio Shack beteiligt? Sehen Sie sich diesen Schweinehund doch an. Der würde die Wanze doch auf dem Weg nach Tierra del Fuego versetzen.«

»Denkste«, sagte Ralph. »Ich weiß ja nicht mal, wo das ist.«

»Wo soll er denn mit 'nem Aufpasser groß hinlaufen?«

Bustard schwieg. Ralph dachte, daß der Lieutenant nicht bereit war, in Gegenwart eines Verdächtigen Zweifel an dem Überwachungstalent seiner Abteilung zu äußern. »Angenommen, wir setzen ihm wirklich eine Wanze ins Fell«, sagte er schließlich. »Mit wem hat er vor zu reden?«

»Poteet?«

»Ich hatte vor, Willard Newton mal auf den Zahn zu fühlen.« Na schön, wenn's denn sein mußte; saß er erst mal im Wayne-County-Gefängnis, konnte er niemanden mehr ausnehmen.

»Klar doch«, sagte Bustard. »Ich wette, daß er ins nächste Flugzeug hüpft. Wer könnte schon einem Interview mit einem menschlichen Komposthaufen, wie Sie einer sind, widerstehen?«

»Vielleicht schickt er ja einen Vertreter.«

»Kissinger, wette ich.«

O'Leary zündete eine Zigarette an und warf das Streichholz über die Schulter. Es brannte ein neues Loch ins Linoleum. »Wir reden über Vertuschung und Mord, Lieutenant. Newton weiß nicht, wieviel Poteet weiß, oder daß die Presse soviel herausgefunden hat, wie sie hat. Als allermindestes könnte er ihnen Feuer unterm Hintern machen.«

»Wenn wir echtes Glück haben, dann wird Poteet vielleicht umgelegt, und wir verhaften den Schützen.« Bustard spielte mit seinem Bärtchen. »Sie sind sehr überzeugend, Sergeant.«

»Kriegen wir den Sender?«

Jemand klopfte an die Tür und steckte den Kopf herein. Es war der Uniformierte, der mitgeholfen hatte, Ralph hereinzubringen. »Besuch hier für den Verdächtigen, Lieutenant.«

»Sein Anwalt?«

»Eine Frau.«

»Ungefähr achtzehn, hübscher Arsch?« fragte Ralph.

»Das ist sie. Sagte, ihr Name sei April Irgendwas.«

»Die Schwester von der Dane«, klärte O'Leary Bustard auf. »Die, auf die Sie Ihren einzigen Anruf verwendet haben, Poteet?«

»Alle, die ich sonst noch kenne, haben einfach den Hörer aufgelegt.«

»Warum haben Sie ihr nicht gesagt, daß sie warten soll?« wollte Bustard wissen.

»Hab' ich denn nicht gesagt, daß sie 'nen hübschen Arsch hat?« fragte der Uniformierte.

»Halten Sie sie hin. Dann suchen Sie Connors und sagen ihm, daß er seinen Bastelkram herbringen soll.«

»Ja, Sir.« Der Uniformierte zog sich zurück.

O'Leary sagte: »Wir machen's also?«

»Yeah. Vielleicht baut Connors ja Mist und verpaßt dem Dreckskerl einen tödlichen Stromschlag.«

29. KAPITEL

Connors war ein Zivilbeamter mit einem Nagetiergesicht, unsymmetrischem Bürstenschnitt und den schlanken Händen eines Konzertpianisten oder des Pizzabäckers im Schaufenster eines italienischen Speiselokals. Damit öffnete er das schwarze Vinylkästchen, das er mitgebracht hatte, und holte einen zigarettenschachtelgroßen Sender in einer grauen Plastikschale heraus. »Oberkörper freimachen, bitte.«

Ralph schälte sich aus seinem Hemd.

»Dabei fällt mir was ein«, sagte Lieutenant Bustard. »Ich habe meiner Frau versprochen, auf dem Heimweg etwas Weißfisch zu besorgen.«

Connors klammerte eine kleine Batterieschachtel an Ralphs Gürtel, stöpselte den Sender ein und benutzte Klebeband, um ihn an seiner Brust zu befestigen.

»Passen Sie auf die Haare auf«, sagte Ralph.

»Was für Haare?«

»Wieso muß ich dieses Ding eigentlich schon jetzt tragen? Ich hab' doch überhaupt noch nicht angerufen.«

Bustard sagte: »Wenn man nicht daran gewöhnt ist, eins zu tragen, muß man sich erst etwas darauf einstellen. In ein oder zwei Tagen werden Sie nicht mehr wie Frankenstein herumstampfen, und keiner wird erraten, daß Sie verwanzt sind.«

Ralph zog sein Hemd an. »Muß ich irgendwas einschalten?«

»Nein.« Connors klang bestimmt. »Vermeiden Sie es, sich vorzubeugen, und was immer Sie auch tun, berühren Sie es nicht. Wenn Sie das Hemd wechseln, ziehen Sie alles an, nur kein Nylon. Diese statische Elektrizität ist mörderisch.«

»Kann ich furzen?«

»Leise. Und versuchen Sie, nicht zu schwitzen. Wir hatten mal einen, der hat 'nen Kurzen verursacht und Feuer gefangen.«

»Wie geht's Appleby eigentlich?« fragte O'Leary.

»Ich bin ihm neulich bei K-Mart übern Weg gelaufen«, sagte Connors. »Nächste Woche geht er für seine letzte Hauttransplantation rein.«

»Wie lang' ist das schon her, zwei Jahre?«

»Eher drei. Der Kerl, den er hochgenommen hat, kommt im Juli raus.«

Ralph fing an, sein Hemd wieder aufzuknöpfen. »Ich hab' mir's anders überlegt. Buchten Sie mich ein.«

Bustard sagte: »Zu spät. Sie werden von einem Lieferwagen der Abteilung begleitet, in dem Sergeant O'Leary und Officer Connors sitzen. Gleiches Prinzip: Wenn Sie sich erst mal daran gewöhnt haben, einen Schatten hinter sich herzuziehen, schauen Sie nicht mehr über die Schulter. Was für einen Wagen fährt Ihre Freundin?«

»Blauer 63er Corvair. Wo ist mein Riviera?«

»Unter Verschluß. Sie können ihn um acht abholen, wenn die Garage aufmacht.« Der Lieutenant betrachtete ihn. »Sie sehen wie einer aus, der's in letzter Zeit ziemlich regelmäßig getrieben hat. Besser, wenn Sie's in Hemd und Hose machen, bis wir etwas aufs Band kriegen, das wir gebrauchen können.«

»Noch besser, Sie lassen's ganz sein«, sagte Connors. »Es sei denn, Sie mögen Grillpartys im Bett.«

»Danke«, sagte Ralph.

Connors, der gerade seinen Kasten zuschnappen ließ, schüttelte den Kopf. »Ist das erste Mal, daß mir einer dafür dankt.«

»Wär besser, wenn Ihre Ahnung stimmt«, sagte Bustard zu O'Leary. »Wenn ich wieder bei den Blauen lande, werde ich dafür sorgen, daß Sie Strafzettel verteilen.«

Der Brandstiftungsexperte, mit einer neuen Zigarette in die von dem heiklen Elektronikwerk am weitesten entfernte Ecke verbannt, strich sich mit der Hand übers Gesicht und verschmierte es dabei mit Asche. »Ein Killer mehr oder weniger schadet den Statistiken nicht groß. Jedenfalls möchte ich Poteet da irgendwie raushelfen. Er erinnert mich an den schwärzesten Tag meines Lebens.«

Ralph sagte nichts. Er hatte bereits zu schwitzen begonnen und hoffte, daß der leichte Brandgeruch, den er wahrnahm, zu O'Leary gehörte.

April wartete im Mannschaftsraum, als er hinter Connors herauskam. Sie hatte die hellorange Bluse an, die sie getragen hatte, als sie sich kennenlernten, und die jetzt in einem marineblauen Faltenrock mit einem Schlitz steckte, der einen Oberschenkel entblößte, als sie auf ihn zukam. Ihr schwarzes Haar fiel lose bis zur Taille, und ihr Teint war rosig, als sei sie gradewegs aus dem Bett hergekommen. In ihrer Gegenwart wurde im Raum nicht viel gearbeitet, stellte Ralph mit einer Anwandlung von Stolz fest.

»Hallo«, sagte sie. »Alles in Ordnung mit dir?«

»Mir geht's prima. Tut mir leid, daß ich dich aufgeweckt hab'.«

»Ich habe in letzter Zeit sowieso eine Menge Zeit im Bett verbracht. Hab' dir was mitgebracht.« Sie hielt ihm eine bunte Plastiktüte hin.

Ralph nahm und öffnete sie. Sie enthielt ein Paar glänzender schwarzer Oxford-Schuhe.

»Ich habe bei einem die ganze Nacht geöffneten Laden gehalten«, sagte sie. »Hoffentlich habe ich die richtige Größe geraten. Vinyl macht dir doch nichts aus, oder?«

»In was anderem würden sich meine Füße gar nicht wohl fühlen.« Er setzte sich behutsam auf einen freien Schreibtischstuhl, zog die pinkfarbenen Pantoffeln aus und die Schuhe an.

»Laß mich das machen.« Sie kniete nieder, um sie zuzubinden. Die Polizisten im Raum schauten angelegentlich weg. »Das wär's.«

Er wackelte mit den Zehen. Sie fühlten sich ein bißchen beengt, aber schließlich hatte er jedes Paar Schuhe, das er je besessen hatte, erst austreten müssen, abgesehen von jenen, die er im Gefängnis geerbt hatte. »Ich glaube, ich habe deine Pantoffeln ruiniert«, sagte er.

»Ich habe sie abgeschrieben, als ich sie dir gab. Darfst du gehen?«

Ralph blickte zu Bustard hoch, der nickte. Er erhob sich, und die beiden steuerten auf den Ausgang zu. O'Leary und Connors waren bereits weg, um den Lieferwagen zu holen.

»Ist wirklich alles in Ordnung mit dir? Du gehst ein bißchen steif.«

»Rücken tut 'n bißchen weh.«

»Ich werde dich abfrottieren, wenn wir wieder in der Wohnung sind.«

»Nein! Äh, ich meine, das gibt sich schnell wieder. Tut's immer. Hab' ich mir wegen Vietnam zugelegt.«

»Ich wußte gar nicht, daß du in Vietnam warst.«

»Auf die Weise hab' ich mich rausgehalten.«

»Du Armer.« Sie schlang einen Arm um seine Taille. Als die Tür des Mannschaftsraums hinter ihnen zuschwang, hörte Ralph einen Polizisten sagen: »Vielleicht wird er ja gebrutzelt.«

Im Corvair wandte sich Ralph um, um nach dem Lieferwagen Ausschau zu halten. In dem »NUR FÜR BEFUGTE FAHRZEUGE«-Abschnitt standen mehrere; es war immer noch dunkel draußen, und er konnte nicht erkennen, ob einer von ihnen besetzt war.

»Was ist passiert?« April ließ den Motor an.

»Ich bin in 'ne Falle gelaufen. Dämlich.«

»Warum haben sie dich gehen lassen?«

Er drehte sich wieder zurück und sah sie an. »Freust du dich denn nicht, mich zu sehen?«

Sie lächelte und tätschelte seinen Oberschenkel. Er zwang sich, an die Handlung eines Stephen-King-Films zu denken, um seine sofortige Erektion loszuwerden. Schließlich zog sie ihre Hand zurück, um den Wagen rückwärts aus der Lücke herauszufahren. »Sie haben dich wegen Mord gesucht. Wie hast du sie überzeugt, daß du unschuldig bist?«

»Ich hab' eins von den Gesichtern da erwischt.«

»Nein, so was.«

»Sie haben einen besseren Verdächtigen gefunden.« Man hatte ihn davor gewarnt, zu irgend jemandem auch nur ein Sterbenswörtchen über den Sender zu sagen.

»Dann bist du entlastet? O Ralph, das ist ja wunderbar! Das werden wir feiern.« Sie fuhr auf die Beaubien hinaus, die um diese frühe Stunde menschenleer war. Ralph sah, wie hinter ihm zwei Scheinwerfer aufflammten, und entspannte sich.

»Wenn's dir nichts ausmacht, würde ich mich lieber nur in die Falle haun.« Er stülpte seinen Hut über die Augen. Das klapprige kleine Auto wirkte aus irgendeinem Grund einschläfernd auf ihn.

Er vermutete, es hing damit zusammen, daß er jedesmal, wenn er darin fuhr, gerade einer Verhaftung durch die Polizei entgangen war.

»Was du brauchst, ist ein langes, heißes Bad.«

»Klingt gut.«

»Mit mir.«

Christine, dachte er wütend. *Cujo, The Shining.* Jack Nicholson . . .

»Ich habe in dem Laden auch ein Schaumbad gekauft. Irgendwie habe ich gewußt, daß es sich als nützlich erweisen würde. Das ist mein einziger Luxus. Nach Prüfungen finde ich es einfach herrlich, meinen nackten Körper stundenlang in diesem glitschigen Seifenwasser zu aalen.«

Creepshow. Herr des Himmels, da kriegten O'Leary und Connors ja was zu hören.

»Wissen sie, wer meiner Schwester was angetan hat?«

Seine Erektion schwand. »Noch nicht, aber sie wissen, warum. Was hat sie dir erzählt?«

»Mir? Oh. Ich hatte keine Gelegenheit, sie noch mal zu besuchen. Ich lerne für die Zwischenprüfungen.«

Sich erschöpfter gebend, als er war, rappelte er sich seitlich auf seinem Sitz hoch und warf einen verstohlenen Blick durchs Heckfenster. Die Scheinwerfer hingen zwei Häuserblocks zurück. »Wie geht's ihr denn? Ich nehme an, daß du die Schwesternstation angerufen hast.«

»Natürlich. Sie sagen, daß sie wieder in Ordnung kommt. Noch ein Grund zum Feiern.« Als sie nach dem Schaltknüppel langte, verfehlte sie ihn und strich über Ralphs Leiste.

Carrie. Ihm war noch gar nicht aufgefallen, wie viele King-Titel mit *C* anfingen. Wieder wechselte er die Stellung, um seine Schmuckstücke aus ihrer Reichweite zu ziehen. Rund um den Sender wurde ihm langsam warm; er hoffte, daß es biologische Ursachen hatte. »Die Cops sollten erfahren, wie gut es ihr schon geht, und die Wache verstärken«, sagte er. »Wenn das bekannt wird, könnte der Kerl es noch mal versuchen. Gesprächige Nutten können sie sich auf keinen Fall leisten.«

»Sie? Meinst du die Polizei?«

»Nein.« Er preßte fest den Mund zu. Er wurde selbst ganz hübsch gesprächig. Seine Müdigkeit war offensichtlich gar nicht so vorgetäuscht, wie er dachte.

Die Reifen des Corvair sangen, als sie beschleunigten. Sie fuhren jetzt auf der John Lodge nach Norden. »Ralph?«

»*Brennen muß Salem.* Ich meine, yeah.«

»Wieviel weißt du über das, was mit Lyla passiert ist?«

»Nichts. Bullen sind schlimmer als Ärzte, wenn's drum geht, uns armen Schweine total im dunkeln tappen zu lassen.«

»Bist du sicher? Ich habe dich engagiert, damit du das herausfindest.«

»Gerade weil ich Fragen gestellt hab', bin ich ja in die Klemme geraten, in der ich stecke. Gesteckt habe. Jedenfalls kannst du verstehen, warum ich mein Honorar nicht wieder auf der Stelle kassieren möchte. Ich hab's nicht verdient.«

»Oh, das wäre keine Bezahlung. Du unterschätzt dich, Ralph. Du bist ein guter Liebhaber. Überhaupt nicht wie diese Jungs in der Schule.«

»Ach ja?«

»Ja. Wer braucht denn schon Marathonläufer? Hinterher möchte ich einfach nur schlafen. Bei dir habe ich massenhaft Zeit zum Ausruhen.«

»Ach. Ja.«

»Glaubst du, daß ich verliebt bin?«

»In deine Matratze.«

Die Schnellstraße war vor kurzem neu asphaltiert worden; die ruhige Fahrt lullte Ralph ein. Er träumte von Priesterleichen und Flammentod und Erstickungstod und Tod durch Erschießen und Herzversagen und Mördern, die sich als schlichte Pressefritzen auf der Suche nach einem Stoff entpuppten. Er vermißte die alten Zeiten – erst eine Woche her – mit ihren erotischen Träumen und Junggesellentagen, auch wenn er sich das Junggesellendasein anders vorstellte. Es war ein hundserbärmliches Leben, aber wenigstens war es sein eigenes, beziehungsweise war es sein eigenes gewesen.

Er wachte auf, als April gerade sein Hemd aufknöpfte.

». . . sich einfach auf all diesen hübschen Seifenblasen davontreiben lassen«, sagte sie gerade. Ihre Finger fanden das Klebeband. »Ralph, bist du verletzt?«

»Nein. Ich meine, yeah. Nur eine Schnittwunde.« Er wich aus, aber ihre Hand verfolgte ihn. Sie behielt die Augen auf der Straße. Plötzlich riß sie die Hand mit einem Ruck weg.

»Das ist ja ein Mikrofon!«

Ihre Stimme hatte sich verändert, Ralph konnte die Veränderung nicht erklären, führte sie jedoch auf den Schock zurück. Er richtete sich auf dem Sitz auf und stülpte seinen Hut nach hinten. »Du willst doch wissen, wer versucht hat, Lyla um die Ecke zu bringen, richtig? Also gut, ich helfe den Bullen. Ich bin ein freiwilliger Spitzel.«

Ohne den Blick von der Windschutzscheibe zu wenden, langte sie wieder hinüber, riß die Kabel des Senders von der Batterieschachtel an seinem Gürtel ab und schleuderte das Gerät auf den Rücksitz, mitsamt dem Klebeband und allen sechs Haaren von Ralphs Brust.

»Du hättest mich doch bitten können, ihn abzunehmen«, sagte er, während er die kahle Stelle massierte. Er spähte über die Schulter zurück.

»Gib dir keine Mühe, nach deinen Bullenfreunden Ausschau zu halten«, sagte sie. »Ich habe sie vor fünf Minuten abgehängt.«

Ihre Stimme hatte sich eindeutig verändert. Sie klang jetzt rauher, tiefer; ganz und gar nicht wie die eines Schulmädchens. Dann merkte Ralph, daß sie die Schnellstraße verlassen hatten und durch eine Gegend rasten, die ihm nicht bekannt vorkam. Weit und breit waren keine anderen Scheinwerfer zu sehen.

»Du bist nicht Lylas Schwester«, sagte er dann.

»Weder jetzt noch sonst irgendwann.«

Sie zog einen vernickelten Revolver aus der Tasche an der Fahrertür. Der Himmel wurde schon bleich und warf einen grauen Todesschatten auf ihr Gesicht. Die Haut war straff gespannt, der Schädel darunter deutlich zu sehen. Als er von ihrem Gesicht zu der Waffe und wieder zurück sah, konnte Ralph es nicht fassen, daß er sie jemals für achtzehn gehalten hatte.

»Mit der April-Dane-Tarnung habe ich schon angefangen, bevor ich Washington verließ«, sagte sie. »Die echte Schwester ist im Washtenaw-County-Leichenschauhaus und wartet immer noch auf ihre Identifizierung. Ich hatte vor, Lyla auszuschalten, bevor sie die Nerven verlor.«

»Was ist mit Vinnie und dem Bischof?«

»Dein Arschloch von Hauswirt kam in deine Wohnung, während ich nach den Fotos suchte. Kannst du dir vorstellen, daß dieser kleine Mistkerl versucht hat, sich in das Geschehen einzumischen?«

»Ohne weiteres. Warum hast du meine Krawatte benutzt?«

»Sie war gerade zur Hand. Außerdem schien es zu dem Zeitpunkt eine gute Idee zu sein. Je mehr Druck von beiden Seiten auf dich ausgeübt wurde, um so leichter wäre man mit dir fertig geworden, wenn es soweit war.«

»Und warum hast du's nicht getan? Warum dieses Kille-Kille-Spielchen?«

»Ich mußte herausfinden, wo du die Bilder versteckst, von denen du Steelcase erzählt hast, außerdem, wieviel du wußtest und wem du es erzählt hattest.«

»Und?«

»Du hast keinen blassen Schimmer, Kumpel.«

»So ist es«, sagte er erleichtert. »Was war mit dem Bischof?«

»Er hat Muffensausen gekriegt und seine reizende Inszenierung auffliegen lassen. Als Gegenleistung für seine Zusammenarbeit mit dem Justizministerium wurde ihm ein Regierungsposten in Washington in Aussicht gestellt – Kirche/Staat-Verhältnis oder so was in der Größenordnung –, als jedoch Breame unter den Umständen, die wir arrangiert hatten, ins Gras biß und du anfingst, ihn auszunehmen, geriet er in Panik. Ich hab' das ebenfalls kommen sehen und ihn ausgeschaltet.«

»Mit meiner Waffe.«

»Ich wußte, daß sie mir mal sehr gelegen kommen würde, als ich sie in deiner Bude fand.« Sie wirbelte den Wagen mit einer

Hand um eine Kurve herum. Der Revolver blieb ruhig. »Wenn sich alles so arrangieren ließ, daß du für zwei Morde in den Knast wanderst, wollte ich dich am Leben lassen. Sobald ich die Fotos hatte.«

»Hört sich nach 'ner Riesenidee an.«

»Diese Wanze ändert alles.«

»He, das war nicht meine Idee.«

»Das bedeutet, daß du etwas herausgefunden oder erraten hast. Jetzt werd' ich dich auf den Haufen werfen müssen.«

»Wenn du das tust, gehen die Fotos schnurstracks an die Bullen.«

Sie lachte, kein angenehmer Ton. »Was werden sie denen schon verraten? Monsignore Breame hat sich zu Tode gefickt. Du hast Fotos gemacht, dich mit der Nutte in die Wolle gekriegt, sie in Brand gesteckt, versucht, den Bischof auszunehmen, was dir nicht gelang, und ihn umgebracht. Natürlich hättest du dich mit dem Vermieter des Hauses, in dem der Monsignore starb, zusammentun können, aber da du, wie's scheint, mit niemandem gut auskommst, hast du ihn erdrosselt.«

»Und was hab' ich dann gemacht, mich erschossen?«

»Warum nicht? Dein Erpressungsplan löste sich in Luft auf, und die Bullen rückten dir auf den Pelz. Du mußtest mit der Wahrscheinlichkeit von drei lebenslangen Haftstrafen hintereinander rechnen. Wer würde sich da nicht erschießen?«

»Du hast Carpenter vergessen.«

»Carpenter, wer ist Carpenter?« Sie sah ehrlich verblüfft aus. »Du meinst den Laufburschen von Steelcase?«

»Ich meine der Reporter von der *Washington Post.* Wer, glaubst du wohl, hat mir von Willard Newton erzählt?«

»Du weißt über Newton Bescheid?«

»*Jeder* weiß Bescheid.« Er sagte es mit Nachdruck. »Besser, wenn du mich einfach gehen läßt, nach Washington zurückrennst und dir 'nen Job beim Pentagon verschaffst. Da werden sie dich nie finden. Wir haben nicht mal dieses Gespräch geführt. Du kannst mich an der Ecke rauslassen.« Er legte eine Hand an den Türgriff.

Sie zog den Hahn am Revolver zurück. »Wo ist Carpenter?«

»Warum?«

Sie feuerte. Ralph schrie. Der Sitz war zwischen seinen Schenkeln explodiert. Er las die Telefonnummer laut von seiner Manschette ab.

»Die ist für dich, Schnüffler«, knurrte April. »Carpenter ist der nächste.« Sie zielte auf seine Brust.

Er hechtete nach dem Steuerrad. Der Revolver ging los. Er spürte einen brennenden Schmerz über dem linken Ohr, und sein Hut wurde ihm vom Kopf gerissen. Er war sicher, daß es seine Kopfhaut war. Reifen kreischten, der Wagen machte einen Schlenker. Sie kämpfte gleichzeitig darum, das Steuer und die Waffe unter Kontrolle zu halten. Eine Sekunde lang hatte Ralph ihr Handgelenk gepackt, doch seine Handfläche war schweißnaß, und sie riß sich los. Er verlor den Revolver aus den Augen.

Der Aufprall war weit stärker, als er erwartet hatte. Die Welt zerbarst in einem blendenden Lichtblitz, und er hörte es Bersten und Splittern und dann nichts mehr. Alles in allem war es, als läge man mit April im Bett, dachte er, kurz bevor er das Bewußtsein verlor.

»Poteet?« Jemand schüttelte ihn.

»Schlag mich nicht schon wieder, Pa«, hörte sich Ralph sagen.

»Wachen Sie auf, Poteet! Ich bin's, Carpenter.«

»Yeah? Singen Sie ›Näher zu dir, mein Gott‹.«

»Kommen Sie da raus.«

Er spürte, wie er gezogen und hochgehoben wurde, und dann war Asphalt unter seinen Füßen. Das erste, was er wahrnahm, war Carpenters Totenmaskengesicht ganz nah an seinem. Sie hielten sich an den Schultern umschlungen.

»Ich kann ums Verrecken nicht tanzen«, sagte Ralph, »und wenn ich's könnte, dann bestimmt nicht mit Ihnen.«

»Wachen Sie auf.«

Ralph sah sich blinzelnd um. Er stand auf einer Straße, die er nicht kannte. In den Häusern zu beiden Seiten brannte Licht, und hinter der Ford-River-Rouge-Fabrik ging gerade grün die Sonne auf. Er vernahm ein ständiges Zischen.

»Jemand hat sich nach Ihnen erkundigt«, teilte er Carpenter mit.

»War sie es?«

Ralph starrte einen Moment wie ein Hund auf den deutenden Finger des Reporters. Dann folgten ihm seine Augen dorthin, wo die Frau, die er als April Dane gekannt hatte, hingestreckt in der aufgesprungenen Tür auf der Fahrerseite des Corvairs lag. Ihr Kopf blutete. Instinktiv faßte sich Ralph an den eigenen Schädel. Er fühlte eine breiige Masse über seinem linken Ohr, wo eine Kugel die Schläfe gestreift hatte. Dann sah er Carpenters schwarzen Kombi – was von ihm übriggeblieben war – wie eine Ziehharmonika an dem verbogenen Heck des Corvairs kleben. Dampf entwich zischend aus dem Kühler des Kombi. »Sie sollten nicht ohne Licht fahren«, sagte Ralph. »Ist sie tot?«

»Sie wird ihre Entlassung auf Bewährung noch erleben, falls sie sie jemals bekommt. Sind Sie in Ordnung?«

»Ich fühl' mich beschissen.«

»Dann sind Sie normal.«

»Wie zum Teufel haben Sie uns gefunden?«

Carpenter langte quer über Ralphs Brust und zog den Kugelschreiber, den er ihm geschenkt hatte, aus Ralphs Hemdtasche. »Die hiesige Polizei müßte mal modernisieren«, sagte er. »Wir haben diese kleinen Transistorwunder schon seit Jahren. Es ist ein elektronisches Zielpeilgerät und eine ganze Menge mehr.« Er drückte auf den Knipser. Ein winziges, schnellaufendes Winseln war zu hören. Dann knipste er noch einmal.

». . . Dein Arschloch von Hauswirt kam in deine Wohnung, als ich gerade nach den Fotos suchte.« Aprils Stimme, die aus dem Gehäuse des Stifts drang, klang liliputanerhaft. Carpenter knipste sie aus.

»Schade, daß er so beschissen schreibt«, sagte Ralph. Dann hörte er Sirenen.

31. KAPITEL

Ja, sagen Sie Ralph zu ihm, wenn Sie ihn anrufen.

Allerdings nicht vor fünf Uhr nachmittags, nach einer schlimmen Nacht und einem noch schlimmeren Morgen und Nachmittag im Detroiter Polizeipräsidium. Denn wenn Sie's doch tun, kann es passieren, daß er ungefähr beim sechzehnten Läuten den Hörer abnimmt und etwa folgendes sagt:

»Egal, wer Sie sind, legen Sie besser sofort auf, sonst find' ich raus, wo Sie wohnen und scheiß' in Ihre Dachrinne.«

»Ralph, hier ist Lyla.«

»Wer zum Teufel ist Lyla?«

»Lyla Dane. Ich rufe aus dem Krankenhaus an, Himmel noch mal. Haben Sie getrunken?«

Seine Hüfte lag auf etwas Hartem. Er fischte eine Flasche Mad Dog heraus – das mieseste Zeug mit Kronkorken, das er für miese Laune finden konnte – und trank die letzten Tropfen aus. »Nein.« Er ließ sie auf den Boden fallen.

»Schon die Zeitung gesehen?«

»Welche?«

»Suchen Sie sich eine aus. Irgendeine.«

Auf dem Rückweg zu seiner Wohnung hatte er tatsächlich eine Ausgabe der *Detroit News* gekauft. Sie lag verstreut um ihn herum. U.S.-GENERALSTAATSANWALT IN DETROITER MORDORGIE VERWICKELT lautete die Balkenüberschrift auf der Titelseite. Eine Randspalte war überschrieben: HIESIGER DETEKTIV HALF KOMPLOTT AUFDECKEN. Sie enthielt ein Foto aus einer früheren P.D.-Lizenz, ein besonders scheußliches, auf dem sein Glasauge wie ein Kronkorken aussah. »Hab's gesehn«, sagte er.

»Die Bullen wollen, daß ich eine Aussage mache.«

»Werden Sie sie machen?«

»Würde mir den Knast ersparen.«

»Hab' mir schon den Kopf drüber zerbrochen. Wie haben Sie den Monsignore eigentlich die Treppe raufgekriegt? Wir mußten ihn zu zweit runterschleppen, und wir hätten noch zwei gebrauchen können.«

»Er ist raufgelaufen.«

»Er hat noch *gelebt*?« Ralph setzte sich auf und stopfte sich das Kissen in den Rücken.

»Er war bei 'ner Nutte. Na ja, mir hat sie jedenfalls erzählt, sie wäre 'ne Nutte; was sie ihm erzählt hat, weiß ich nicht. Die Frau in der Zeitung hört sich nach ihr an.«

»April?« Ihr wahrer Name, den die Polizei aus einem FBI-Rundschreiben erfahren hatte, war Cora Diedhoffer, dreißig Jahre alt, gesucht im Zusammenhang mit einer Serie von Autobombenanschlägen während eines Stahlarbeiterstreiks 1981 in Gary. Ihr dort wohnender Freund, ein mutmaßlicher früherer Wasserträger der Mafia mit einem bis zu Nixon zurückreichenden Strafregister, verbüßte wegen eines der Bombenanschläge, bei dem ein Mann getötet wurde, eine lebenslange Haftstrafe im Staatsgefängnis von Indiana.

»Ich bin ziemlich sicher«, sagte Lyla. »Das ist die, die das mit mir inszeniert hat, sagte, sie wollte ihn dazu bringen, daß er zu mir kommt und mir dieses Leben auszureden versucht, dann würde sie ihn betäuben und in mein Bett legen. Wir wollten Fotos machen und ihn hinterher erpressen. Nur starb er dann.«

»Sie hat ihn nicht umgebracht?«

»Ich glaub' nicht. Mir kam's wie 'n echter Herzinfarkt vor. Wir legten ihn in mein Bett – das war die größte Schinderei, seit ich mich auf die Anderson-Fünflinge eingelassen hab'–, und sie befahl mir, die Bullen anzurufen. Die würden keine allzu gründlichen Nachforschungen anstellen, sagte sie; dafür würde schon die Kirche sorgen. Dann ging sie weg, und ich hab' Sie angerufen. Ich muß schließlich in dieser Stadt arbeiten.«

»Sie ist zurückgekommen«, sagte Ralph. »Sie ist die, die Ihre Bude präpariert hat.«

»Das hab' ich mir gedacht. Deswegen hab' ich auch nichts gesagt.«

Nach einem Moment des Schweigens sagte Ralph: »Tut mir leid, das mit Ihrer Schwester.«

»Ich hab' sie nicht mehr gesehen, seit ich von zu Haus weg bin. Wir waren uns fremd.« Sie zögerte. »Ich wollte nur anrufen und danke sagen.«

»Sie müssen lauter reden. Ich bin seit heute morgen ein bißchen taub auf einem Ohr. Ich dachte, Sie hätten danke gesagt.«

»Hab' ich auch.«

Er schwieg einen Moment. »Ich glaub' nicht, daß mir schon mal wer für nichts gedankt hat. Na ja, abgesehen von April, und das ist nicht sonderlich gut ausgegangen.«

»Na schön, jetzt hat's jemand getan. Ich weiß nicht, wann ich Sie sehen werde. Die wollen mich noch 'ne Woche hierbehalten, und dann weiß ich nicht, was die Bullen von mir wollen. Ich dachte, ich sag's besser gleich.«

»Okay.«

Sie legten auf.

Zehn Minuten später klingelte das Telefon.

»Egal, wer Sie sind, Sie sind tot«, sagte Ralph.

»Ralph, hier ist Neal.«

»Dann bist du ein toter Neal. Ich bin erst um drei ins Bett. Es ist Viertel nach fünf!«

»Danke. Schon die Zeitungen gelesen?«

»Yeah.« Diesmal fragte er nicht, welche.

»Komisch, ich hab' nichts über meinen Anteil drin gelesen.«

»Ich wollte dich deswegen anrufen.«

»Und was wolltest du sagen?«

Ralph schnaubte laut und verächtlich in die Sprechmuschel und knallte den Hörer auf. Dann nahm er ihn wieder hoch und ließ ihn neben der Gabel liegen.

Allerdings mußte er ihn im Schlaf wieder zurückgelegt haben, denn eine Stunde später klingelte es wieder.

»AIDS-Beratung«, grummelte er.

»Poteet?«

Es war eine Frauenstimme.

»Kommt drauf an, wer fragt.«

»Hier ist Lucille Lovechild. Haben Sie schon die Zeitungen gelesen?«

»Alle.«

»Das war ja mal eine richtige Ermittlung, die Sie da zustande gebracht haben. Da muß man Ihnen ja wohl gratulieren.«

»Tut weh, was?« Er setzte sich wieder auf. Das hier war es fast wert, von Carpenter übers Ohr gehauen zu werden; der Reporter schien nämlich zu glauben, weil er Ralphs Leben gerettet hatte, wären die sechzehnhundert Dollar getilgt, die er Ralph schuldete. »Vermutlich rufen Sie an, um mir meinen alten Job wieder anzubieten. Nun, eigentlich sollte ich Sie zappeln lassen, aber das werd' ich nicht tun. Ich brauch' allerdings 'ne Erhöhung, hundert Mäuse pro Monat. Und ein Büro mit Fenster.«

»Sie haben wirklich Sinn für Humor, so primitiv er auch ist. Da Sie ja jetzt nicht mehr hier arbeiten, weiß ich ihn zu schätzen.«

»Keine freien Stellen, hm.«

»Wie es der Zufall will, gibt es eine, obwohl ich eher den Ajatollah einstellen würde. Heute morgen habe ich Chuck Waverly gefeuert.«

»Wie das?«

»Er kam zwei Stunden zu spät hereingetorkelt, sturzbetrunken, und schrie irgendwas über Schildkröten. Ich konnte daraus nicht schlau werden.«

»Viktorianische Schildkröten?«

»So was ähnliches. Sagt Ihnen das etwas?«

»Haben Sie heute diesen hochgeschlossenen Pullover an?«

Sie zögerte. »Ja, tatsächlich. Warum?«

»Nichts. Mein Geist hat sich selbständig gemacht.«

»Das sollten Sie nicht zulassen. Er ist nicht groß genug, um allein die Straße zu überqueren.«

»He, ich brauch' mich nicht in meiner eigenen Wohnung für doof erklären lassen. Dafür kann ich woanders hingehen.«

»Davon bin ich überzeugt«, sagte sie. »Der Grund, warum ich anrufe, ist der, daß Sie, als Sie von hier weggingen, den Schlüssel zum Archiv mitgenommen haben. Ich möchte ihn zurückhaben.«

»Erst wenn Ihre Fotze auftaut, Lucy.« Er unterbrach die Verbindung mit einem Knall.

Danach blieb er eine Weile wach und starrte den Apparat an. Als es jedoch das nächste Mal klingelte, war er im Sitzen wieder eingeschlafen.

»Hall-oho«, säuselte er.

»Mr. Poteet?«

Wieder eine Frau.

»Zu Ihren hilfreichen Diensten.«

»Hier ist Grace Capablanca. Vincenzos Witwe.«

»Was kann ich für Sie tun, Mrs. C.?«

»Ich rufe alle Mieter an, um ihnen mitzuteilen, daß ich nächste Woche rüberfliege, um die Verwaltung des Hauses zu übernehmen. Ich habe beschlossen, es in Eigentumswohnungen umzuwandeln. Sie haben dreißig Tage Zeit, entweder zweihunderttausend Dollar für den Kauf Ihrer Wohnung auf den Tisch zu legen oder auszuziehen. Einen schönen Tag noch.«

Ralph wünschte ihr das gleiche und legte den Hörer sanft zurück.

An manchen Tagen lohnte es sich einfach nicht, ans Telefon zu gehen.